Virgem

Virgem

RADHIKA SANGHANI

TRADUÇÃO
FABIENNE W. MERCÊS

FÁBRICA231

Título original
VIRGIN

Esta é uma obra de ficção. Nomes, personagens, lugares, situações e incidentes são puramente fictícios e não têm relação alguma com pessoas da vida real, vivas ou não, estabelecimentos comerciais, lugares, acontecimentos ou incidentes. Qualquer semelhança é mera coincidência.

Copyright © 2014 Radhika Sanghani

Todos os direitos reservados incluindo o de reprodução no todo ou em parte sob qualquer forma.

FÁBRICA231
O selo de entretenimento da Editora Rocco Ltda.

Direitos para a língua portuguesa reservados com exclusividade para o Brasil à
EDITORA ROCCO LTDA.
Av. Presidente Wilson, 231 – 8º andar
20030-021 – Rio de Janeiro – RJ
Tel.: (21) 3525-2000 – Fax: (21) 3525-2001
rocco@rocco.com.br
www.rocco.com.br

Printed in Brazil/Impresso no Brasil

Preparação de originais
HALIME MUSSER

CIP-Brasil. Catalogação na fonte.
Sindicato Nacional dos Editores de Livros, RJ.

S214v   Sanghani, Radhika
          Virgem/Radhika Sanghani; tradução de Fabienne W. Mercês.
          – 1ª ed. – Rio de Janeiro: Fábrica231, 2017.
          (<3 Curti)

          Tradução de: Virgin.
          ISBN 978-85-9517-024-7 (brochura)
          ISBN 978-85-9517-027-8 (e-book)

          1. Romance inglês. I. Mercês, Fabienne W. II. Título.
          III. Série.

17-42147   CDD–823
                                        CDU–821.111-3

AGRADECIMENTOS

Eu não poderia ter escrito *Virgem* sem as minhas amigas – todas vocês sabem quem são. Suas confissões honestas sobre masturbação, sobre a descoberta de sêmen na banheira e suas batalhas contra os pelos pubianos me inspiraram muito e me fizeram rir sem parar. Obrigada.

A todos que leram *Virgem* quando era apenas um livro ligeiramente estranho que eu estava escrevendo para me animar – muito obrigada por suas valiosas críticas e por amarem Ellie. E isso é com vocês: Sarah Walker, Bex Lewis, Ella Schierenberg, Sarah Johnson, Rhiannon Williams, Olivia Goldhill, Andrea Levine e até Kim Leigh. Obrigada, Rory Tyler, por ser o único homem que conheço que foi corajoso o suficiente para ler *Virgem*. Eu sei que você ainda não superou o coletor menstrual.

Também gostaria de agradecer de verdade a meus pais. Vocês não faziam ideia de que eu estava escrevendo *Virgem* até que lhes contei sobre a publicação. Eu sei que muito do que está escrito foi uma surpresa e está distante do que esperavam de mim, mas obrigada por ainda sentirem orgulho e me apoiarem.

Agradecimentos a minha editora, Anna Baggaley, e a todos da Harlequin pelo cuidado na edição de *Virgem* e por gostarem tanto dele desde o início.

Por fim – nada disso teria acontecido se não fosse por Maddy Milburn, minha agente. *Muito* obrigada por ter acreditado em *Virgem* e por tornar tudo isso uma realidade!

A todas que já sentiram a dor de uma depilação a cera.

CAPÍTULO UM

Ellie Kolstakis
21 anos
Não fumante
VIRGEM

Eu olhei horrorizada para as palavras no computador da Dra. E. Bowers. O status do meu hímen estava visível na tela em letras maiúsculas.

V-I-R-G-E-M.

As letras piscavam melancólicas na tela verde, do tipo que existia antes de Steve Jobs criar a Apple. Elas ficaram gravadas na minha mente como um borrão dos anos 1980. Um bolo de ansiedade se alojou na minha garganta e minhas bochechas começaram a queimar. Eu me senti enjoada.

Meu segredo humilhante estava ali capturado no meu registro médico e a Dra. E. Bowers ficaria sabendo. Eu nem sequer sabia o que o *E* no nome dela significava, mas ela estava prestes a descobrir que, nos dois anos e meio em que eu estava na universidade, nem um único garoto quis tirar minha virgindade. Nem um. Eu tinha vinte e um anos e ainda era virgem.

– Sra. Kolstakis – ela perguntou, empurrando os óculos sem armação nariz acima –, você está terminando seu curso na University College London e veio se cadastrar, certo?

Obriguei meu rosto paralisado a sorrir e tentei dar uma risada educada.

– Isso mesmo. Eu não sei por que não me cadastrei antes. Eu, hum, acho que é porque nunca peguei um resfriado, sabe?

A médica me olhou sem esboçar reação.

– Se quiser, pode me chamar de senhorita Kolstakis ou apenas Ellie – acrescentei.

Ela baixou a cabeça para o formulário, arqueando as sobrancelhas ao tentar entender minha tentativa malsucedida de escrever com letras maiúsculas.

Limpei o suor das mãos na calça e tentei me acalmar. Ela era médica. Não ficaria chocada ao conhecer uma virgem de vinte e um anos. Além disso, ela provavelmente só faria perguntas sobre o histórico familiar dos Kolstakis e o pior que eu teria que responder era que meu bisavô Stavros fumou um maço de cigarros todos os dias desde os nove anos. E ele nem morreu de câncer de pulmão, no fim das contas. Engasgou-se com uma amêndoa aos oitenta e nove anos.

A respiração dela acelerou.

– Hum, minha nossa. Isso não é nada bom. Você ingere mais de vinte doses de álcool por semana?

Meu Deus. Se ela descobrir que eu deliberadamente arredondei cinco doses para baixo, vai me colocar no primeiro ônibus para o centro de reabilitação.

Dra. E. Bowers limpou a garganta.

– Ah, desculpe. – Eu dei uma risadinha nervosa como não fazia desde o tempo em que era Bandeirante. – Nem sempre eu bebo vinte doses por semana. É claro que isso é só durante as férias. Costumamos sair nas quintas-feiras. Ah, e nas segundas-feiras. Algumas vezes nas quartas-feiras, mas aquele barzinho anda lotado de calouros ultimamente e por isso não temos ido tanto.

A Dra. E. Bowers franziu a testa e comprimiu os lábios. Ela digitou no teclado com rapidez e segurei a borda da cadeira com ansiedade. Olhei concentrada para o computador. As seis letras não estavam mais lá. Ela havia descido a página sem fazer nenhum comentário sobre elas. Dei um sonoro suspiro de alívio.

Uma frase aparecia na parte de baixo da tela. *Mais de vinte doses semanais, consumo elevado, bebe bastante álcool.*

– Espera aí, não bebo bastante! – reclamei. – Na verdade, não tenho sequer um consumo elevado. Meu consumo é normal. Eu praticamente nem bebo se comparada às minhas amigas.

– Sra. Kolstakis, vinte doses semanais é muita coisa. Você deveria pensar em reduzir essa quantidade ou vai voltar daqui a dez anos pedindo um fígado novo – a médica falou com seriedade. Ela colocou seu cabelo estilo princesa Diana em 1995 para trás das orelhas e prosseguiu. – Vi que deixou a seção sobre saúde sexual em branco no seu formulário. Você é sexualmente ativa?

Morri.

Eu sou sexualmente ativa?

Não conseguia sequer conversar com as minhas amigas sobre como a minha vida era *as*sexuada, imagina com a Dra. E. Bowers. Alguém que usa óculos sem armação não entenderia como pode ser traumático para uma estudante prestes a se formar nunca ter feito sexo. Aposto que ela perdeu a virgindade por um buraquinho no lençol como se fazia na Idade Média. Ela olhou dentro dos meus olhos como se pudesse ler meus pensamentos. Senti que eu transpirava. Como queria estar usando uma camiseta preta.

Eu me endireitei na cadeira.

– Ah, certo, bem, eu não sou assim tão sexualmente ativa, então... Não me dei ao trabalho de preencher essa seção. Não estou grávida, nunca fiquei e nunca ficarei, do jeito que as coisas andam!

Seus lábios continuaram fechados e ela piscou os olhos sem vida para mim.

Fiz uma anotação mental para parar de distraí-la com tentativas malsucedidas de fazer piada.

— Para falar a verdade, eu definitivamente não tenho DSTs ou algo assim. É totalmente impossível — acrescentei rapidamente.

— Ah, então, você fez algum exame recente para checar se tem clamídia ou outra doença?

— Bem... não. Eu simplesmente *não posso* ter clamídia. Sou... Bem, eu sou... Quer dizer... — Minha voz falhou e minhas palavras morreram no silêncio. Eu não conseguia pronunciar a palavra em voz alta. Minhas melhores amigas cresceram sabendo sobre essas coisas e eu passei os últimos três anos escondendo isso de todo mundo que conheci na faculdade. Abri a boca para tentar mais uma vez, mas não consegui emitir nenhum som.

— E? — Dra. E. Bowers piscou e me olhou com atenção. — Você é...?

— Sou v... vi... — Que ótimo. Ainda por cima desenvolvi uma gagueira.

Respirei fundo e tentei novamente. Dessa vez as palavras brotaram atrapalhadas.

— Eu nunca fiz sexo, por isso não posso ter nenhuma DST. Nada.

Ela piscou novamente.

— Mas você é sexualmente ativa?

Hum. Será que uma tentativa malsucedida de sexo oral e uns poucos dedos na minha vagina contam como sexualmente ativa?

— Eu não sei — respondi desolada. — Quer dizer, eu nunca fiz sexo, mas já estive perto disso.

Ela suspirou.

— Sra. Kolstakis, você é ou não é sexualmente ativa? Esse é um espaço confidencial. Eu só preciso saber se peço ou não para você fazer um exame de clamídia.

Meu estômago doeu, e meu queixo caiu. Minha própria médica não acreditava na minha virgindade.

— Não! Estou falando a verdade. Eu nunca fiz sexo. *Não preciso* de um exame para ver se tenho clamídia.

A médica olhou para mim com desconfiança, como se estivesse procurando algum brilho pós-sexo no meu rosto.
— Você está namorando? — ela finalmente perguntou.

Baixei os olhos envergonhada. Que tipo de estudante era eu, que não tinha sequer um namorado, incapaz de responder a uma simples pergunta sobre sexo, no auge da idade sexual?
— Não — murmurei.

Ela se virou para o monitor e procurou o cabeçalho do formulário sem hesitação. Entrei em pânico quando as seis letras surgiram na tela. Cobri o rosto, protegendo meus olhos da palavra que começava com V.

A médica ficou sentada olhando para o monitor por vinte e sete segundos antes de mudar de tela e se virar novamente para mim. Devagar, tirei as mãos do rosto avermelhado.

Ela me encarou de um jeito que parecia pena.
— Certo, então, Sra. Kolstakis, eu vou lhe dar esse teste para clamídia para você fazê-lo em casa. É autoexplicativo, mas basicamente você deve usar o cotonete para colher material da vagina e mandar para o endereço que está na embalagem. O resultado fica pronto em quinze dias. Tudo bem?

Olhei para ela boquiaberta.
— Eu... o quê?! Acabei de dizer que nunca fiz sexo... Por que preciso fazer o teste? — falei alto em desespero.

— Oferecemos testes gratuitos para clamídia a todos que sejam maiores de vinte e um anos, que sejam sexualmente ativos ou tenham tido contato íntimo com a genitália de outra pessoa.

— Mas você sabe que não sou sexualmente ativa. — Corei violentamente. — Eu nunca fui... penetrada. — Engasguei na última palavra.

A Dra. E. Bowers revirou os olhos.
— Sra. Kolstakis, estou ciente de que você é virgem. Mesmo assim, eu recomendo que faça o teste gratuito que estou lhe ofere-

cendo para ter certeza de que não tem clamídia. É possível, ainda que improvável, se contaminar de outras formas.

— Mas que outras formas? Dedos certamente não transmitem clamídia — explodi.

— Não, eles não transmitem. Mas você pode se contaminar com sexo oral ou com um pênis que tenha se aproximado de sua vagina, mesmo sem penetração.

Como a Dra. E. Bowers sabia que o pênis de James Martell havia tocado na minha vagina sem me penetrar é algo que nunca vou saber. Olhei para ela, muda, impressionada pela primeira vez com sua competência médica.

Ela colocou o envelope nas minhas mãos com uma expressão inteligente. Fiquei de pé e o segurei. Eu mal conseguia enxergar além das letras verdes garrafais que piscavam na minha mente, por isso andei às cegas até a porta e saí para a sala de espera. Minha garganta estava seca e arranhava de humilhação, então dei uma parada no bebedouro. Enquanto enchia um copinho de água, senti que algo caía atrás de mim.

Eu me virei, surpresa, e vi uma caixa de papelão caída no meio da sala, cercada de pacotinhos prateados espalhados por todo lado e embaixo das cadeiras de espera. Meu Deus! Minha bolsa deve tê-la arrancado da prateleira atrás de mim.

Fechei os olhos envergonhada antes de me obrigar a abaixar para pegar a caixa. Os outros pacientes na sala me observavam, então puxei a calça jeans para cima, rezando para que minha calcinha desbotada da M&S não estivesse aparecendo. De joelhos, puxei o casaco para esconder o cós, e comecei a pegar os pacotinhos. Estava quase terminando de enfiar tudo de qualquer jeito na caixa, quando me dei conta de repente. Não eram apenas *pacotinhos* prateados que eu estava pegando de baixo dos pés das pessoas. Eram camisinhas.

Percebi a ironia da situação, meus olhos cheios de lágrimas quentes. Corri porta afora e joguei o envelope pardo na primeira lixeira que encontrei. Meu rosto ardia enquanto eu o observava afundar entre sacos vazios do McDonald's, levando minha dignidade junto para o fundo.

Eu não era nada além de uma VIRGEM de vinte e um anos.

CAPÍTULO DOIS

A VIDA DE UMA ADULTA VIRGEM É MAIS COMPLICADA DO QUE você imagina. Obviamente é normal, existem milhares de nós, e não há absolutamente nada de errado com isso. Escolher quando fazer sexo é uma decisão totalmente pessoal, e ninguém é igual ao outro. Algumas pessoas optam por esperar até o casamento, e algumas apenas querem esperar pela pessoa certa. Uns são religiosos, e outros apenas estão ocupados demais sendo bem-sucedidos em outras áreas de suas vidas para se preocuparem com algo tão insignificante quanto uma relação sexual.

Pelo menos foi o que li na internet quando pesquisei assim que cheguei em casa depois da consulta médica.

Para começar, a Dra. E. Bowers nem sequer acreditou que eu era virgem, porque obviamente nenhuma estudante universitária normal no terceiro ano, que bebe mais de dez doses semanais, ainda pode ser virgem. Menos eu.

Enfiei a cabeça no travesseiro de penas de ganso no qual gastei o orçamento de comida de uma semana inteira. Puxei o edredom por cima de mim tentando fazer com que as seis letras parassem de piscar na minha mente: V I R G E M... V I R G E M... V I R G E M.

Eu odeio essa palavra. Eu a odeio tanto quanto o fato de ser virgem. Não parecia justo – por que eu era a única garota que, sem ser feia ou religiosa, ainda tinha meu interior intacto aos vinte e um anos?

Suspirei e deixei minha mente repassar as respostas mais comuns para a pergunta "Por que ainda sou v*****?", que eu me fazia com a mesma regularidade que meu ciclo menstrual.

1. A culpa era dos meus pais. Eram imigrantes obcecados com educação escolar que saíram da Grécia para Surrey, onde me matricularam numa escola só para meninas. A intenção deles era que eu nunca encontrasse um menino, para não me distrair do único objetivo que tinham para mim: a Universidade de Oxford. Resultado? Não entrei para Oxford e não encontrei um menino.

2. Eu não era uma adolescente muito bonita. Até descobrir como parecer razoável e começar a usar um sutiã que me deixasse segura para exibir meus seios tamanho 46, já era tarde demais. Todos os meninos da escola vizinha já tinham namoradas, e para eles eu sempre seria a menina pouco atraente e quieta com os peitos grandes escondidos em casacos pesados, com cabelos cacheados longos e escuros com pouco movimento. Não ajudou o fato de que todas as outras meninas haviam descoberto como fazer a sobrancelha e flertar enquanto eu estava trancada no banheiro com um frasco de descolorante, lutando contra o buço. Quando cheguei à faculdade, descobri que não estava preparada para conversar com garotos. Depois de alguns minutos ouvindo meu humor ingênuo e minha autodepreciação, eles normalmente seguiam adiante para conversar com garotas de verdade. Garotas com pouquíssimos pelos no corpo, narizes delicados e humor socialmente adequado.

3. Minha família disfuncional. Eu era filha única, o que significava para a maioria das pessoas que eu era mimada e queria que meus pais não tivessem outro filho para que pudesse ser o centro das atenções. A verdade é que passei a infância inteira evi-

tando meu pai e minha mãe sempre que estavam juntos no mesmo cômodo; então, fiquei a maior parte de meus anos de crescimento no balanço no fundo do jardim com meu irmão mais velho imaginário, ou lendo livros embaixo das cobertas. O resultado é que fui promovida ao grupo dos melhores leitores da escola, desenvolvi uma imaginação bem fértil e fiquei obcecada pelas famílias felizes das minhas amigas. Não sei qual a relação disso com a pergunta "Por que ainda sou virgem?", mas deve ter gerado algum tipo de trauma psicológico em mim. Minha teoria mais recente é de que isso me deixou com um medo patológico de homens.

4. Eu me desenvolvi tardiamente. Passei todos aqueles almoços ouvindo minhas amigas falarem de seus primeiros beijos e namorados, mas a vida delas sempre me pareceu muito distante da minha. Ao longo dos anos, elas passaram por beijos e amassos, e quando finalmente começavam a perder a virgindade, eu ainda era a única garota que nunca havia beijado. Sentei no lado certo da sala comunitária do Ensino Médio. Saí com as pessoas legais e até consegui vestir as roupas certas, e mesmo assim não beijei um único garoto até os dezessete anos. Mas não parei por aí... eu implorei que ele fizesse sexo comigo. E ele se recusou.

5. O boquete canibal. Aconteceu um pouco antes do Meu-Primeiro-Beijo se recusar a tirar minha virgindade e é por isso que tenho medo de pênis, amassos, rejeição, dentes e pelos pubianos. É minha pior lembrança.

Estávamos no aniversário de dezoito anos da Lara, e eu usava um vestido com um decote tão profundo que era possível ver meu sutiã. Era uma festa como outra qualquer, mas, daquela vez, um garoto de verdade veio falar comigo. James Martell. Ele não era nenhum Mark Tucker (a própria versão do Brad Pitt na escola para garotos) e seu nariz era, surpreendentemente, maior do que o meu... mas ele era engraçado e tinha um cabelo loiro com movimento. Ele me levou para o andar de cima, para o quarto do irmão mais velho da Lily e, meio bêbado, me empurrou para a cama. Nós nos agarramos. Fui imitando o que ele fazia com a língua e fiquei pensando por que nenhuma das minhas amigas tinha mencionado como envolvia tanta saliva. Então suas mãos deslizaram para dentro da minha calcinha. Qualquer garota de respeito que estivesse dando seu primeiro beijo as teria afastado, mas não a faminta sexual da Ellie. Eu deixei os dedos dele se aventurarem em torno da minha vagina e a tocarem. Continuei enfiando minha língua pela garganta dele sem parar e, depois de alguns minutos de desconforto na minha região sagrada, ele parou. Descemos de mãos dadas e trocamos nossos endereços de e-mail.

Acabamos conversando pelo computador todas as noites por duas semanas até que, numa noite de sábado, ele me convidou para ir à casa dele. Fiquei tão nervosa que não me levantei do vaso por quase uma hora, colocando todo meu nervosismo para fora. Depois de um segundo banho, peguei um ônibus para a casa dele.

Sentamos num silêncio desconfortável por meia hora até que ele avançou e começou a me beijar. Nós nos agarramos no sofá por um tempo, antes de ele colocar a mão de novo dentro da minha calcinha. Dessa vez eu estava mais preparada e não gemi de dor quando ele começou a mexer os dedos. No momento seguinte ele estava tirando meu vestido pela cabeça e me deixando só com o conjunto de calcinha e sutiã rosa de bolinhas.

Ele tirou a roupa, abriu meu sutiã, e deslizou minha calcinha para baixo. Sua cara foi de espanto. Após alguns segundos do mais absoluto silêncio, em que eu queria me enroscar e morrer, ele jogou a cabeça para trás e soltou uma gargalhada.

Congelei. Por que ele estava rindo para a minha vagina? Fiquei quieta, paralisada pela humilhação, e esperei que ele falasse. Ele parou de gargalhar.

— Nossa, eu sabia que você tinha alguns pelos aí embaixo, mas não sabia que era uma *floresta*. Você é a primeira garota que conheço que não raspa os pelos.

Eu não tinha me raspado. Por que não me raspei? Por que eu não *sabia* que deveria ter me raspado?

Ele pareceu não se importar muito, porque continuou me beijando. Quando tirou a cueca, vi seu pênis nu me olhando. Era o primeiro pênis que eu via e continuei dando umas espiadinhas enquanto nos agarrávamos. Eu o senti me cutucando com gentileza nas coxas e, enquanto nos enroscávamos no sofá, percebi que ele roçava a minha vagina.

Eu estiquei a mão e o toquei. Era estranho e vivo. Eu estava prestes a tirar a mão quando ele gemeu de prazer e percebi que teria que masturbá-lo. Tentei lembrar o que as meninas diziam na escola, e, com medo apertando a garganta, comecei a mover minha mão para cima e para baixo.

Parecia um braço extra e tinha a textura de um pepino velho. Eu não tinha ideia de quanta força usar, nem em qual velocidade deslizar minha mão para cima e para baixo. E se ele achasse horrível? E se ele não gozasse? E se ele risse novamente de mim? Entrei em pânico. Sem pensar, soltei o pênis dele, parei o beijo e a agarração. Segurei seu membro com as mãos em concha e o escorreguei pela boca. Senti meu rosto pegando fogo enquanto os pensamentos aceleravam na minha cabeça. Tentei acomodar minha boca em volta dele, e comecei a mexer minha cabeça num movimento de ir e vir. Na hora em que comecei, vi que era um erro. Achei que seria mais fácil que a masturbação, mas não podia estar mais enganada. Eu não tinha a menor ideia do que devia fazer. Abri mais a boca e avancei, quando ouvi um grito alto.

Parei o que estava fazendo e larguei o pênis dele, espantada. Eu o olhei, e vi que ele esboçava um sorriso.

– O que foi? – perguntei, apesar de não querer realmente saber.

– É que você, hum, me mordeu.

Senti a bile subir pela minha garganta e quis vomitar e chorar em um canto.

– Desculpe – disse e dei uma risadinha sem graça, sentindo minha pele arder de vergonha.

Eu queria ir embora, mas não havia como. Se eu fugisse, todos na escola ficariam sabendo. Respirei fundo e voltei ao pênis. Tentei seguir adiante, só que usando os lábios para proteger dos dentes. Era tão desconfortável que devia estar errado. Tentei me aprofundar, mas não deu. Engoli a vontade de vomitar e continuei. Como eu terminaria isso?

Eu me afastei do seu pênis.

– James, vamos transar.

Ele riu estranhamente.

– Hum, sério? Achei que você fosse virgem.

Corei.

– E? Tenho dezessete anos. Estou pronta.

Ele olhou para o chão.

– Ellie, nós só nos beijamos algumas vezes. Eu não posso tirar sua virgindade.

– Mas... eu quero. Por favor?

Ele se ajeitou.

– Não posso. Não assim. Sua primeira vez não deveria ser assim.

De pé, coloquei minha calcinha rosa de bolinhas e fechei o sutiã com os dedos dormentes. Ignorei os protestos dele e saí.

Eu nunca mais vi James Martell. Evitei as festas em que sabia que ele estaria, e o bloqueei no programa de mensagens instantâneas. Ele não tentou me ligar, e eu nunca mais fui além do beijo com mais ninguém.

...

Quando cheguei em casa da consulta médica, eu me deitei na cama e senti uma onda de tristeza familiar me invadir. Mas dessa vez não era apenas por causa do boquete canibal. Tinha a ver com a Dra. E. Bowers.

Eu sempre soube que era estranho ser virgem aos vinte e um anos, mas não tinha *realmente* me dado conta disso até ver as letras verdes garrafais gritando para mim no meu registro médico. Eu nem sequer precisava fazer um teste para clamídia. A médica havia me dado o kit para bater sua meta, ou porque me achou uma fanática religiosa que não queria ir até o fim, mas secretamente chupava todos os caras. Antes fosse.

Sentei na cama. Era isso aí. Eu ia me formar e nunca mais estaria cercada de tantos homens com tesão. Essa era minha última oportunidade de perder a virgindade, e eu ia aproveitar. Eu tinha que me livrar dessa condição até a formatura no verão... ou seja, eu tinha quatro meses para finalmente entender o que é um orgasmo e para aprender a fazer um boquete.

Respirei fundo e visualizei meu futuro. Em junho eu voltaria na Dra. E. Bowers, pegaria o teste para clamídia e a faria trocar o VIRGEM do meu histórico para SEXUALMENTE ATIVA. A próxima vez que eu visse uma camisinha, ela não estaria caindo de uma prateleira num consultório médico. Ela estaria num pênis de verdade. E, dessa vez, ele não ficaria roçando na minha vagina como James Martell. O pênis estaria me penetrando.

CAPÍTULO TRÊS

– Certo, certo, então todos pegaram suas bebidas? Ainda tem um pouco de vodca aqui, se vocês precisarem.

Kara, uma morena bonita que costumava usar roupas da Topshop em sua cidade natal, mas que trocara a marca por roupas vintage e sapatos fechados sem salto desde que se mudou para Londres, virava a garrafa de vodca generosamente em todos os copos.

Por algum motivo fui convidada para uma festa de fim de semestre na casa de Luke, pouco antes de sairmos para a Páscoa... Luke era o líder do grupo descolado da nossa turma de literatura inglesa. Eu não tinha roupas vintage, então nunca me senti parte do pessoal, e não entendia por que me convidavam para as festas. Talvez algum deles achasse que meu uniforme de jeans e suéter de lã era um manifesto deliberado contra a moda. Obviamente eles não faziam ideia de que vestidos e casacos de pele me faziam parecer uma travesti triste se esforçando demais para se adequar, e que roupas de cintura alta apenas valorizavam os quadris de nascença que eu nunca tive oportunidade de usar.

– Podemos começar? – gritou Hannah, que vestia o mesmo vestido vintage branco de festa, que costumava usar dia sim dia não, com uma coroa de flores artificiais na cabeça. – Primeiro eu. Todo mundo se lembra das regras?

– Sem dar chance para alguém responder, ela prosseguiu. – Obviamente se chama *Eu Nunca*, então a pessoa diz algo como "Eu nunca transei com alguém casado", e se você tiver feito isso, você dá um gole na sua bebida. Se você não tiver feito isso, você não bebe. Mesmo se você for a pessoa que falou, se você fez, tem que beber.

– Hannah, já sabemos. Começa logo – reclamou Charlie. – E por favor comece com algo melhor do que transar com alguém casado, está bem? Isso é muito bobo.

Hannah fez beicinho.

– Bem, e por que você não começa, Charlie?

Ele sorriu, esfregando as mãos. Charlie era o palhaço da turma, e adorava ser o centro das atenções para fazer todos reclamarem e rirem das suas piadas sujas. Era sua oportunidade de ouro. Engoli em seco e me preparei para o que estava por vir. Se eu conseguisse me manter serena e calma, ninguém perceberia que eu estava mentindo descaradamente.

– Certo, então, eu nunca trepei com alguém num lugar público.

– Sem esperar que alguém começasse a beber, Charlie levantou o copo e virou. Todos reviraram os olhos até que ele lançou aquele sorriso atrevido, que provavelmente fazia com que tantas garotas quisessem transar com ele em público.

Hesitei em beber. Precisava escolher com sabedoria. Eu não podia sair criando uma nova personalidade para esse jogo. Eu tinha que pensar quais coisas sexuais eu teria feito se tivesse perdido a virgindade há muito tempo, como todos os outros. Gotículas de suor surgiram em cima do meu lábio superior. Tarde demais para beber e olhei em volta para ver quem havia bebido.

Oito pessoas tinham levantado seus copos, e seis de nós não. Suspirei aliviada. Eu era uma das seis, o que me fez parecer normal, e era sempre seguro focar os números. Com o punho da manga, limpei o suor abundante sobre o lábio.

Hannah – que bebeu – começou a abanar os braços.

– Tudo bem, minha vez! Então, eu nunca traí alguém – ela disse.

Alguns dos caras suspiraram entediados, mas nem Charlie ironizou, provavelmente curioso como os demais para ver quem beberia. Comecei a pensar se eu deveria beber nessa rodada. Eu nunca tive um namorado para trair, mas enquanto eu trocava mensagens com James Martell, nos quinze dias antes do boquete canibal, tomei um porre, e sem querer agarrei outra pessoa em uma festa. Acho que durou dois segundos e meio, e não tenho ideia de com quem foi, mas definitivamente era uma traição.

Confiante e sexualmente ativa, bebi um pouco de vodca com Coca-Cola. Três outras pessoas beberam comigo, mas dez não. Meu Deus, eu estava na minoria. Isso era perigoso, porque alguém poderia me pedir para contar a história, e o que eu iria...

– Ellie! Não acredito que você traiu alguém! Não parece uma coisa que você faria! Conte para a gente, com quem você estava namorando e com quem você transou? – Hannah interrompeu meus pensamentos sem cerimônia, e me trouxe em queda livre para a realidade, na sala de estar do Luke, com seus discos de vinil presos na parede. Transar? Claro que trair incluía agarração, certo? Por que TUDO tem a ver com sexo?

– Meu Deus, hum, foi há tanto tempo. Eu tinha dezessete anos, e estava saindo com um cara chamado James Mar... – Fiz uma pausa rápida, lembrando, de repente, que Joe, um dos caras na sala, tinha frequentado a mesma escola que James. Com sorte ele não teria noção de quem eu estava falando, especialmente porque eu estava tentando tratar esse casinho (será que podia chamar assim?) como um *namoro*.

– Então, sim, eu estava namorando o James, e fiquei com outra pessoa. Eu estava bêbada numa festa. Nada muito empolgante – dei uma risada constrangida.

Hannah olhou para mim, arqueou as sobrancelhas e virou o rosto com um ruído de desdém, literalmente jogando o cabelo. Achei que apenas modelos de xampu faziam isso.

– Então, agora é minha vez? – perguntou Marie, uma ex-modelo belga de franja comprida. Todos os garotos olharam ao ouvir seu sotaque e sorriram. – Certo, então... Eu fiz sexo anal.

Eu me engasguei com o pretzel e tossi. Ninguém notou, porque os garotos estavam sorrindo e admirando Marie, enquanto Hannah esbravejava por ela ter desrespeitado as regras e arruinado o jogo. Segurei o copo e bebi rapidamente, me sentindo melhor conforme os pedacinhos de pretzel desciam pela garganta.

Olhei para ver quem bebeu, imaginando se Charlie seria um deles. Vi Hannah me encarando com seus olhos pequenos.

– Meu Deus! Ellie também bebeu. Então são cinco dos garotos, Marie, Emma e Ellie. Caramba, Ellie, você é um azarão! – ela gritou.

Todos me olhavam. Vi a expressão satisfeita de Charlie, e algo como luxúria atravessar o seu rosto. Senti o sangue gelar e tentei dar um sorriso forçado. Dei de ombros com um sorriso amplo exagerado demais e estiquei a mão para a tigela com pretzels.

– Então, com quem você fez? – insistiu Hannah. Eu queria matá-la.

Por sorte, Emma – a única garota ali que parecia vestir roupas da Topshop e não de algum bazar de caridade – veio em meu socorro.

– Achei que estivéssemos brincando de *Eu Nunca* e não de *Verdade ou Consequência*. – Hannah deu de ombros e Emma continuou.

– Mas, se podemos fazer perguntas, conte sua história de traição. Você já fez a Ellie contar a dela.

Hannah pareceu confusa.

– Hum, mas eu não bebi na rodada da traição.

Emma levou a mão à boca.

– Ah, foi mal. Eu me confundi com a pergunta. Por um instante, achei que era sobre ter dormido com alguém que já estava namorando... como você fez com Tom. Merda, falei demais. – Ela parou de falar enquanto Hannah ficava roxa.

Kara se virou espantada.

— TOM? MEU EX-NAMORADO TOM? — ela guinchou.

Emma deu uma piscadinha para mim e soltou uma risada que ninguém viu, porque estavam assistindo a Kara gritar com Hannah. Peguei meu casaco e a bolsa, e fui de fininho em direção à porta, aproveitando a perfeita oportunidade de fugir. Eu estava de saída quando Emma surgiu por trás de mim.

— Foi muito divertido, não? — Ela sorriu.

— Você me salvou — respondi agradecida.

— Daquela piranha? Eu sei, eu não a suporto.

Eu a olhei boquiaberta.

— Está falando sério? Pensei que todos gostassem dela. Ela é tão bonita e confiante, e faz o estilo largada com tanta naturalidade.

Emma revirou seus olhos azuis brilhantes.

— Certo, ela é bonita, mas parece que só tem um vestido, e é tão irritante que dói ficar perto dela por mais de uma hora.

Comecei a rir, surpresa. Quem diria que mais alguém conseguiria ver além da coroa de flores artificiais de Hannah direto para seu coração nada hippie?

— Ah, meu Deus, eu não poderia ter ficado mais feliz com o que você acabou de dizer! — exclamei. — Pensei que eu fosse a única que não gosta dela.

Emma sorriu com seus lábios pintados com várias camadas de batom vermelho.

— Acredite, você não está sozinha nessa, gata. De qualquer maneira, devíamos sair para beber e dividir nossas histórias de sexo anal.

Soltei um gritinho meio estrangulado, e Emma me olhou interrogativa. E agora, mentir ou não mentir? Escolhi uma meia mentira.

— Hum. Aquilo não foi realmente verdade. Eu nunca fiz sexo anal. Bebi porque me engasguei com um pretzel e já era tarde demais para negar.

Ela jogou a cabeça para trás e gargalhou alto.

– Tudo bem, espera. Então, por que você não disse para a Hannah que bebeu sem querer e não quis dizer que deu a bunda?

Corei diante de suas palavras.

– Acho que eu gostaria de ser o tipo de garota que, hum, dá... lá – admiti. Por um minuto, tinha sido meio excitante ver Charlie me olhar como se me desejasse.

– Gata, qualquer uma pode ser esse tipo de garota. Tenho certeza de que os caras estão fazendo fila para te comer... lá. – Ela sorriu.

Fiz cara de dúvida.

– Não, eles não estão.

Ela acenou com a mão.

– Você deve estar indo aos lugares errados. No próximo fim de semana, você vai sair comigo. Me manda uma mensagem – ela disse, soprando um beijo enquanto se virava para voltar para a festa, rebolando em suas botas de salto treze.

Ela deixou um rastro de perfume Miss Dior Chérie e imaginei como seria estar no lugar dela. Talvez, se eu começasse a usar perfume em vez de desodorante corporal de morango comprado no atacado anos atrás, *eu* pudesse ter histórias de sexo sem compromisso e estar à altura de Hannah Fielding.

Olhei para o pretzel na minha mão e me dei conta de que ainda tinha um longo caminho a percorrer.

CAPÍTULO QUATRO

DESPERTEI COM UM LONGO GEMIDO AO LEMBRAR O QUE ACONTEceu na festa. Meus olhos ainda estavam colados de sono, então andei às cegas procurando o celular, e liguei para Lara, minha melhor amiga.

Ela era a primeira pessoa para quem eu ligava quando alguma coisa humilhante acontecia comigo. Eu transformava minha terrível falta de sorte com homens em histórias engraçadas para ela, para que ríssemos delas, e ela me ajudasse a esquecer como isso me doía muito. O boquete canibal nos deu motivos para muitos anos.

Lara perdeu a virgindade um ano antes do limite legal, aos quinze anos. Ele se chamava Marc, frequentava uma escola vizinha à nossa, em Guildford, e só aconteceu uma vez. Ela nunca teve certeza se contava como sexo, porque, apesar de ter havido penetração, só durou alguns segundos e não entrou todo. Marc nunca mais ligou.

Ela havia seguido adiante, e vivia o sonho dos meus pais, estudando direito em Oxford. Apesar de seu status no Facebook continuar como solteira, ela saía há três anos com um cara chamado Jez. Eles se conheceram no ano sabático dela e faziam sexo sem compromisso desde então. Eu queria ter tido um ano sabático. Ela atendeu ao telefone no décimo quinto toque.

– Ellie, graças a Deus você ligou. Estou em crise.

Puxei as cobertas por cima da cabeça.

– Eu também. Brinquei de *Eu Nunca* com os hipsters e contei que fiz sexo anal.
– Por que você disse isso? Você nunca fez nem sexo *de verdade*.
– E VOCÊ ACHA QUE EU NÃO SEI DISSO? – berrei com ela ao telefone. Ela ficou em silêncio, e eu suspirei melancólica. – Enfim, estou abrindo mão da minha vida. É deprimente demais. Qual é a sua crise? Espero que seja pior do que a minha. Preciso de algo grande para me distrair.
– É, sim. Acredite em mim. Estou em casa para a Páscoa, e quero ver Jez mas, como sempre, ele está sendo um babaca, e não responde as minhas mensagens. Por isso estou no centro de Londres, esperando que ele responda, para que eu possa vê-lo esta noite.
– Espere... Você está em Londres sem nada para fazer? Por que não vem para cá?
– Bem, eu meio que já estou a caminho.
– Eu não acredito que você achou que eu estaria em casa sozinha, de bobeira.
– Mas isso é exatamente o que você está fazendo.
– Tudo bem. De qualquer maneira, espero que você deixe o Jez para lá, porque tenho uma proposta para você e inclui sair hoje à noite.
– Mas e se ele me procurar, querendo me ver? Eu não sei se posso *realmente* sair essa noite.
– Por favor, Lara. Ele está ignorando você, como faz de tempos em tempos, então você não pode ficar à disposição dele. Abrace a feminista dentro de você, deixe de ser a pessoa para quem ele liga apenas quando quer sexo e saia comigo essa noite para me ajudar a perder a virgindade.

Ela começou a rir.
– Está brincando? Você quer perder a virgindade *hoje à noite*? Com um estranho?
– É.

— Eu não vou ajudá-la a perder a virgindade com sexo casual de uma noite só. Você esperou muito tempo, e pode esperar um pouco mais pela pessoa certa.

— Estou cansada de ouvir isso — reclamei.

— Você quer saber quantos sites me aconselham a continuar esperando? A página sobre virgindade da WikiHow está cheia de bobagem Hare Krishna como essa.

— Você realmente procurou conselhos sobre virgindade na Wikipedia?

— Viu como estou desesperada? — falei com minha melhor voz carente.

— Prometa não fazer essa voz de novo e eu penso no caso.

— Ah, tudo bem. Trouxe algum chocolate com você? Vou precisar de umas calorias para te contar sobre ontem à noite.

— Estou de dieta de novo.

— Você só pode estar brincando! Você veste trinta e oito. Não precisa de dieta.

— Eu sei, mas me sinto gorda e estava planejando ver Jez hoje à noite e não queria estar inchada.

— Lara, você está falando com alguém que teve que comprar jeans quarenta e quatro outro dia. Ainda fiquei com a marca da costura nas pernas quando tirei a calça. Nem pense em me dizer que se sente gorda. Você quer ficar parecendo aquelas anoréxicas que aparecem nas revistas? Elas são completamente retocadas e nenhum ser humano normal se parece com elas e...

Ela gemeu durante o resto do discurso que faço sempre que ela começa uma dieta. Havíamos combinado há muito tempo que não seríamos garotas que vivem de alface e anotam calorias, mas de vez em quando uma de nós vacilava e arranjava coragem para começar uma dieta. Geralmente Lara.

— Está bem, desculpe. Vejo você em cinco minutos com o chocolate.

...

Estávamos sentadas, olhando indecisas para uma pilha de roupas na cama. Eu não fazia ideia do que vestir. Tínhamos vinte abas abertas no site da revista *Cosmos*, na seção "O que usar em cada ocasião", mas nenhuma dizia *O que vestir para encontrar a companhia ideal para perder a virgindade.*

– Quando decidirmos aonde vamos, será mais fácil escolher o que vestir – disse Lara.

Suspirei e me joguei na cama sobre a pilha de vestidos que já tinham sido rejeitados.

– Não quero perder minha virgindade para um estudante mal-arrumado, especialmente porque posso encontrá-lo de novo, então não podemos ir a lugares frequentados por estudantes...

– Tudo bem. Por que não vamos a um lugar mais bacana? – sugeriu ela. – Em Mayfair ou algo assim? Muita gente da minha universidade frequenta aquela área.

Normalmente eu suava frio só de pensar em ir naqueles bares. Grupos de formandos de Oxbridge usando roupas de grife me fariam parecer um polegar inchado. E eu já tinha tentado os bares de estudantes sem nenhuma sorte.

– Quer saber? Foda-se. Estou desesperada. Vamos a um bar mais sofisticado. – Dei de ombros.

Ela festejou e eu prossegui.

– Além disso, eu posso perder a virgindade com alguém que realmente possa pagar minha bebida. Que diabos! Se eu pegar um cara endinheirado e com contatos, talvez também possa sair com uma carta de recomendação para um estágio.

Lara parou de festejar. Ela me olhou e fez uma careta com seu nariz perfeito.

– Você tem certeza de que não está sendo um tanto, hum, esnobe sobre essa coisa de romper seu hímen?

Suspirei ruidosamente.

— Olha, eu sei que soa meio maluco. Mas, de verdade, neste momento, é um fardo. Mesmo que eu achasse o cara certo, ele sairia correndo se descobrisse que ainda sou virgem. Isso me faz parecer esquisita, como se eu tivesse me guardado para ele. Se eu puder me livrar disso com um C.D.U.N.S., vou me sentir mais livre depois, sabe?

— Você acabou de criar uma sigla para um *Caso De Uma Noite Só*?

Eu a ignorei.

— Juro que não vou me arrepender. Já pensei muito sobre isso e sei que é a escolha certa para mim. Eu só quero acabar com essa experiência humilhante o mais rápido possível. Você me ajuda?

— Está bem. Vamos ao Mahiki. Príncipe Harry e seus amigos vão lá, então pelo menos você perde sua virgindade com alguém que pode pagar o aborto se você precisar de um. Além disso, é mais barato para estudantes às segundas-feiras.

...

Horas mais tarde, Jez ainda não havia respondido a mensagem de Lara, então ela decidiu procurar por sexo casual para parar de pensar nele. Escolhemos vestir preto em respeito à morte iminente da minha virgindade, e pegamos dois vestidos curtos no meu guarda-roupa.

— Então, se eu pretendo ir até o fim hoje à noite, preciso raspar minhas pernas. — Parei por um instante e prossegui: — E mais importante, o que devo fazer com os pelos lá *de baixo*? — sussurrei. — Você sabe o que aconteceu da última vez.

Depois do boquete canibal, decidi que era hora de me livrar dos meus pelos pubianos. Uma rápida enquete havia revelado que todas as minhas colegas de turma se raspavam desde os quinze anos, mas nenhuma se lembrou de me contar isso. Descobri que estava errada em ignorar meus pelos pubianos e deixá-los *ao natural*. Tive muita vergonha de pedir a elas mais informações sobre isso, então fui procurar on-line. Não demorei muito para aprender a diferença entre uma depilação hollywoodiana e uma brasileira. Todos os sites e revistas diziam que os pelos pubianos *ao natural* só foram aceitos na década de 1970.

    Entendi que eu precisava dar um jeito nos meus pelos pubianos imediatamente, para o caso de encontrar outro cara – ou, mais provavelmente, ser atropelada e ter que usar uma bata hospitalar. Eu seria motivo de risadas no momento que tirassem minha calcinha.

    Comecei a tarefa na mesma hora. Tomei um banho e, com determinação, eu me dediquei à questão empunhando minha lâmina Vênus rosa. Creme para depilação era muito caro, por isso respirei fundo e peguei o sabonete líquido. Estava vazio. Típico.

    Havia uma embalagem de xampu e uma de condicionador do lado. Condicionador era basicamente a mesma coisa que sabonete líquido, certo? Achei que daria certo e coloquei bastante nos meus pelos. Sem saber exatamente o que estava fazendo, comecei a raspar a área do triângulo. Meus pelos, que nunca haviam sido aparados, logo se embaraçaram na lâmina, que começou a arrancá-los dolorosamente. Segui em frente por vinte minutos antes de perceber que eu devia tê-los cortado antes. Peguei uma tesourinha de unhas e comecei.

    Ao terminar, voltei à lâmina. Foi bem mais fácil dessa vez e os pelos desapareceram. Ficou um pouco mais difícil nas áreas mais delicadas, onde tentei esticar a pele para raspar melhor. Quando cheguei aos lábios, estava navegando às cegas. Estava com tanto medo de cortar algo importante, que deixei os pelos próximos ao clitóris. Passei a mão para verificar se tinha deixado escapar alguma parte óbvia, mas não achei nada.

Até que baixei a cabeça e descobri, horrorizada, que havia uma linha de pelos que seguia até o ânus. Eu não fazia ideia se devia me livrar desses pelos também, mas achei que podia completar o que havia começado. Afastei bastante as nádegas e cheguei perto da água, arrependida de ter passado tanta espuma de banho. Segurei a respiração e raspei com cuidado. Foi difícil manter a lâmina rente à pele, mas consegui na maioria das vezes. Chequei cada lado e respirei aliviada. Eu me senti fazendo uma cansativa aula de pilates.

Estava prestes a sair do banho para o conforto do meu roupão quando me lembrei de Lily dizendo que os lábios eram a única área onde os garotos não queriam pelos, no caso de eles resolverem chegar até lá. Não havia exatamente uma fila de garotos querendo fazer sexo oral em mim – mas concluí que eles não fariam fila se soubessem que eu tinha uma vagina peluda. Com um suspiro resignado, separei os lábios o máximo que consegui e encontrei pelos crescendo a milímetros do clitóris.

Peguei a lâmina novamente e comecei a raspar em torno das partes delicadas, arrependida de não ter investido numa lâmina especial para biquíni.

E soltei um grito. Eu havia me cortado. Havia realmente cortado meu clitóris.

...

Peguei o chuveirinho e liguei a água gelada no máximo. Minha vagina ficou dormente, e aos poucos meus gritos se transformaram em lamentos de autopiedade. Olhei novamente e me pareceu que estava tudo certo. Era só um pedacinho. Agradeci a Deus não ter decepado tudo por acidente. Saí do banho e me sequei com cuidado, indo para a cama.

No dia seguinte, eu já havia esquecido o corte acidental. Parecia ter se curado milagrosamente e passei a manhã toda me sentindo deliciosamente suave. Passei longos vinte minutos me admirando nua na frente do espelho. O tufo de pelos que me aterrorizava e fazia com que eu me sentisse tudo menos sexy tinha desaparecido. Depois da depilação, eu me senti uma Nova Mulher.

Algumas horas mais tarde, tudo mudou. Sentei na privada para fazer xixi e gritei de dor. A urina escorreu pelo corte e ardeu mais do que nunca. Não conseguia fazer xixi sem chorar. Estava ferrada.

A única opção era me desidratar para não fazer xixi. Vaguei pela escola nos dias seguintes em estado lamentável. O sétimo círculo do inferno de Dante não era nada quando comparado à minha vida depois de ter me raspado. Estava sedenta, fraca, e tive que parar de passar rímel nos olhos porque chorava demais cada vez que fazia xixi.

Além disso tudo, os pelos começavam a crescer em tufos. Coçavam de maneira infernal e eu não conseguia parar de coçá-los. Eu tinha que me esconder nos cantos para coçar minha vagina em público, e estremecia cada vez que os grandes lábios se encostavam. No espelho, parecia tão repulsivo quanto eu me sentia. Os tufos faziam minha vagina parecer a barba de um homem de meia-idade.

O corte demorou quatro dias para sarar e eu passei todas as noites escrevendo *Odeio a minha vida* no diário com cinco canetinhas diferentes. Até que criei coragem de contar a Lara exatamente o que havia acontecido e ela chorou de tanto rir.

Quando eu trouxe essa história à tona quatro anos depois, ela ainda riu.

— Meu Deus, eu tinha me esquecido completamente disso. — Ela gargalhou.

— Não foi engraçado — falei com seriedade. — Foi doloroso e eu nunca mais deixarei uma lâmina passar perto da minha vagina. — Parei de falar por um instante. — Então, qual a alternativa?

— Por que você não usa um creme depilatório?

Arqueei as sobrancelhas.

– Não consigo imaginar um creme funcionando ali embaixo. Os pelos são grossos.

– Funciona, sim. Os cremes são desenvolvidos para funcionar com todo tipo de pelo. Por que você não vai dando uma aparada enquanto vou ao mercado comprar o creme?

– Tudo bem, mas se der errado vou culpar você – avisei, entregando minha carteira, enquanto ia para o banheiro começar os preparativos. Odeio aparar meus pelos pubianos. Não sabia o quanto cortar, e Lara também não fazia ideia, já que era tão clara que não tinha pelos no corpo. Duvido que ela tenha tido que decidir qual o melhor método para remover pelos, já que ela não os tinha. Reparei quando estávamos na sétima série e ela trocou de roupa para nadar.

Comecei tentando juntar os pelos em montinhos para apará-los em pequenas seções. Assumi meu lado cabeleireira, separando os pelos entre os dedos e cortando as pontas. Cortei o melhor que pude, apanhando feio perto dos lábios. Os pelos caíam na louça do vaso sanitário e consegui apará-los com alguma uniformidade. Eu estava debruçada com a cabeça entre as pernas. Até que a porta se escancarou.

– Jesus, Ellie, que diabos você está fazendo?

Levantei a cabeça rapidamente e puxei o vestido para baixo.

– O que aconteceu com bater na porta antes de entrar? Estava procurando pelos que tenham escapado, mas estou tentada a ignorá-los agora.

– Você dá um jeito neles com isso aqui – ela disse triunfante, enquanto sacudia um tubo de creme depilatório e uma embalagem de M&M's. Enquanto eu tentava pegar o chocolate, ela jogou o creme em mim.

– Achei que precisaríamos de mais chocolate para isso. Podemos comê-los enquanto esperamos o creme fazer efeito em você.

Revirei os olhos e levantei o vestido com eficiência.

– Nossa, Ellie, você podia avisar antes de tirar a roupa – Lara reclamou.

– Qual foi? Frequentei uma escola só para meninas.

– Fomos à mesma escola.

– Exatamente. Então, você devia estar acostumada. Quanto disso eu passo?

Ela examinou a embalagem.

– Certo, você precisa cobrir todos os pelos, então eu colocaria bastante creme se fosse você. E esperamos dez minutos, mas você deve ter que ficar uns quinze, porque aqui diz para deixar dois minutos a mais se os pelos forem grossos.

– Doze minutos, então.

– Você está na minha frente com a vagina de fora. Acredite, você precisa de quinze.

Apliquei o creme branco, que cheirava a muita química, nos pelos pubianos. Em seguida, eu me sentei na privada com as pernas abertas para que o creme não sujasse minhas coxas. Lara estava deitada na banheira vazia, me passando M&M's.

– Eu não entendo como um creme pode ser tão eficiente quanto a depilação a cera. Como esse negócio pode fazer o mesmo? – perguntei.

– Pelo cheiro forte que está saindo do meio das suas pernas, aí tem química suficiente para queimar os pelos.

– Ai, meu Deus, você acha que pode me queimar se eu deixar tempo demais?

– Provavelmente não. Quer que eu dê uma olhada na bula?

Eu tentei pegar a bula e jogar para Lara, mas não dava para fazer isso sem sair da privada. Em vez disso, estiquei a mão para pegar mais chocolate.

– Quanto tempo falta?

– Oficialmente faltam quarenta e cinco segundos e você pode lavar tudo – Lara anunciou ao olhar o iPhone.

Dei um salto animada e gesticulei para ela sair da banheira. Cuidadosa, liguei o chuveiro e fiz uma prece silenciosa. Abaixei o chuveirinho e esperei que a água levasse os pelos.

Dois minutos depois, eu continuava esperando. Em pânico, comecei a esfregá-los e alguns saíram na minha mão. O restante continuou, então esfreguei com mais força. Alguns outros se soltaram, mas, depois de cinco minutos esfregando vigorosamente, restaram tufos esparsos na minha vagina. Ela parecia uma batata triste e careca, só com alguns brotos.

CAPÍTULO CINCO

LEVAMOS DUAS HORAS E UMA GARRAFA DE VINHO PARA ME CONsolar. Mas quando saímos do meu quarto, estávamos tendo crises de riso.

– Parece com um daqueles brinquedos do Sr. Cabeça de Batata, com o cabelo nascendo – gargalhou Lara.

– Tomara que algum sortudo no Mahiki goste de uma vagina esparsamente coberta.

– É, nunca sabemos, pode ser algum tipo de fetiche. – Ela deu uma risadinha.

– Pobre vagina – falei, enquanto bambeávamos em nossos saltos altos a caminho do ponto de ônibus. Estava frio e usávamos casacos, mas as pernas estavam nuas, para ficarem mais atraentes. Não devia ter confiado no álcool para me manter aquecida.

– Se fôssemos ricas, poderíamos pegar um táxi – disse Lara, quando finalmente sentamos no 390 indo para Green Park.

– Você não pode tomar goles de vodca num táxi – lembrei a ela.

– Também é proibido ingerir bebida alcoólica no transporte público, Ellie.

– De verdade?

– Sim, sua idiota. – Ela revirou os olhos e me passou a garrafinha plástica que tínhamos enchido com vodca e um pouquinho de limonada. Ela a virou com cuidado e eu a imitei. Repetimos o gesto até chegarmos ao bar e caminhamos meio trôpegas para dentro, onde mostramos nossas carteiras de estudante e pagamos cinco libras cada.

— Ah, meu Deus, você já tinha visto tanta roupa de grife junta? Estou me sentindo como se tivesse entrado num catálogo da Abercrombie. — Lara olhou com pesar para a multidão de pessoas loiras à nossa volta.

— Estou vendo. Se isso me incomodasse, eu teria uma indigestão. Como vou achar o cara que vai tirar minha virgindade no meio de todo esse material genético incestuoso?

— Álcool?

O bar estava lotado de formandos de Oxbridge, bronzeados de seus fins de semana em St. Tropez. Fomos para o bar e, em segundos, dois homens estavam nos pagando bebidas. Eram velhos, ligeiramente carecas, e estavam enfiando um pouco mais do que as camisas para dentro da calça, mas como estavam contentes em gastar seu dinheiro com a gente, ignoramos as camadas de gordura que se acumulavam em suas cinturas. Eles pagaram tudo o que pedimos, mas limitaram em vinte e poucas libras as piña coladas que vinham em abacaxis de verdade. Lara e eu passamos as horas seguintes revirando os olhos e ficando mais bêbadas, enquanto os caras continuavam conversando e evitando falar de suas famílias.

— Então, Ellie, você quer dançar? — perguntou o mais gordo dos dois, me trazendo de volta à realidade.

Arregalei os olhos para Lara, e, antes que tivesse tempo de pedir ajuda, ela agarrou meu braço e me arrastou para longe.

— Vamos ao banheiro. — Ela sorriu docemente para os homens desapontados.

— Que inferno, eu não aguento mais esses caras — reclamei ao me atirar numa poltrona no banheiro.

— Nem me fale! — ela exclamou. — Eu juro que consegui ver os pelos das panças deles *através* das camisas. E você viu as marcas de suor do Mike? Eu achava que a camisa dele era cinza, até olhar o colarinho.

Olhei para ela sem reação.

– Qual deles é o Mike?

– Você está brincando, não é? O que acabou de te convidar para dançar, Ellie.

– Ah, o gordo. Qual o nome do que tem as entradas profundas no cabelo?

– Andy – respondeu Lara, enquanto retocava o rímel. – Você não estava prestando atenção na conversa?

– Hum, eu sei que trabalham com imóveis ou finanças, e que provavelmente têm duas esposas entediadas em casa – respondi.

– Eca, isso é tão deprimente. Vamos tomar mais um drinque por conta deles e sair para dançar. Se eu tiver que ouvir mais alguma coisa sobre o BMW Z4 Roadster do Andy eu vou me afogar em vodca com limão.

– É, eu não quero saber mais nada sobre videogames – concordei. Houve um minuto de silêncio quando Lara se virava para mim.

– Você sabe que ele estava falando do carro dele, certo?

– Nossa, pensei que era tipo um PlayStation 4 – admiti.

Ela deu uma gargalhada alta e puxou meu braço enquanto sacudia a cabeça.

– Essa noite está terrível. Dane-se. Mais um copo e vamos atrás de coisa melhor. Combinado?

Concordei relutante e deixei que ela me levasse de volta para os quarentões carecas.

– Meninas, vocês voltaram! – exclamou o mais gordo. Pedimos outra rodada e alguns shots de tequila.

Lara e eu nos entreolhamos e demos de ombros.

– A nós – ela brindou antes que virássemos os copos. Eu peguei o limão e o estava chupando com vontade quando percebi que estava sendo observada. Ele usava calça de sarja, uma camisa de brim azul, e tinha o rosto mais simétrico que eu já vi. Eu me engasguei com a pele do limão. Tinha achado a pessoa perfeita para tirar minha virgindade.

Afofei o cabelo, limpei qualquer resíduo de rímel sob os olhos e abri um sorriso magnífico para ele. Ele retribuiu o sorriso, e agarrei a borda da mesa para me apoiar. Eu me virei para Lara para partilhar minha animação, e meu sorriso se desfez devagar ao perceber que ela também sorria para ele. O cara estava sorrindo para *ela*, não para mim.

Meu estômago doeu de desapontamento e rejeição, e me virei de volta para o careca e a vodca com limão. No momento em que terminei de beber tudo, Lara e o cara bonitão estavam bebendo piña colada no canudinho em abacaxis e encostados um no outro. Nossos olhares se cruzaram e ela murmurou *desculpe* para mim, embora estivesse com um sorriso enorme no rosto.

Andy ou Mike me deu uma cutucada e fez uma piada sobre nosso quarteto ter virado um trio. Percebi que precisava sair dali. Eu me afastei deles, resmungando algo sobre banheiro e fui lá para fora.

Eu me encostei em uma parede de tijolos gelada, bêbada e infeliz demais para sentir frio. Toda essa ideia havia sido estúpida. Lá no fundo eu sabia disso desde o início. Mas eu tinha a esperança secreta de encontrar um cara bonito, que me levaria para casa, compraria café da manhã e se apaixonaria por mim. Mas é claro que Lara, bonita, loira e inteligente, é que havia encontrado o cara ideal – mesmo sem precisar de um.

Todos à minha volta riam e conversavam animadamente enquanto fumavam e abriam caminho para um câncer de pulmão. Eu me senti tão sozinha. Isso era o pior da minha virgindade indesejada – me fazia sentir muito solitária. Lara não era mais virgem há anos, e eu era a única entre nossas amigas de escola que não tinha feito sexo. Quando nos encontramos para comemorar os aniversários de vinte e um anos, todas contaram histórias sobre seus namorados e sexo sem compromisso dignos de arrependimento. Era uma experiência universitária padrão, da qual eu não fazia parte. Todas me lançavam olhares de pena – *Ah, ainda virgem, Ellie?* – e eu fazia piadas autodepreciativas para esconder o quanto isso me magoava. Secretamente eu queria ser exatamente como elas.

– Você está bem?

Eu me virei surpresa. Havia um garoto de pé, sorrindo para mim. Na medida em que o torpor alcoólico diminuiu um pouco e meus olhos se ajustaram à luz, eu pude vê-lo direito. Ele usava um moletom cinza de capuz, tinha uma franja emo e um piercing no lábio. Era a única pessoa no bar que não parecia ter vindo de iate, e até os garçons estavam mais bem vestidos do que ele. Ele também era a única pessoa que teve vontade de vir falar comigo.

– Só com um pouco de frio – falei, tentando fazer uma cara atraente.

– Quer um cigarro? – ele perguntou.

– Claro. – E aceitei o que ele ofereceu.

Acendi o terceiro cigarro que fumei nos meus vinte e um anos, traguei com força e tossi. Muito. Ele me olhou e arqueou as sobrancelhas.

– Garganta sensível – expliquei.

– É, deve ser o frio. – Ele sorriu. – Acontece comigo o tempo todo.

Dei outra tragada, engoli a tosse que subia pela garganta, e bati a cinza da ponta do cigarro no chão.

Ele pareceu entretido.

– Então, você... já esteve aqui antes? – perguntei.

– Você está me perguntando se eu costumo vir aqui? Papo clichê – ele disse com uma risada irônica.

– Você que veio falar comigo – eu o lembrei.

– Verdade. Não, eu nunca estive aqui antes, se é que você não sacou isso pela minha aparência. E você?

– Nem eu – respondi, imaginando como seria beijar alguém com piercing no lábio. Será que atrapalhava?

– Então, quer voltar lá para dentro? – ele perguntou.

Dei de ombros e joguei o cigarro no chão, seguindo-o escada a baixo. Chegamos ao bar e esperei que ele me perguntasse se eu queria uma bebida. Ele não abriu a boca, então comprei uma vodca com limão de dez libras, tentando não me encolher ao entregar meu cartão de débito. Ele comprou uma cerveja, e nós nos encostamos num aquário no meio do salão.

– Então, você está aqui sozinha? – quis saber ele.

– Estou com uma amiga. E você?

– É, eu também, mas ele se mandou, então estou sozinho.

– Legal, quer dizer... que bom para ele – concordei, imaginando o quanto eu teria que aguentar dessa conversa monótona. Ele parou e olhou nos meus olhos.

Depois de alguns segundos de intensa observação, ele se aproximou e me beijou na boca com gentileza. Não foi ruim, até que ele começou a mexer a língua e enfiá-la na minha boca. Comecei a sentir o pânico familiar de não saber o que fazer e tentei ficar calma.

Desde meu primeiro beijo com James Martell, eu nunca descobri exatamente o que fazer. Quando era jovem e treinava beijar nas mãos, eu sabia lá no fundo que, quando acontecesse de verdade, eu saberia o que fazer como num passe de mágica, como qualquer heroína hollywoodiana.

Mas a magia não aconteceu. Lábios-com-Piercing começou a esfregar a língua na minha. Eu senti o metal do piercing contra minha gengiva. Fiquei tentada a passar a língua no piercing, mas assumi minha segura e costumeira atitude de imitar o que ele estava fazendo. Como de hábito, não funcionou direito e meu nariz ligeiramente avantajado ficou batendo no dele. Mudamos de lado, e me atirei novamente em busca da língua. Tentei me lembrar de um conselho que vi num vídeo do YouTube certa vez. Comecei a massagear a língua dele com a minha. Será que eu deveria passar a minha língua em movimentos circulares pela dele ou ir pela lateral? Eu deveria recolher a língua quando terminasse?

Fechando os olhos, esperei pelo melhor. Depois de alguns minutos, ele pareceu descobrir que beijo de língua não era minha especialidade, então voltamos aos beijos sem língua. Respirei aliviada ao ver que havíamos parado com as línguas.

– Ellie! – Lara surgiu atrás de mim. Ela estava muito sorridente e seu cabelo sedoso e longo despenteado. Sua voz soava infantil, aguda e diferente quando ela começou a falar. – Este é Angus. Ele também estuda em Oxford e adivinha só! Temos vários amigos em comum!

É claro que Angus estudava em Oxford. Dei a ele meu melhor sorriso falso e me virei para Lara, perguntando com os olhos *"Por que você virou uma babaca afetada assim do nada?"*. Ela ignorou meu olhar.

– Então, quem é ele? Você não vai apresentá-lo para a gente?

Puxei o Lábios-com-Piercing para perto.

– Este é, é... – Olhei para ele, que me olhou de volta sem expressão. Depois de alguns segundos constrangedores, eu o fitei. – Bem, você não vai nos dizer qual é o seu nome?

Ele olhou surpreso e gaguejou:

– Ah, claro, é Chris.

Lara soprou um beijo para ele e se virou para Angus. Eles foram para o bar e me deixaram com Chris. Baixei os olhos e vi que ele usava um tênis da Converse. Angus estava usando lindos mocassins de camurça. Suspirei, mas Chris sorria e me puxou para junto dele. Ele voltou a me beijar e eu o abracei, tentando curtir o momento. Ele podia ser um peixe fora d'água no bar, mas pelo menos era um peixe fora d'água que me tratava bem.

Fomos interrompidos por luzes fortes e brilhantes. Chris se afastou de mim.

– Que droga, o bar está fechando. É melhor eu achar meu amigo e me mandar – ele disse.

– Nossa, é. Eu também. Preciso achar a Lara.

– Tudo bem, vejo você por aí – disse ele e se afastou.

Meu queixo caiu. Eu não esperava que ele propusesse um casamento na primavera, mas Chris nem sequer se deu ao trabalho de pedir meu telefone ou me dar um beijo de despedida. O breve efeito positivo de sua presença na minha autoestima não durou e me senti dez vezes mais feia do que no início da noite. Foi mais divertido me arrumar em casa com Lara do que vir nesse lugar onde só se importam com a aparência.

De repente, não acreditei que tinha pensado em entregar minha virgindade a um cara que conheci em um bar, alguém com um *piercing no lábio*. E ele nem me queria. Senti uma lágrima se acumular no meu olho esquerdo e a afastei com irritação. Eu não ia chorar por causa de um emo sem graça.

Mas outra lágrima escorreu. Sentei em um sofá em um canto escuro do bar. Eu sabia que conseguiria rir disso tudo com a Lara no dia seguinte, mas agora não era engraçado. Só fortaleceu as inseguranças de que eu tentei me livrar junto com meu buço no primeiro ano do Ensino Médio. Por que eu esperava algo diferente?

Isso acontecia sempre que eu saía, desde que entrei na faculdade. O cara ia embora ou pedia meu número, combinando um novo encontro em um bar, que nunca acontecia. Não devia me surpreender mais – eu estava acostumada a isso. Fechei os olhos e fiquei ali sozinha até que a vontade de chorar diminuiu e me levantei para procurar Lara.

Ela estava lá fora se agarrando com Angus. Fiquei ali, esperando-a se despedir dele. O segurança me olhou de cima a baixo e piscou para mim.

— Vai para casa sozinha, querida? Não precisa ser assim, sabe.

Obviamente a única pessoa que quis me levar para casa foi o segurança velho e fora de forma. Ele deslizou o olhar pelo meu vestido, então coloquei o casaco nos ombros e me afastei. Minha bebedeira se transformou em uma sobriedade aguda que tomou conta de mim enquanto eu caminhava para o ponto de ônibus. Lara e Angus vieram logo atrás, uma mão cutilada segurando a outra.

CAPÍTULO SEIS

Na manhã seguinte, acordei atravessada na minha cama de casal. Bocejei profundamente e estiquei os braços por cima de uma montanha de almofadas que estavam embaixo de mim. Sentei. Eu estava no meio da minha cama, que devia estar dividindo com Lara. Onde diabos ela estava?

Na mesa de cabeceira, peguei os óculos de aro de metal prateado que eu usava apenas na privacidade do meu quarto, e me arrastei até a janela para abrir as cortinas pesadas.

– AI, SAI DE CIMA DE MIM!

Dei um grito assustada diante da voz masculina desconhecida vinda do chão, e pulei por cima dele até a janela. Escancarei as cortinas e pisquei enquanto a luz invadia o quarto. Meus olhos lentamente se ajustaram até que a massa masculina no meu chão se transformou na Lara enrolada com o Angus-da-noite-passada. O rosto dele estava vermelho onde eu pisei, e ele esfregava os olhos com raiva. Lara estava deitada de bruços ao seu lado, usando apenas o sutiã. Eles tinham puxado a minha coberta, que só cobria parcialmente a Zona Masculina dele.

Fiquei olhando em silêncio para os dois enquanto tentava absorver a cena.

– Por que vocês estão no chão do meu quarto? – perguntei devagar.

Lara gemeu e virou de barriga para cima. Ela puxou a coberta para cobrir o corpo, deixando Angus totalmente exposto, e tentei não encarar a trilha de pelos dourados que subia pelo seu abdômen definido.

– Não dá para acreditar como o seu chão é desconfortável. Você podia ter cedido sua cama para a gente – ela disse, bocejando alto.

De repente, eu me lembrei de tudo. Na noite passada, no ponto de ônibus, Lara implorou para trazer Angus para o meu apartamento, porque ele estava em Londres visitando um amigo, e por isso não podiam ir para a casa dele. Eu estava tão bêbada e deprimida que concordei, com a condição de que não ficassem com a minha cama. Obviamente eles aceitaram a minha proposta.

Olhei para os dois sem palavras, e baixei os olhos para me certificar de que não estava seminua também. Eu estava usando uma camiseta enorme e a calcinha preta com que saí. Muda, passei por cima deles, entrei no banheiro e fechei a porta.

Minha cabeça latejava, e eu tinha acabado de encontrar minha melhor amiga deitada sem roupa no chão do meu pequeno quarto com o cara que eu fiquei a fim. Eu estava de ressaca, com ciúmes e irracionalmente furiosa.

Eu precisava tomar uma ducha para lavar meus sentimentos e o suor da noite passada, antes de poder sair como um ser humano normal, feliz-pela-minha-melhor-amiga. Tirei a camiseta, a calcinha e entrei na banheira.

Quando meu segundo pé tocou o fundo, escorreguei de costas, caindo com um baque. Gritei de dor e xinguei o mais alto que pude.

Massageando minhas costas doloridas, sentei e inspecionei minha mão. Havia uma coisa branca e achei que provavelmente fosse o creme depilatório de ontem.

Até que um pensamento horroroso me passou pela cabeça. Havia outras coisas com aparência branca e gosmenta. Coisas sexuais que não tinham nenhuma relação com o meu creme depilatório. AH, PUTA QUE PARIU. Será que Lara e Angus vieram ao banheiro para transar na minha banheira, enquanto eu dormia sozinha no quarto ao lado?

Olhei a coisa branca mais de perto, mas eu nunca tinha visto sêmen de verdade antes, nem em seu espetacular estado ressecado, então não fazia ideia. Olhei o resto do banheiro em busca de indícios. A calcinha Calvin Klein da Lara estava jogada no tapete do banheiro. Minhas piores suspeitas se confirmaram.

Gritei o mais alto que pude até que meus gritos viraram soluços histéricos. Limpei a mão na lateral da banheira. Eu podia ouvir Lara batendo na porta e me chamando, mas a ignorei e abri o chuveiro.

Fiquei ali pelo que pareceu uma eternidade, deixando a água quente lavar minha humilhação e minha ressaca. Lara não fez nada realmente de errado, além de fazer sexo na minha banheira, mas a experiência toda me fez sentir muito... rejeitada. Nós tínhamos saído juntas para nos divertir e conhecer caras legais, mas era eu quem realmente queria levar alguém para casa. Exceto, é claro, que era Lara, com seu nariz perfeito, cabelo longo e loiro e sua educação de Oxford que estava levando os homens para casa – mesmo que tecnicamente ela ainda estivesse saindo com Jez. Eu sabia que estava sendo a chata que não aguentava mais ter uma melhor amiga mais bonita e bem-sucedida, mas o pensamento só me fez chorar ainda mais.

Quarenta e cinco minutos depois, saí do banheiro enrolada no roupão. Lara estava sentada na minha cama, totalmente vestida. Estava sozinha. Ela me olhou cheia de culpa quando entrei no quarto. Ficou sentada em silêncio esperando que eu dissesse alguma coisa.

Dei o braço a torcer.

– Angus já foi?

– Foi. Ellie, eu sinto muito. Eu não devia tê-lo trazido para cá... Foi uma coisa muito sem noção da minha parte.

– Não seja boba. Está tudo bem.

– Não, não está. Nós... Deus, preciso confessar uma coisa para você.
– Pode falar.
Ela se remexeu na cama, mexendo no cabelo, que ainda parecia brilhante e sedoso, e tomou fôlego antes de prosseguir.
– Nós transamos no seu banheiro.
– Eu sei, achei os indícios – eu disse com calma, depois de esperar alguns minutos para deixá-la sofrer.
Ela fez uma careta de confusão, depois de choque. Ela colocou a mão na boca e gemeu.
– Droga, foi por isso que você gritou? Merda, Ellie, mil desculpas! Isso é tão vergonhoso. Eu me sinto tão mal. É que eu estava tão bêbada, e queríamos tanto transar, mas não tinha para onde ir...
Suspirei.
– Está tudo bem, de verdade. No seu lugar eu, provavelmente, faria o mesmo... mas eu teria limpado a banheira depois.
Ela baixou a cabeça novamente, envergonhada.
– Eu sei. Sou uma pessoa horrível. Me desculpe. Eu devo essa a você.
Sentei ao lado dela na cama, sabendo que já a tinha perdoado.
– Enfim, vamos esquecer isso tudo. Como foi com Angus?
Ela se iluminou e sorriu contente.
– Ele foi muito gentil. Trocamos os telefones e combinamos de tomar um café na semana que vem. Ele está fazendo mestrado, então é uns dois anos mais velho que a gente, mas parece ser um cara bem legal.
– Melhor que Jez?
Ela deu uma risadinha.
– Meu bem, até seu emo de ontem à noite é melhor do que o Jez. O que rolou ali?

– Hum... depois que você me abandonou sem dó nem piedade, eu me virei sozinha e acho que a Ellie bêbada não achou ninguém melhor para ficar. Então aconteceu aquilo.

– Acho que a missão não foi bem-sucedida, não é?

Assenti, fazendo careta.

– Foi melhor assim. Não dá para perder a virgindade dessa maneira. Eu achei que não me importava de perdê-la com um estranho, mas fiquei em dúvida depois da noite passada.

– Você está certa. E quer saber? Estou orgulhosa de você por não ter cedido. Tenho certeza de que você poderia ter ido facilmente com o emo para casa, mas não fez isso, então parabéns por ter resistido – disse ela.

– Eu sei – respondi desconfortável, decidindo que não precisava admitir para ela que Chris não se dispusera a tanto. Nem a pagar uma bebida.

– Não, de verdade, Ellie. Estou feliz que você não tenha perdido a virgindade com um estranho. Sei que você se sente diferente porque todos que conhecemos já transaram, mas ser diferente não é ruim. – Ela deu uma parada e continuou: – Além disso, é melhor ser virgem do que fazer sexo na banheira da sua melhor amiga, como eu fiz.

Senti a minha pele arder e cruzei os braços. Era tranquilo para Lara dizer que ser diferente era bom, mas ela nunca teve que inventar mentiras durante o *Eu Nunca*, ou sentar em silêncio ouvindo suas colegas rirem de histórias estranhas de sexo. Lara *tinha feito* sexo com Jez em situações estranhas... e aparentemente com Angus também.

– Como ser diferente pode ser uma coisa boa? – perguntei.

– Eu não sei – ela suspirou. – Acho... que eu não queria ter jogado minha virgindade fora com um babaca, e você não fez isso, e isso torna você diferente. Você tem princípios. É uma coisa bacana.

– Eu não tive escolha, lembra? O babaca com quem tentei perder minha virgindade não quis.

Ela revirou os olhos.

– Ellie, isso faz quatro anos. Você precisa superar esse negócio com o James Martell.

Eu me encolhi. O "negócio" com o James Martell?

– Lara, você sabe como aquilo foi horrível para mim. O boquete canibal foi horrível... Você não pode negar isso. E ele me rejeitou totalmente. Não dava para simplesmente "superar" isso.

– Ele era um cara legal, Ellie – disse ela com alguma irritação na voz. – Se você não tivesse tido tanto medo de encará-lo novamente, vocês provavelmente teriam acabado saindo juntos, e quem sabe você acabaria perdendo a virgindade com ele de uma maneira mais bacana. Em vez disso, você pirou com o que aconteceu.

– O que você está querendo dizer? – perguntei com a voz meio alterada, sabendo que não gostaria da resposta.

Ela suspirou.

– Não me odeie por dizer isso, mas eu acho que você tem medo.

– Medo?! Como você pode dizer isso? – A mágoa se instalou em mim. – Lara, é tão fácil para você. Você nunca teve que se preocupar com nada disso, e, tudo bem, o Jez é um babaca com você, mas vocês dois claramente se gostam, e têm se visto em alguns momentos mais, outros menos, nos últimos anos. É diferente para mim. Você não tem ideia de como é difícil estar sozinha quando todos à sua volta estão com alguém, ou levando uma vida de solteiro divertida, dormindo com a universidade inteira.

– Mas você não está sozinha, está? – Ela me cortou. – Você tem amigos, está indo bem na faculdade... mas você está obcecada em achar o cara para perder a virgindade. Se você parasse de pensar nisso por um instante, poderia curtir seu último ano em vez de ficar se estressando o tempo todo.

Senti as lágrimas se acumularem nos meus olhos.

– Alguma vez você pensou que eu *realmente* tento fazer isso? – perguntei a ela. – Que perder a virgindade é importante para mim, porque me ajudaria a finalmente fazer parte do grupo? Você se encaixa sem nem se esforçar. Eu nem sequer entendo *por que* sou virgem. Ninguém que a gente conheça teve problemas em perder a virgindade... Na maioria das vezes, as meninas se arrependem de ter transado pela primeira vez com o cara errado. Você teve uma oportunidade com o Marc, mas a única que eu tive foi com James Martell. Talvez eu tenha ferrado tudo, e depois do boquete canibal fiquei com medo de encontrá-lo novamente, mas eu tinha dezessete anos. Desde então, nenhum outro cara se interessou por mim. Eu nunca mais tive oportunidade de tentar de novo. Lara, eu tento *tanto* conhecer caras e nenhum deles fez mais do que me beijar, exatamente como ontem à noite. *Você* vai a um bar e um cara bonitão vem e flerta com você. Eu fico entalada com os homens velhos e os emos, e a minha melhor amiga transa no meu banheiro com um estranho. Será que você não percebe por que me sinto sozinha?

– Ah, meu Deus, por que não para de falar dessa coisa no banheiro? – perguntou ela alto, com a voz ligeiramente esganiçada.

– Eu sinto muito que Angus tenha preferido a mim a você. Talvez seja porque eu não esteja tão desesperada.

Senti como se ela tivesse me dado um tapa na cara.

– Desesperada? Você realmente acha que estou desesperada? Como pode dizer isso?

Ela parecia se sentir culpada, mas o pedido de desculpas que eu esperava não veio.

– Bem, eu acho que você está um pouco... Não sei, obcecada pela coisa toda. Você queria perder sua virgindade com um cara num bar.

– E daí?! A escolha é *minha* – respondi, tentando não chorar.

– Lara, você não pode me julgar se nunca passou por isso. – Eu fechei os olhos e deixei escapar algo de que me arrependi imediatamente. – Por que você resolveu se importar com isso de repente? Você nunca se importou antes.

Ela ficou boquiaberta.

– Me desculpe, Ellie, mas você está sugerindo que eu não me *importo*? Estou sempre à sua disposição quando você precisa de mim. Deixo tudo de lado toda vez que você está em crise, que é praticamente sempre.

Minha mágoa se transformou em raiva.

– E daí? Somos melhores amigas. É isso o que fazemos. Está bem, eu tenho muitas crises, mas não são coisas sérias. Eu não... eu não fico por aí esfregando o que sinto na cara de ninguém.

– Por favor, Ellie. Você é cheia de autopiedade – ela falou com descrença. – E quer saber? Você também sabe ser bem egoísta.

– Egoísta, *eu*? Olha quem fala! Passamos horas falando do Jez a cada dois dias, analisando suas mensagens de texto e falando um tempão sobre as últimas notícias de Oxford quando eu nem estudo lá, e não me importo com as pessoas de lá.

– Exatamente – respondeu ela com violência. – Você não se importa com as pessoas que fazem parte da minha vida, mas espera que eu me importe com alguém que sorriu para você no metrô, ou com as pessoas que você odeia no seu curso de literatura inglesa. É quase como se tivesse inveja de mim.

Ficamos nos encarando e nossas palavras pareciam ecoar pelo quarto. Essa era a nossa primeira briga. Eu não sabia o quanto daquilo tudo era realmente o que sentíamos. Era verdade? Eu era egoísta? O silêncio ficou insuportável. O clima estava tão pesado que finalmente entendi a expressão que fala em cortar a tensão com uma faca.

Ela se levantou de repente.

– Deixa para lá. Estou de saída.

Lara pegou seu casaco e a bolsa e saiu batendo a porta atrás de si.

No instante que ela saiu, desabei num choro e toda a minha raiva se dissolveu em mágoa e arrependimento. Ela estava certa – eu realmente tinha muita autopiedade e ficava choramingando por aí, além de *ser* egoísta. Mas não éramos todos? E como podia dizer essas coisas na minha cara? Será que não se importava em me magoar mais do que qualquer garoto jamais havia me magoado?

Eu me encolhi na cama e comecei a chorar baixinho. Meu cabelo encharcado molhou o roupão, mas eu mal percebi. Lara achava que eu era desesperada.

CAPÍTULO SETE

Ela ainda não havia ligado. Era quarta-feira e eu não sabia se devia ficar no meu quarto em Camden ou voltar para casa em Guildford. Lara também estaria por lá – ou talvez ela tivesse voltado a Oxford para ficar o mais longe possível de mim. Nós nunca ficamos brigadas antes.

Na luz fria do dia, um pouco da raiva havia voltado. As coisas que ela dissera foram tão contundentes e tão... verdadeiras. Ela as dissera em um rompante, sem se importar com como eu me sentiria, e eu havia sido igualmente ruim. Não podia enfrentá-la, e não estava pronta para pedir desculpas. Passei a terça-feira chorando, engolindo meus sentimentos e me distraindo com filmes. Agora estava com ressaca de sorvete e não aguentava nem mais um minuto a minha própria companhia.

A única coisa que restava era arrumar as malas e ir para casa derrotada passar o feriado da Páscoa, mas eu não tolerava a ideia de ficar em Guildford sentada sem nada para fazer. A única razão de ir para casa era passar as tardes com Lara, assistir a filmes e passear no parque. Ainda não estava pronta para voltar. Pelo menos, se ficasse em Londres, estaria cercada de pessoas. Precisava me distrair, passar algum tempo com alguém diferente, sem pensar em Lara.

De repente, eu me lembrei de Emma. Se ela ainda estivesse por aí, talvez pudéssemos tomar os tais drinques. Antes que mudasse de ideia, peguei o celular e mandei uma mensagem perguntando se ela estava disponível. Mal tive tempo de baixar o celular, quando ela respondeu.

Sim! Fiquei muito feliz que você tenha mandado uma mensagem. Que tal se almoçarmos à tarde num pub e começarmos a beber em seguida? Bebidinhas de mulher?

Perfeito. Onde nos encontramos?

Que tal às 3 da tarde no The Rocket?

Fechado!! bj

Orgulhosa por ter tomado a iniciativa e arranjado o que fazer, tomei um banho rápido e decidi caminhar os trinta minutos até o pub para queimar algumas das calorias adquiridas no dia anterior. Entrei no meu jeans skinny preto favorito, apesar de ter levado quase meio episódio de *Friends* para vesti-lo. A calça escondia minha celulite e me inspirava a andar com entusiasmo. Procurei no iPod a playlist chamada *Foda-se, mundo*. Era uma relíquia dos tempos angustiantes de adolescência, mas eu precisava retomar a vida. E dançar ao som de The Killers era a maneira mais fácil de fazê-lo.

Quarenta e cinco minutos depois cheguei ao pub e sentei, exausta, em um reservado. Tinha acabado de pedir um copo d'água quando Emma entrou. Ela me deu um abraço, me envolvendo em perfume floral, brincos de penas e seu cabelo loiro cortado assimetricamente. Graças a Deus eu estava usando o meu jeans favorito e botas de camurça preta com acabamentos dourados, porque senão estaria muito mal vestida. Emma usava uma camisa de seda creme, sutiã preto por baixo, que combinava com o jeans, botas de salto e um casaco peludo com estampa de leopardo.

— Então, já fez seu pedido? — perguntou ela. — Eu vou de peixe, fritas e creme de ervilha seguido do tradicional pudim de caramelo puxa-puxa.

— Isso parece gostoso. Só que eu comi um pote inteiro de sorvete Ben & Jerry's ontem à noite.

Ela me olhou com compaixão.

— Ui. Quem foi o cretino?

— Queria que tivesse sido um cara — suspirei. — Resumindo, ela é, ou era, minha melhor amiga de escola, e, do nada, finalmente resolveu dizer tudo o que jamais gostou em mim durante todos esses anos, mas guardava para si, *depois* de fazer sexo na minha banheira, com o cara que eu estava a fim, enquanto eu dormia no quarto ao lado.

— Caramba, parece que você teve uns dias bem ruins... Quem era o cara? Era bonito? Porque se era, você certamente pode desculpar o sexo na banheira.

— Eu acho que sim. Quer dizer, nenhuma de nós o conhecia. Nós o conhecemos em um bar, flertamos e ele a escolheu.

— Aí vocês foram para o seu apartamento e sua amiga trepou com ele na sua banheira? Garota de classe — disse ela, balançando a cabeça com um sorriso de admiração. — Querida, você pode culpá-la por isso, mas eu acho que o problema é que você cometeu o erro clássico de ter uma melhor amiga que fica com todos os caras. Você precisa sair e procurar uma nova melhor amiga, de preferência uma mais feia.

Dei uma gargalhada, mas ela sorriu e continuou.

— Certo, talvez isso seja um pouco drástico. Mas quer saber? Há tantas meninas assim por aí. Meninas bonitas que pegam todos os caras sem levantar um dedo e esfregam isso na cara de suas amigas. Vacas.

Eu ri.

— Está bem, mas eu sinto que não estamos mais falando da minha amiga. Você já passou por isso, Emma Matthews?

Emma revirou os olhos.

— Se passei? Na escola eu perdia para a Alex, porque ela era mais loira do que eu, e tinha peitos maiores. É nisso que os caras em Portsmouth se ligam, um esclarecimento cultural para contextualizá-la. Você se daria bem lá – ela acrescentou, fazendo-me corar ao baixar os olhos para a curva dos meus seios, que tentei esconder com uma blusa menos decotada. – Mas, enfim, acabei percebendo que todos aqueles anos de rejeição, sempre como a segunda opção, me ensinaram muitas coisas. Dez anos mais tarde, eu agora sou imune à rejeição, posso dar uma cantada em um cara, sem me importar com o que ele vai responder.

Olhei para ela em choque.

— Então você convida os caras para sair?

— Sou conhecida por fazer isso. E, para os poucos que dizem não, os muitos que dizem sim e me dão as melhores noitadas da minha vida fazem isso valer a pena.

— Estou impressionada! O mais perto que cheguei de tomar a iniciativa foi quando pedi a um cara chamado James para tirar minha virgindade quando eu tinha dezessete anos e ele disse não.

Ela caiu na gargalhada.

— Ah, caramba, esse tipo de rejeição é para deixar qualquer uma doida. Dezessete anos, hein? É um pouco tarde para perder a virgindade. Todas nós perdemos antes dos quinze, mas metade das meninas da minha série ficaram grávidas antes do Ensino Médio. Então eu acho que não somos uma amostragem justa do mundo.

Todas perderam a virgindade aos quinze anos? Meu Deus, eu era uma aberração de circo. Um canal de TV a cabo provavelmente faria um documentário sobre mim. A virgem de vinte e um anos.

Forcei um sorriso.

— Acho que ninguém na minha escola engravidou antes de estar respeitavelmente casada com um médico ou advogado, com exceção de Molly Hanson em 1984, que fugiu com um professor depois que ele a engravidou na sexta série. Desde então, a escola não permitiu mais professores com menos de quarenta anos, a não ser que fossem gays. Ficaram com medo de que as meninas fugissem com eles.

– Faz sentido. Eu definitivamente teria fugido com o Sr. Branson se ele tivesse me chamado. E só porque ele era tão bonito, que me motivei o suficiente para tirar dez em física. Mas quando você perdeu a virgindade depois da grande rejeição? – ela perguntou dando uma ênfase melodramática às últimas duas ou quatro palavras.

Fiquei vermelha. Eu não queria mentir para Emma porque ela estava sendo muito honesta comigo. Mas eu não podia dizer que era virgem... especialmente porque ela não conhecia ninguém que ainda fosse virgem depois do Ensino Médio. Mas como poderíamos ser amigas de verdade se ela não conhecesse esse detalhe tão significativo sobre mim?

Rapidamente falei a verdade antes que perdesse a coragem.

– Bem, na verdade não aconteceu para mim – admiti. Sua expressão pareceu confusa enquanto ela processava o que eu tinha dito. Ela estava me avaliando, e, merda, isso me deixou nervosa.

– Até que alguns meses depois eu fiquei bêbada e deu no que deu – continuei rapidamente.

Ela sorriu.

– Ah, a clássica primeira vez sob efeito do álcool. Acontece com todas nós.

Armei um sorriso luminoso e me odiei por ser tão covarde para manter a mentira.

– Isso! Não posso dizer que tive muitas outras experiências, e por isso terei que ouvir as suas.

– Droga, sei como é. Não está fácil encontrar homens por aí. Mas existe alguém no curso de literatura de quem você goste? Charlie, talvez? – ela perguntou com um sorriso esperto.

Fiz uma careta.

– Deus, não! Eu não aguento o senso de humor pervertido dele.

— É, eu entendo. É como... se ele estivesse escondendo alguma coisa. Eu acredito que aquelas histórias sirvam para encobrir algum segredinho. Um bem pequenininho.
— Você está querendo dizer que ele tem pau pequeno? Como sabe disso? – perguntei chocada.
Ela riu e apertou uma narina.
— Tenho minhas fontes. Digamos apenas que ouvi Marie comentando alguma coisa com Fiona.
— Marie e Charlie? Você só pode estar brincando! – Eu me engasguei.
— Marie e todo mundo, mais provavelmente. Aquela menina não está de brincadeira e, vindo de mim, isso significa alguma coisa.

Pedimos peixe com fritas, e continuamos fofocando até o pudim de caramelo puxa-puxa e os segundos mojitos. Eu me sentia um pouco culpada por mentir para a pessoa mais sincera que já conheci, mas achei que, assim que eu dormisse com alguém, as mentiras se tornariam realidade, e ela nunca precisaria saber da meia mentira.

— De qualquer maneira – Emma falou enquanto raspava o resto da calda no prato e descansava a colher, triunfante –, nós nos distraímos tanto que me esqueci de te dar mais apoio nessa questão da briga com a sua amiga. O que aconteceu?

— Foi deprimente demais para falar sobre isso de novo – resmunguei.

— Fala.

Respirei fundo.

— Tudo bem, mas não se esqueça... foi você que pediu.

— Ressalva anotada. Conte-me.

— Segunda à noite fomos ao Mahiki. Eu queria encontrar algum cara e ela já estava de rolo com uma pessoa, então saímos para achar alguém para mim. Dois velhos nojentos nos pagaram umas bebidas e aproveitamos. Nós duas encontramos o cara perfeito, mas é claro que o loiro e atraente Angus preferiu a loira e atraente Lara, então eles ficaram juntos. Nesse meio-tempo, eu me distraí com um emo feio e o agarrei, apesar de ele ser o único sem roupa de grife no lugar.

— Bom, primeiro, o que você está insinuando sobre as loiras, Srta. Kolstakis? Segundo, eu não acredito que você estava no Mahiki e conseguiu achar um emo. — Ela riu. — Eu admiro suas habilidades.

Arqueei a sobrancelha para ela.

— Habilidade? Eu acho que está mais para maldição.

— Não sei... Eu prefiro ficar com alguém um pouco diferente do que outro típico de Oxford.

Parei e, por um instante, imaginei se eu teria gostado de ficar com Angus. Ele foi bem grosso quando pisei em seu rosto.

— Eu não sei. Estou desistindo dos homens. Especialmente porque fiquei muito bêbada e concordei que a Lara ficasse com Angus no meu pequeno quarto. Pisei no rosto dele quando acordei, e descobri que os dois estavam PELADOS... Resolvi tomar uma ducha para esquecer tudo, mas escorreguei no que imaginei ser creme de depilação. Enquanto eu estava caída de costas, gritando de dor, percebi que escorreguei no gozo do Angus.

Emma cuspiu o drinque e desandou a rir. Pedi que ela parasse de rir tanto da minha desgraça, mas, depois que minhas tentativas não funcionaram, acabei me juntando a ela, e gargalhamos juntas até nossos olhos quase se encherem de lágrimas.

— Isso... é *tão*... engraçado — ela disse tentando respirar. — Como essas coisas acontecem com você? Mais engraçado do que quando você disse sem querer para a turma de literatura da faculdade que amava sexo anal, mesmo sem nunca ter feito isso.

— Eu não disse exatamente que *amava*...

— É, desculpe, os rumores por aí são um pouco diferentes.

Congelei.

— Por favor, diga-me que está brincando.

— Ah, deixa para lá, não é tão ruim assim. Acho que até o Charlie passou a respeitá-la. Os caras todos desejam você agora.

– Devo ficar lisonjeada por eles me desejarem porque acham que sou uma ninfomaníaca pervertida?

– Como é que é? – Emma disse, colocando o copo na mesa com força. – Não fale mal de sexo anal até ter experimentado. – Ela parou e baixou a voz. – Bom, mas ele pode ter consequências ligeiramente desastrosas.

Olhei para ela, imaginando-a junto com um cara desconhecido coberto de cocô.

– O quê? – perguntei alarmada.

– Lembra-se daquela Alex de quem falei? Na primeira vez em que ela fez, estavam na casa do cara, e o pai dele entrou no quarto. O cara ficou apavorado e tirou tudo de uma vez, no mesmo momento em que ela se dobrou em pânico. O reto dela saiu do lugar junto. O pai teve que levá-los ao hospital.

Engoli em seco, decidindo mentalmente nunca fazer sexo anal.

– Isso... é horrível – sussurrei, tentando apagar a imagem vívida da minha mente.

Ela balançou a cabeça devagar.

– Se não tivesse acontecido com ela, eu nunca acreditaria. Parece uma daquelas lendas urbanas, mas, infelizmente, aconteceu com a Alex. Alguns podem chamar isso de carma – ela acrescentou com um esboço de sorriso.

Deixei escapar uma risada de choque.

– De qualquer jeito, estou muito feliz que estamos saindo juntas. Você é a pessoa mais normal que encontrei no nosso curso até hoje.

– É recíproco – eu disse sorrindo calorosamente, pensando como isso era verdadeiro. – Apesar de isso não significar muita coisa – brinquei, e ela revirou os olhos para mim.

– De verdade, às vezes me sinto muito distante dos outros. São engraçados e tudo mais, mas eu nunca sei exatamente o quanto temos em comum – admiti.

– Não é?! – ela concordou. – Por exemplo, por que sempre temos que beber vinho tinto e fingir que odiamos música pop? Às vezes eu gostaria de aceitar o que eu realmente gosto. Então – ela disse erguendo o copo –, um brinde a estar fora de moda e não dar a mínima.

Brindamos enquanto ríamos e ela chamou o garçom para pedir mais bebida. Ele era jovem e uma gracinha, e eu lhe ofereci meu melhor sorriso sensual, mas ele pareceu nem reparar. Emma, nesse meio-tempo, já tinha ultrapassado sorrisos sutis e olhares diretos. Ela flertou abertamente com ele, e escreveu o número do seu telefone na conta quando pagamos, duas horas depois. Quando saímos, ela piscou para ele, que retribuiu com um sorriso discreto.

– Eu não acredito que você fez isso, Emma. Você é tão corajosa – balbuciei na saída.

Ela riu.

– Ele era tão bonitinho que não tive escolha. Meu desejo interior por ele foi tão forte que não resisti. Espero que ele ligue...

– Você vai ficar chateada se ele não ligar?

– Deus, não! Ele é um garçom de bar. Há milhares deles em Londres. Quem se importa se um deles não corresponder? Ele pode já ter namorada ou ser gay, apesar de eu ter um radar bem sintonizado para gays. Ou ele pode não gostar de loiras.

– Você é minha nova ídola, Emma – falei tropeçando em uma pedra da calçada.

– Está certo, senhorita, é bom saber. Mas eu reconheço que devemos levá-la para casa antes que você vomite em cima de sua nova ídola.

– Não estou tão bêbada assim – falei, enquanto ela me colocava em um táxi e dava um endereço que não era o meu. Encostei a cabeça no casaco peludo dela de estampa de leopardo e fechei os olhos.

CAPÍTULO OITO

Acordei com dor de cabeça e vi luzes piscando diante de mim. Pisquei os olhos algumas vezes e percebi que eram luzinhas decorativas. De cores diferentes, estavam emolduradas por estrelas de papel, cuidadosamente dispostas para iluminar um pôster enorme da Rihanna. Eu me olhei e vi que estava só de calcinha e sutiã, meu corpo seminu estava mal coberto por um edredom com estampa de listras de zebra.

– Emma? – chamei, minha voz falhando como se eu não falasse há dias.

A porta rangeu ao abrir e ela entrou, usando um roupão rosa--shocking, carregando duas canecas floridas.

– Tudo bem? Eu trouxe chá.

Agradecida, peguei uma caneca e me apoiei nos cotovelos, fazendo uma careta ao sentir uma pontada na cabeça.

– Muito obrigada por ter me deixado ficar aqui ontem.

– Tranquilo. Não tinha como deixá-la ir sozinha para casa naquele estado. De qualquer jeito, não sei se você vai ter estômago para isso, mas tem uma festa hoje à noite que você deveria ir.

– Você está brincando. Estou morta.

– Estamos na Páscoa! Não temos aulas, e você disse um milhão de vezes, ontem à noite, que não tem motivos para ir a Guildford. Não consigo pensar em uma única razão para você não ir à festa.

– Emma, não estou emocionalmente bem – gemi. – Minha melhor amiga não me procura mais, passei meu tempo livre comendo sorvete sozinha, e, quando consigo convencer alguém a sair comigo, não consigo parar de falar sobre tudo isso. Por que quer que eu vá com você na festa?

– Pare já de se sentir mal com você mesma, Ellie Kolstakis – ela disse, imitando uma mãe, antes de apoiar a caneca e me olhar nos olhos. – Quando você não está reclamando de como sua vida é medíocre, você é engraçada e muito divertida. Por isso acho que você deveria tomar um banho e sentar comigo no sofá para assistir àquela nova série pela qual todos estão obcecados e depois nos arrumamos para a festa. Que tal?

– Definitivamente parece mais interessante do que voltar para o meu apartamento e arrumar as coisas para viajar.

– Exatamente. Prometo que amanhã deixo você em paz para encontrar sua família. Por enquanto, segure isso. Ela jogou uma toalha e calça de ginástica. – Vá tomar banho. Mal posso esperar para vesti-la hoje à noite com um dos meus vestidos. Você vai ficar *tão* sexy!

Arqueei as sobrancelhas e saí do quarto dela, tentando me cobrir com a toalha.

– É a porta da direita! – Emma gritou atrás de mim. – Minhas colegas de apartamento foram para casa por causa da Páscoa, então não se preocupe. Ninguém entrará no banheiro. Fique à vontade para aproveitar o chuveiro o quanto quiser, gata!

Ignorei a sugestão dela e tomei uma ducha simples. Passamos o dia todo vendo o novo seriado sobre terroristas e a CIA, enquanto comíamos palitos de cenoura com húmus. Depois de dar uma olhada na geladeira de Emma, que parecia uma gôndola do supermercado Whole Foods, eu entendi como ainda vestia tamanho P e eu não. O peixe com fritas do dia anterior obviamente fazia parte do seu dia de folga na dieta.

À noite, Emma me levou ao quarto dela e me obrigou a experimentar um vestido que não passava pelos meus quadris.

— Emma, isso está ficando constrangedor. Uso tamanho M com uma bunda que às vezes veste GG, não vou caber nas suas roupas. Por favor, vamos desistir?
— Você só usa uns dois números acima do meu. Certamente podemos achar algo para você. Eu tenho tanta inveja da sua bunda. Eu queria ter uma. A minha é reta.
— Para de tentar me deixar melhor, Emma.
— Não. É sério! Beyoncé é minha heroína e sonho em ter curvas iguais às dela. Deixa eu te mostrar — disse ela, e começou a revirar o guarda-roupa. Depois de alguns minutos, achou um par de calças mais largas. — Aí está.
— Elas são de elastano? Aquelas que *escondem* as gordurinhas, Em.
— Não! Olha, elas têm enchimento! Elas têm esse enchimento para fazer uma bunda ficar bem estruturada — disse ela, mostrando seu bumbum pequeno.

Caí na gargalhada quando ela vestiu a calça por cima da calcinha preta e começou a dançar como sua ídola com bundão no clipe que todos estavam comentando.
— Está bem. Eu acredito. Eu vou me espremer em um dos seus vestidos lindos de morrer, se você for com essa calça.
— Ellie, eu vivo usando essas calças sempre que posso antes de mandar lavar a seco. Ah, meu Deus, tive uma ideia. Eu acho que tenho um vestido muito, muito legal de seda, em algum lugar. Ele não só caberia em você, como ficaria fantástico!

Após quinze minutos de busca, que revelaram inúmeros outros vestidos incríveis, Emma achou o vestido que queria, e eu o experimentei.

Eu me observei de forma crítica no espelho de corpo inteiro. Esperava que caísse sem forma a partir dos seios, que estavam sustentados pelo meu sutiã de alças largas. Mas fiquei com uma silhueta feminina. O vestido era de chiffon preto, sem mangas e até fez com que minhas pernas parecessem torneadas. Tinha uma estampa de pavão azul-escuro e Emma me convenceu a usá-lo com suas botas de salto alto e cano curto. Ela até me persuadira a usar um par de brincos de prata compridos, que só concordei para chegarmos a um acordo, depois de ter me recusado a usar duas penas de pavão enormes penduradas nas orelhas. Meu cabelo longo e castanho ainda parecia um pouco rebelde e não havia o que fazer com o meu nariz reto e proeminente, mas o vestido desviava a atenção do centro do meu rosto.

– Você está maravilhosa, Ellie – comentou Emma enquanto me avaliava com o olhar.

– Acho que estou mais bonita do que jamais ficarei – admiti e ela revirou os olhos.

– Você precisa ter mais autoconfiança, querida. Aceite seu corpaço e desfrute das curvas – disse ela, enquanto remexia distraída em seu armário.

Arqueei as sobrancelhas. Ela achava que *eu* tinha um corpaço? Ela usava sapatos de plataforma pretos de veludo, com pedrinhas coloridas, e um vestido de cotton bem justo, sem sutiã e sem meia--calça, com os brincos de pavão que eu havia dispensado. Em pé do lado dela, me senti como uma freira. Mas quando chegamos à festa, na casa da sua amiga Amelia, fiquei aliviada de ter ido bem discreta. A maioria das pessoas era do tipo hipster. Os caras de camisa xadrez e jeans justos, enquanto as garotas usavam suéteres enormes e botas com vestidos estampados com pequenas flores por baixo. Eu estava agradecida por ter ouvido minha mãe grega interior e colocado meia-calça preta de fio grosso.

Emma era a única que parecia ter saído de uma boate no Soho, mas ela parecia não se dar conta e correu até Amelia, gritando "MEU DEUS, EI!" quando chegamos.

Amelia tinha cabelos escuros e curtos que combinavam com seu rosto que lembrava um elfo, vários piercings nas orelhas, e usava uma camisa de brim masculina com meias-calças rasgadas com estilo. Emma e ela pareciam pertencer a mundos diferentes – ou a cenários sociais opostos, no mínimo –, mas se abraçavam como se fossem amigas de muito tempo, e começaram a compartilhar histórias tão alto que todos se viraram para olhar.

Sorri educadamente quando Emma se lembrou de me apresentar, e as duas desapareceram por um tempinho para que pudessem conversar à vontade, sem a amiga esquisita por perto. Murmurei alguma coisa sobre casacos e banheiro para Emma, antes de sair procurando companhia – ou, se fosse bem otimista, procurando onde me esconder.

Dei umas voltas com o casaco pendurado no braço, olhando cada grupinho para ver se reconhecia alguém. Apesar de todos ali serem estudantes do terceiro ano na UCL, percebi que não conhecia ninguém, e fui obrigada a dar um olhar vago de *Na verdade, estou procurando um amigo e estou totalmente enturmada* para qualquer um que me lançasse um olhar indagador. Depois de fazer isso umas dez vezes, desisti. Empilhei o casaco num monte de parcas cáqui num quarto e me refugiei no banheiro.

Eu odeio me obrigar a falar com estranhos em festas. Todas as minhas inseguranças adolescentes voltam à tona no instante em que sou a menina nova ou entro numa sala cheia de pessoas desconhecidas. Baixei a tampa do vaso e sentei. O comentário inconsequente de Emma sobre eu precisar ter mais autoconfiança ricocheteava na minha cabeça. Eu achava que tinha me livrado da baixa autoestima que me assombrava na escola sempre que estava rodeada de garotas lindas de morrer, perto de seus namorados que nunca me enxergavam, mas aparentemente não. Não conseguia sequer admitir que estava bonita, depois de passar duas horas me arrumando.

Eu precisava me resolver ou minha vida passaria por mim sem eu perceber. Enquanto me lamentava e esperava que alguém me resgatasse, o resto do mundo seguia adiante e aproveitava o dia. Talvez Lara estivesse certa, e eu devesse parar de culpar minha virgindade por cada problema que aparecia. Eu me sentei direito. Precisava me inspirar em Emma e superar as bobagens de adolescente. Levantei e fui até o espelho, olhando meu rosto com atenção. Meu cabelo escuro e volumoso não estava tão desarrumado quanto eu achava, e caía sobre meus ombros em ondas aceitáveis. Eu havia recusado os cílios postiços de Emma, mas depois de vê-la com eles, passei várias camadas de rímel para destacar meus cílios curtos. Agora eu tinha cílios longos, um cabelo aceitável e uma roupa linda. Sorri para mim mesma, e comecei a recitar o mesmo discurso de autoajuda que digo para mim desde os treze anos, quando o li num exemplar da revista *Just Seventeen*.

– Eu, Ellie Kolstakis, estou linda. Sou bonita, confiante e posso ter o que quiser. Vou descer as escadas e serei linda e corajosa. Sou incrível.

Não pude evitar uma expressão muito satisfeita ao terminar. Funcionava sempre. Eu não me importava com o quanto era brega, cafona ou água com açúcar – conversar comigo mesma era um método testado e consagrado. Tinha uma boa taxa de sucesso por alguma razão, e eu não ia deixar de usá-lo. Eu pisquei e fiz biquinhos, até perceber como estava sendo ridícula, e aí saí rapidamente do banheiro. Fechei a porta e dei de cara com a minha pessoa favorita.

– Ah, meu Deus, Ellie – disse Hannah Fielding, que havia trocado a coroa de flores por uma faixa de tecido que terminava num laço. – Não acredito que você está aqui. Eu nunca te vi nas festas da Meely antes.

– É, eu não conheço, hum, a Amelia muito bem, mas vim com a Emma. Na verdade, eu talvez devesse procurá-la. Fiquei um tempão aqui dentro.

– É, fiquei aqui esperando um tempão. Eu podia jurar ter ouvido você falar com alguém aí dentro.

Dei de ombros e mostrei o celular.

— Atendi um telefonema enquanto estava lá dentro. De qualquer maneira, foi bom te ver. Nós nos vemos por aí, com certeza.

Virei e desci as escadas rapidamente antes que ela pudesse dizer mais alguma coisa. Afundei a cabeça nas mãos, querendo me encolher num canto, mas vi Emma. Eu ainda estava na escada, então ela não conseguia me ver, mas eu a vi indo até um cara atraente e puxar conversa. De início ele pareceu apenas agradavelmente surpreso, mas em segundos sua postura corporal começou a dar indícios de que estava interessado. Certo, eu fui discreta – ele parecia pronto para atirá-la sobre o corrimão e agarrá-la em seguida.

Como Emma podia achar isso tão fácil? Ela não deixava nem pessoas como Hannah a incomodarem. Desci o resto dos degraus, sentindo o efeito do meu discurso motivacional evaporar. Eu me servi de vodca com algumas gotas de suco de laranja.

Estava saboreando o meu primeiro gole quando vi um cara de pé, no canto da sala, sozinho, de braços cruzados. Não era muito atraente – tinha a cara meio amassada, era muito pálido e estranho. Parecia irritado. Estava usando um casaco de zíper vermelho bem escuro com capuz, e um livro saía do seu bolso.

Parecia um idiota pretensioso. O cara perfeito para eu treinar a minha nova faceta confiante.

Sem parar para pensar, decidi ir até ele e dar um oi. Eu podia sentir as enzimas e as células dentro de mim me incentivando. *Vamos lá, Ellie, você consegue*, elas gritavam. *Você nem gostou dele, então não tem nada a perder.* Elas tinham alguma razão.

Fechei os olhos e andei rápido, antes que pudesse desistir. O sangue corria nas minhas veias quando me aproximei dele.

— Olá. Meu nome é Ellie. – Sorri.

Ele me olhou desconfiado.

— Oi. Eu sou Jack.

— Oi! Então, de onde conhece a Amelia?

— Quem é Amelia?
— Ah, ela mora aqui e essa é a festa dela. Achei que você fosse amigo dela.
— Não, eu estou aqui com um amigo, o Eric.
— Ah, certo, eu não o conheço.
— É, ele está saindo com uma garota que o convidou. Hannah Fielding?
É claro que ele estava saindo com a Hannah. Que coisa mais previsível.
— É, eu a conheço. Estudamos literatura inglesa juntas. De onde você conhece o Eric?
— Trabalhamos juntos — ele disse, dando de ombros.
Sorri.
— Legal. Em que você trabalha?
— Trabalho com design gráfico.

Recuei. Ele estava emanando fortes ondas de *me deixe em paz* e suas respostas monossilábicas reforçavam o quanto ele não me queria por perto, e estava a ponto de me rejeitar. *Vamos lá, Ellie! Você é bonita e corajosa*, eu me incentivei. Dei uma última cartada.

— Designer gráfico, legal. Que tipo de coisa você faz? — perguntei, otimista.

— Bem, eu não suporto a ideia de trabalhar o lado comercial das coisas, por isso estou trabalhando para uma pequena startup em Shoreditch.

Típico. Esse cara era um clichê e eu estava pronta para abandoná-lo. Então, o meu novo mantra brotou em minha cabeça: *O que Emma faria?*

Abri a boca e um rio de palavras saiu.

— Certo, e você gosta de música underground, não suporta garotas com cílios ou unhas postiças e secretamente quer ser milionário. Mas, nesse meio-tempo, você se sente melhor dizendo que odeia o capitalismo ou sei lá o quê.

V!RGEM

Ele me olhou em silêncio com a boca ligeiramente aberta, parecendo um peixinho dourado confuso. Merda, por que acabei de fazer isso? Eu era uma idiota. Emma jamais teria dito tudo isso.
— Não, espera, não foi o que quis dizer — falei, tentando consertar o estrago. — Desculpe, eu me empolguei. Tenho certeza de que não é nada disso. É que umas pessoas aqui são assim, e eu... supus que você também seria assim, mas fui idiota. Esquece, de verdade. *Por que* eu continuava falando tanto? Fiz uma careta para o que tinha acabado de dizer, e esperei que ele não me achasse maluca. Pensei em tentar me explicar, mas um meio sorriso surgiu em seu rosto. Respirei aliviada.
— É, você está certa. Acho que sou um pouco pedante. Aposto que o capitalismo e os lucros seriam incríveis se eu fosse milionário — admitiu ele. — Especialmente porque eu de fato não sou milionário, e roubaram minha carteira hoje. Estou nesse humor de merda. Desculpe. Eu não costumo ir a festas e ficar num canto sendo antissocial.

Tudo bem, então ele sabia que não estava sendo muito amigável, e não costumava responder usando frases com menos de cinco palavras. Isso era uma boa notícia. Imaginei que ele não estivesse me rejeitando, por isso perguntei o que tinha acontecido, e o deixei contar sua história de dez minutos sobre o furto no ônibus da linha 176, indo para Penge. Sentamos no sofá e continuamos conversando.

Descobri que Jack tinha 26 anos, era de Nottingham, mas vivia em South London, adorava arte e filosofia, não gostava de nenhuma das músicas que eu gostava, e *era* meio o estereótipo das pessoas de Shoreditch, como eu havia imaginado. Mesmo assim conversamos por horas, e ele riu de todas as minhas piadas, mesmo daquelas que não me dei conta de que estava fazendo.
— Quer beber alguma coisa? — perguntou ele de repente.
— Claro, eu adoraria outra... hum, vodca com laranja? — perguntei, olhando hesitante para o que restou da bebida pálida e sem graça no fundo do copo.

— Essa era a bebida que você acabou de pedir? — perguntou ele, balançando a cabeça como quem sabe das coisas. — Nossa, eu tinha esquecido as porcarias que os estudantes bebem. Por sorte eu comprei uma garrafa de Beaujolais antes de ser roubado, então, posso lhe servir um pouco?

— Ah, por favor — respondi, impressionada com a garrafa de vinho tinto que ele tirou da bolsa de lona.

Ele estava servindo duas taças quando Emma apareceu com uma taça nas mãos.

— E um para mim, por favor, muito obrigada.

Jack se surpreendeu, mas continuou ao ver Emma me dar um abraço apertado.

— Então, estamos nos divertindo, Ellie? Ai, meu Deus, conheci um cara muito legal. Ele é tão melhor do que o garçom de ontem, que ainda não me mandou uma mensagem. Que babaca. De qualquer jeito, Mike, esse novo cara, é um amorzinho.

— Eu vi — falei, arqueando as sobrancelhas para ela. — Tinha o maior flerte rolando ali.

— Não apenas ali — ela acrescentou, sorrindo, e olhou para Jack.

— É. Certo. Então, Jack, essa é Emma. Emma, Jack — corei e falei rapidamente.

Ela se virou para encará-lo, e deu um sorriso luminoso.

— Fico feliz de ver que Ellie está conhecendo o único cara nesta festa que trouxe uma bebida decente.

— Bem, alguém tinha que fazer isso. — Ele retribuiu o sorriso.

Senti o mesmo ciumezinho que sentia pela Lara quando percebi que eles estavam flertando, e apesar de eu não estar a fim do Jack, realmente não queria ser jogada para escanteio de novo. Mas esqueci que Emma não era a Lara. E quando Jack terminou de servir o copo dela, ela piscou para mim, soprou um beijo para ele, e desapareceu com a taça na mão.

– Então, essa é a Emma! – falei animada, me recuperando do pequeno lapso de autoestima, e me recriminando por ter duvidado dela.

– Ela é engraçada.

– Ela é. Ei, e como é o misterioso Eric?

– Nada misterioso, na verdade – disse ele, apontando para um cara moreno em pé no fundo da sala, com o braço em volta da Hannah. Eric era muito bonito, com pelo menos um metro e oitenta, e a barba por fazer. Usava uma camiseta com uma estampa de fones de ouvido no colarinho, e parecia entediado. Hannah parecia à vontade.

– Então, você conhece bem a Hannah? – perguntou ele.

– Hum... – Hesitei. – Bem, tivemos muitas aulas juntas nos últimos anos e temos vários amigos em comum, então acho que eu a conheço bem. Mas não saímos só nós duas. Nunca.

Ele riu.

– Certo, entendi. Vocês são mais conhecidas do que amigas. Para ser honesto, eu não me dou tão bem assim com ela.

Meu rosto se iluminou de satisfação, mas rapidamente disfarcei com uma expressão preocupada.

– Sério? Como pode?

Ele esboçou um sorriso.

– Não banque a inocente. Já vi que não gosta dela. Está escrito na sua cara.

Ah.

– Bem, quero dizer que não temos muito em comum. Tipo... eu sou uma pessoa legal e ela não é.

– Nossa! De onde veio isso?

– Honestamente eu não queria dizer isso. – E apontei para a taça vazia que segurava. – Acho que o vinho talvez tenha soltado isso.

– Então, acho que devemos encher o copo de novo. Isso está ficando divertido.

– Ficando? Como assim? – perguntei, arqueando as sobrancelhas. Ai, meu Deus, estou dando em cima do cara. O vestido da Emma estava me passando toda a energia dela. Eu havia mergulhado no personagem.

– Você está certa – disse ele, sorrindo para mim. – Isso está sendo divertido. Na verdade, o que acha de repetir isso?

Meu Deus, ele está me chamando para sair. Um cara de verdade está me convidando. Um HOMEM de vinte e seis anos, com emprego, está me convidando para sair. Mordi o lábio para segurar a emoção que explodia dentro de mim.

– Claro – respondi, do jeito mais casual que consegui.

– Legal, você me dá o seu número? – Ele sorriu para mim.

Ditei o número e vi quando ele fez uma pausa na hora de digitar meu nome. Droga, eu sabia que algo ia acontecer. Ele esqueceu meu nome de duas sílabas.

– Hum, como se escreve seu nome mesmo? – ele perguntou, olhando para mim.

Suspirei.

– Ellie, E-L-L-I-E e não existe outra maneira de escrever. Não posso acreditar que você esqueceu meu nome.

Ele corou.

– Desculpe. Posso culpar o Beaujolais também?

Fiz uma anotação mental de pesquisar sobre esse e outros vinhos, assim eu poderia parecer um pouco mais sofisticada no nosso encontro. Ai, meu Deus, ENCONTRO. Eu estava radiante e anotei feliz o telefone dele.

– Então, é melhor eu achar a Emma – falei, por fim.

– Caramba, já é uma da manhã – disse ele, olhando para o relógio. – Estamos conversando há três horas.

– Merda, a Emma deve estar furiosa – falei, enquanto minhas entranhas dançavam alegremente pelo fato de um cara ter pedido meu telefone depois de passar três horas conversando exclusivamente comigo.

— Eu não tenho tanta certeza. Não é ela ali montada naquele cara? Olhei para onde ele apontava e comecei a rir.

— Aquela garota é demais. Espero que o cara saiba como é sortudo.

Jack sorriu sem convicção e por isso continuei.

— De qualquer maneira — falei, ficando de pé —, vou incomodá-los porque estou exausta e preciso ir para casa.

Ele se levantou e sorriu para mim.

— Boa sorte. Foi um prazer conhecê-la. Ele esticou o braço direito e, quando eu estava pronta para abraçá-lo, ele fechou o punho. Olhei para sua mão fechada. Por que ele fechou a mão daquele jeito? Jesus, será que ele ia me dar um soco?

Alarmada, comecei a recuar enquanto ele erguia o punho. Ele se aproximou e bateu com a mão fechada na minha mão direita, pendurada ao lado do meu corpo. Ele tinha acabado de me dar um soquinho de boa noite? Todo o sonho de um beijo de despedida se evaporou lentamente.

— Hum, certo — falei devagar. — Já vou. Então, tchau.

Olhei para ele esperançosa, oferecendo uma última oportunidade para um beijo ou, pelo menos, um abraço.

Ele arqueou as sobrancelhas e sorriu, antes de se virar e caminhar na direção de Eric e Hannah, que estavam se agarrando em outro sofá. Olhei para minha mão direita e suspirei. Que grande despedida romântica.

CAPÍTULO NOVE

QUATRO DIAS DEPOIS, EU ESTAVA EM UM ESTADO DE SUSPENSÃO na casa da minha mãe. Jack ainda não havia mandado nenhuma mensagem. Estava tentando não pensar muito no assunto, mas, toda vez que o telefone apitava eu dava um pulo, e tinha que controlar minha ansiedade e esperança quando lia a mensagem e constatava que não era do Jack.

Eu começava a pensar se não era merecedora de receber mensagens. No primeiro dia, realmente esperei uma mensagem, mas não recebi nenhuma. Então, pensei *Certo, talvez ele não queira parecer muito ansioso*. No segundo dia, achei que ele ligaria para sairmos naquele sábado à noite. No terceiro dia, lembrei que todos os livros de relacionamento recomendavam aguardar três dias, então esperei uma mensagem, assumindo que ele seguiria a regra dos três dias.

Mas... nada. Estávamos no quarto dia e eu nunca tinha ouvido falar de uma regra de quatro dias. Parecia bem improvável que ele mandasse uma mensagem.

Decepcionada, coloquei *Dirty Dancing* e, de camisola, me enrosquei. Estava quase no fim do filme quando minha mãe entrou com uma expressão preocupada no rosto.

– Elena, o que está acontecendo com você? Você não parece bem.

Fiquei parada de quatro no meio da sala, com uma perna esticada imitando a Baby dançar. Eu me virei e vi minha mãe de pé com os braços cruzados.

– O que foi? Por que você está me olhando, mãe? Estou apenas assistindo a *Dirty Dancing*.

– Elena, você está no meio da sala imitando um filme de dança e dá para ver que andou chorando. Você passou o fim de semana todo sozinha. Estamos na Páscoa. Por que não sai com suas amigas?

– Porque, quando eu saio, você reclama que eu saio demais. Agora que estou em casa, aparentemente estou em casa demais.

– Você precisa achar um equilíbrio. Você só chorou e assistiu a filmes nesses últimos dias. Não pode sair com a Nikki Pitsillides? Ela é uma menina tão bacana.

– Ela tem namorado e está ocupada, e só para você saber, ela não é uma garota bacana. O namorado dela é um drogado.

Mamãe me olhou cheia de pena.

– Elena, minha querida, você precisa arranjar um namorado. – Ela se virou, suspirando e balançando a cabeça ao sair da sala, resmungando em grego.

Fiquei paralisada, sem nenhuma reação. Então corri atrás dela gritando.

– Mãe, eu acabo de contar que o namorado da Nikki é drogado, e tudo o que você me diz é que preciso arranjar um namorado também? Você não pode ficar feliz porque não estou tomando ecstasy no meu quarto com meu namorado desempregado de vinte e cinco anos? Que tipo de mãe é você, dizendo que preciso de um namorado? Estou na faculdade e não uso heroína. VOCÊ DEVIA ESTAR ORGULHOSA DE MIM. SOU A FILHA DOS SONHOS E QUAISQUER PAI E MÃE NORMAIS GOSTARIAM DE ME TER COMO FILHA.

Houve um silêncio lá em cima. Chutei frustrada a bola de Pilates que comprei na internet e nunca usei.

Quando sua mãe diz para você arrumar um namorado e não se importa se ele é drogado, você tem que aceitar que as coisas não estão indo bem. Desci para a cozinha e abri a geladeira. Peguei uma colher e a embalagem de sorvete de pasta de amendoim. Sentei-me na sala de visitas com o sorvete e comecei a me empanturrar. Por que Jack se deu ao trabalho de pedir meu telefone se não ia mandar uma mensagem? Será que ninguém ia me querer como Patrick Swayze quis a Jennifer Gray?

Queria ligar para Lara, mas ainda estávamos brigadas. A briga acontecera havia uma semana. Essa era a primeira vez que ficávamos tanto tempo sem nos falar e, toda vez que eu pensava nisso, sentia um buraco negro dentro de mim que doía. Eu não sabia lidar com o fato de que ela não tinha se dado ao trabalho de me mandar uma mensagem, ligar ou até mesmo mandar um tuíte. Tudo bem, teoricamente eu podia procurá-la, mas estava com medo de que ela ainda estivesse furiosa. Além disso, ela provavelmente estaria de amores com Angus e sem tempo para conversar.

Estava já na metade do pote quando meu telefone bipou. Corri para pegá-lo, mas me decepcionei quando vi que era um e-mail. Era da revista estudantil da UCL. Olhei sem interesse, mas me sentei direito quando li a linha seguinte.

Estamos procurando um novo colunista para a *Pi Magazine* e adoraríamos se você fizesse um teste. Nosso último colunista Will precisou se afastar inesperadamente, então precisamos achar alguém o mais rápido possível.

Se você gosta de escrever, tem alguma coisa a dizer sobre vários assuntos e consegue organizar seus pensamentos de forma interessante e bem-humorada, então essa vaga é para você.

Por favor, envie-nos um texto de quatrocentas palavras sobre o tema "Anarquia" até o fim da semana e, se você for bem-sucedido, nós entraremos em contato para informar se você é o novo colunista da *Pi Magazine*.

Obrigado,
Equipe *Pi*.

Ai, meu Deus. Uma colunista estudantil... isso seria fantástico. Eu sempre quis escrever profissionalmente, mas nunca tive a oportunidade – ou a coragem – de fazer isso. Brinquei com a possibilidade de trabalhar em uma revista estudantil na semana de calouros, mas fiquei com medo demais para concorrer a uma vaga. Você precisava fazer um discurso diante da equipe editorial, e a ideia me fez desistir. Mandar um único texto era definitivamente uma opção melhor. Senti meu coração acelerar à medida que parava para pensar com seriedade no caso. Eu adoro escrever. Entrar para o jornalismo e ter uma coluna tipo *Sex and the City* (depois que eu tiver transado, é claro) eram o meu sonho. Sempre pareceu inatingível, mas isso poderia ser um bom ponto de partida.

Sem me dar tempo de desistir, peguei meu laptop. Eu podia fazer isso. Eu tinha opiniões. Eu certamente podia pensar em algo a dizer sobre Anarquia. Hum, os Sex Pistols? Punks? Moicanos?

Coluna sobre Anarquia, Ellie Kolstakis
Os Sex Pistols trouxeram a Anarquia para o Reino Unido. Eu sei que isso sempre existiu sob outras formas – como, por exemplo, os hippies drogados colhendo margaridas, ou a França do final do século XVIII, que elevou a Anarquia a um novo patamar, guilhotinando a pobre Maria Antonieta, que só queria bolo...

Eu me recostei na cadeira e sorri orgulhosa. Tinha uma introdução. Agora só precisava escrever mais... nossa, 356 palavras, se contasse o título. Levaria apenas meia hora ou um pouco mais, e então eu poderia assistir às reprises de *Downton Abbey* a noite toda. Perfeito.

...

Três horas e quatro xícaras de chá-verde depois, eu revisava um texto de 402 palavras. Estava pronto, editado, e melhor do que isso não ia ficar. Meus batimentos aceleraram quando apertei o botão de "enviar", e a adrenalina deu uma sensação boa. Não tinha a menor ideia se era o tipo de coisa que eles esperavam, mas, pelo menos, eu tinha enfim tentado. Talvez não merecer receber mensagens pudesse ser uma coisa boa, no fim das contas – a falta de compromissos apenas significava mais tempo para escrever.

Acordei no dia seguinte me sentindo renovada. Depois de enviar o texto, caiu a ficha de que meu único plano para a formatura era perder a virgindade. Mas isso não era uma carreira. A conclusão me inspirou a pegar novamente o laptop e tocar minha playlist *Motivação*. Eu me inscrevi em vinte estágios em diversas publicações antes de desmaiar exausta.

Agora eu ainda sentia os efeitos positivos do meu trabalho árduo. Certo, estávamos no quinto dia e Jack ainda não havia enviado mensagem alguma. Havia várias explicações possíveis para isso e eu não precisava ficar sentada esperando. Eu era uma mulher moderna e independente como a Beyoncé, então poderia convidar um cara para sair. Fácil.

...

Sentada no metrô indo para East London, eu me senti uma completa idiota. Em vez de perguntar ao Jack se ele queria sair para beber como qualquer pessoa normal, inventei uma história para estar perto do escritório dele na estação de Old Street e estava a caminho de lá. Estava a um passo de ter uma ficha na polícia por perseguição.

Pensei novamente na mensagem que escrevi pouco antes de pegar o metrô.

Oi, Jack, é a Ellie. Está a fim de tomar um café hoje? Estou na Old Street, então poderia ser ali por perto?

Ai, Deus, eu estava enjoada de novo. O metrô parou na estação. O arrependimento pesou enquanto eu subia as escadas rolantes, até que o sinal do celular ficou mais forte. O telefone bipou. Era uma mensagem dele.

Claro, que tal às 3 da tarde no Shoreditch Grind?

Por um nanossegundo fiquei eufórica, até me dar conta de que estava indo tomar café com ele. Sozinha. Fiquei muito nervosa, e senti vontade de vomitar. Eram 14h30, então eu tinha meia hora. Vi a cafeteria descolada no outro lado da estação e decidi sentar e esperá-lo lá dentro.

Pedi um cappuccino grande e, pela primeira vez, não precisei lutar contra a vontade de pedir um brownie junto. Fiquei sentada esperando os trinta e cinco minutos mais longos da minha vida.

Enfim, ele entrou e deu uma olhada no salão.

– Oi! – eu o chamei numa voz estranhamente esganiçada.

– Oi, Ellie, tudo bem? – ele perguntou, enquanto vinha na minha direção e me abraçava. Graças a Deus. Eu teria ficado apavorada se ele me desse outro soquinho. Ou será que era isso que me esperava no final do encontro?

– Estou bem, obrigada. E você?

– Sim, tudo tranquilo. Vou pegar algo para beber. Quer alguma coisa?

– Ah, estou bem, obrigada. Acabei de pedir um cappuccino. – Apontei para a xícara. Estava vazia, só com um pouco de café frio no fundo. Ele olhou para a xícara e olhou para mim com as sobrancelhas arqueadas.

– Tem certeza?

— Certo, talvez um chá, por favor. Earl Grey.
Ele foi até o barista e entrei em pânico de repente. Será que eu devia ter me oferecido para pagar o chá? Se isso fosse um encontro, ele deveria pagar, certo? Eu me obriguei a pensar com calma e peguei a carteira. Se Lara tivesse ido buscar uma bebida para mim, eu teria dado o dinheiro, então não havia razão para ser diferente agora, pensei.
Quando ele voltou com as bebidas, eu já o aguardava com a carteira na mão.
— Obrigada, Jack. Quanto foi? — perguntei.
— Um e noventa — ele disse sem hesitação.
— Legal, aqui estão duas libras — falei ao entregar uma moeda de duas libras e agradeci a Deus por ter me oferecido para pagar, porque, aparentemente, era o que ele esperava. Ele pegou a moeda e procurou o troco no bolso. Observei calada e me perguntei se isso era normal. Ele se sentou e eu sorri para ele, notando que ele usava exatamente a mesma roupa de cinco dias atrás.
— Então, como você está? — ele perguntou, e eu rapidamente desviei o olhar de suas roupas e foquei seu rosto.
— Nada mal, obrigada. Acabei de chegar do feriado, então passei os últimos cinco dias agindo como uma adolescente temperamental enquanto minha mãe berrava comigo.
— Sério? E por que ela gritou com você?
— Ah, por tudo? Coisas típicas de uma mãe grega — expliquei, evitando contar que minha mãe me achava condenada a ficar encalhada para sempre, só engordando. — Enfim, e como você está?
— As coisas vão muito bem, obrigado — ele disse. — O trabalho anda na mesma, mas tenho escrito bastante no meu tempo livre e espero conseguir publicar alguma coisa. Eu já escrevo para uma revista on-line, então as coisas estão indo muito bem.
— Sério? Eu acabei de me inscrever para ser colunista da revista estudantil da minha universidade!

– Não brinca! Isso é muito bacana. Sobre o que você escreveu?

– O tema era Anarquia, então escrevi sobre o que Anarquia significa hoje em dia e como é uma coisa em extinção. Comparei Anarquia a roubar croissants de chocolate.

Ele riu.

– Tudo bem, não era isso o que eu imaginava, mas adoraria ler. Você devia me mandar por e-mail.

– Você realmente quer ler? – Arqueei as sobrancelhas.

– Claro. Parece muito interessante. Acho muito legal você estar escrevendo.

– Obrigada. – Eu corei. – Vou mandar para você. E sobre o que você escreve?

– Escrevo sátiras sobre política. É sobre a futilidade da nossa existência e a fragilidade do sistema político que os homens criaram.

– É bem parecido com o que escrevi, não é? – brinquei.

Ele riu novamente.

– Não muito. Estou tentando demonstrar como os partidos políticos não nos representam e que não faz diferença votar nos Trabalhistas ou nos Conservadores. Todos eles querem as mesmas coisas.

Pisquei devagar para ele, tentando compreender o que ele estava falando.

– Você está basicamente dizendo que todos os políticos são idiotas e que nada vai mudar.

– É, acho que sim – ele disse. – Mas obviamente existem muitas nuances e estou tentando mostrar que um político é igual a qualquer outro.

– É, parece bem, hum, pertinente – falei, não me sentindo apta para debater o assunto e rezando para que ele parasse de falar de política a qualquer momento.

— Para ser sincero, sou socialista. Um socialista da classe trabalhadora — ele continuou a falar, olhando-me nos olhos. Retribuí o olhar em silêncio. Que diabos eu deveria responder?

— Você é... da classe trabalhadora? Mas você é designer gráfico. Você não disse que se formou em Artes? – perguntei a ele.

— Sim, mas meus pais eram mineiros do Norte. É a minha herança, são as minhas raízes – ele explicou, abrindo os braços com assertividade.

Eu estava confusa.

— Tudo bem, mas isso não faz de você alguém da classe trabalhadora. Por exemplo, você teve uma boa educação e agora tem uma profissão, mas isso não é ser da classe trabalhadora. — Ele me olhou como se eu fosse idiota. Eu precisava provar que era inteligente ou ele ficaria entediado comigo. Eu me sentei direito e tentei parecer esperta. — Acho que essa divisão de classes parece ultrapassada, sabe?

— Não, eu não concordo — ele respondeu com veemência. — Acho que o sistema de classes sobrevive como uma subcamada social. No Reino Unido, e em muitos dos países ocidentais, é a base da civilização.

Meu Deus, a conversa estava ficando difícil e eu estava fora da minha zona de conforto.

— Nossa, eu vou precisar de um dicionário para traduzir o que você está dizendo — brinquei, numa última cartada para salvá-la.

Aparentemente, falei a coisa certa, pois ele começou a rir. — É, eu tenho essa mania. Desculpe. Então, eu realmente acho que o sistema de classes ainda é parte integrante da nossa sociedade, apesar de eu não concordar mais com isso. Por isso sou socialista.

Droga, ele ainda estava nessa. E nem fazia mais sentido.

— Mas... você acabou de dizer que acredita que as crenças políticas são todas iguais. Então, por que você tem uma? – perguntei com uma expressão confusa.

Ficamos em silêncio por vinte segundos, e ele voltou a sorrir, me encarando com seus olhos verdes brilhantes.
— Eu falo muita besteira, não é? Ainda bem que ele sabia disso. Soltei uma risadinha de alívio e dei de ombros.
— Acho que todo mundo faz isso, mas você realmente tem um dom — provoquei.
— E você tem o dom de chegar ao ponto central da questão sem pestanejar — disse ele. — Já saí com tantas garotas, mas a maioria era tão intelectual, que rodávamos em círculos por horas, mas você... bem, você é diferente.

Ai, meu Deus, ele tinha acabado de insinuar que estamos saindo? Espera, ele acabou de dizer que eu não sou intelectual?
— Hum, obrigada? — perguntei, incerta.

Ele riu.
— Não, é uma coisa boa. Adoraria discutir política com você com mais frequência. Você tem umas boas sacadas e não é do tipo de garota que passaria um encontro para tomar café discutindo o programa *X Factor* por três horas.

Merda, ele realmente não me conhecia.
— Claro que não. Quem assiste a essa porcaria? — Dei uma risadinha nervosa.
— Nossa, eu sei. Minha ex-namorada morava com várias garotas obcecadas por esse programa. Nós acabamos gastando todo nosso dinheiro no Ritzy, assistindo a bons filmes para tentar desfazer o dano que isso causou.
— O que é o Ritzy? — perguntei, minha voz de repente baixa e calma à menção de sua ex-namorada.
— Ah, é um cinema em Brixton, perto de onde eu moro. É legal. Podemos ir lá um dia desses — ele disse sorrindo.

Correspondi o sorriso.
— Claro, parece ótimo.

Ele deu um pigarro.
– E o que você estava fazendo por aqui hoje?
– Ah, sim – eu disse com uma risadinha. – Eu tinha algumas coisas para resolver, tipo fazer compras. Basicamente fazer qualquer coisa para fugir do tédio de Surrey e não ter que revisar a matéria para as provas finais.
– Entendo. Fiquei feliz por você estar por aqui. Desculpe não ter mandado nenhuma mensagem. Tive uma semana enlouquecida e ia esperar até o fim de semana para ver se você queria sair quando eu tivesse mais tempo.

Senti um calor aconchegante me aquecer e briguei comigo mesma por ter ficado doida com a história dos cinco dias. Não consegui pensar em uma boa resposta, então apenas sorri e esperei que ele continuasse. Por sorte, ele foi em frente.

– Então, você quer fazer alguma coisa nessa sexta?

Eu estava prestes a concordar quando lembrei que Emma voltava de viagem nesse dia e tínhamos combinado de sair. Obviamente meu único compromisso no feriado seria no mesmo dia em que um cara me convidou para sair.

– Desculpe, mas não posso – falei, olhando para o chão – Mas qualquer outro dia está bom. – Droga, soou tão desesperado. – Quer dizer, a maioria dos dias. Quando seria bom para você?

– Ah, sem problemas. Que tal sábado à noite? – ele perguntou.

– Sábado está ótimo. Quer dizer, você vai me impedir de assistir ao novo episódio de *Gossip Girl*, mas eu sobrevivo.

Seus olhos se estreitaram com curiosidade.

– Você assiste a essa porcaria?

Chato.

– Hum, sim – admiti. – É importante ser uma pessoa por dentro de tudo, não é? Especialmente se quero ser jornalista. Não posso assistir apenas ao *Newsnight*. Tenho que estar ligada na cultura pop também. Por mais que doa ver pessoas lindas, usando roupas maravilhosas, divertindo-se numa trama viciante cheia de vidas que despertam inveja.

Ele riu.

– Parece que não sou o único a dizer um monte de bobagens. Acho que você adora essa série e não é o único programa americano em que você é viciada.

Droga, como ele sabe disso? Esperei que ele não percebesse que eu nunca tinha assistido a um episódio de *Newsnight*.

– Tudo bem. Eu adoro essas porcarias na televisão – confessei.

– Eu assisto a *The Simpsons* e *South Park*. Isso também conta como porcaria na televisão? – ele perguntou.

– Sem dúvida – respondi sorrindo. Talvez tivéssemos mais em comum do que eu imaginava.

Ele olhou para o relógio e suspirou.

– Merda, por mais que eu quisesse ficar aqui discutindo desenhos animados satíricos com você, preciso voltar ao trabalho. Mas foi divertido – disse ele.

– Sim, foi. Melhor eu ir fazer, hum, as minhas coisas – respondi. Pegamos nossos casacos e saímos juntos, meu coração martelando de ansiedade e nervoso enquanto me preparava para o soquinho na mão, mas rezando para que ele fizesse algo normal como dar um abraço. Ficamos parados no frio, nos encarando em um silêncio desconfortável.

– Foi muito bom, Ellie – ele finalmente falou.

E, quando me dei conta, seu rosto pálido estava se aproximando de mim. Pude ver todas as sardas e todos os poros e, de repente, seus lábios rosados estavam nos meus. Fiquei paralisada de medo quando nossos lábios se tocaram. Enquanto ele me beijava, comecei a voltar à vida, e retribuí o beijo devagar, tentando não pensar que estávamos com gosto de café passado.

Movi meus lábios junto aos dele, e ignorei totalmente sua língua quando ele tentou penetrá-la na minha boca, fazendo com que ele desistisse.

Depois de alguns minutos, paramos o beijo e nos afastamos. Eu olhei em seus olhos verdes, que sorriam apertados para mim, e senti que algo em mim derretia. De perto, ele parecia mais atraente e realmente gostava de mim.

– Eu mando uma mensagem para você – disse ele, e dei um pulo quando suas palavras me trouxeram de volta à realidade. – Vejo você no sábado.

– Claro, está ótimo – respondi e sorri, enquanto ele me abraçava e se afastava em seguida, erguendo a mão para dar tipo um aceno.

Eu me virei e andei de volta para o metrô com um enorme sorriso no rosto. Ele me beijou! E eu tinha o meu primeiro encontro de verdade marcado. Um sorriso amplo estampou meu rosto e não consegui desfazê-lo durante toda a viagem de uma hora e meia para casa. Não conseguia acreditar que nós dois gostávamos de escrever – e, tudo bem, eu não entendia muito bem as preferências dele, mas parecíamos muito intelectuais. E ele adorava desenhos animados. Desse jeito, quem sabe ele realmente pudesse virar meu namorado algum dia.

Dei um pulinho enquanto entrava na minha rua. Minha mãe quase desmaiou de susto quando a abracei ao entrar em nossa casa.

Vá à merda, Nikki Pitsillides, com seu namorado drogado e desempregado. Tenho um encontro com um designer gráfico que me acha inteligente e engraçada.

Eu tinha encontrado o cara para tirar a minha virgindade.

CAPÍTULO DEZ

Corri para os braços de Emma, abraçando-a alegremente.
— Ah, meu Deus, eu tenho tanta coisa para contar! — falei cheia de animação.
— Eu também, gata! — disse ela, abraçando-me de volta com a mesma intensidade. — Os garotos espanhóis são lindos e, nossa, como são talentosos.

Rimos e sentamos em um sofá de veludo em um café francês que acabara de inaugurar no Soho.
— Quero saber de tudo — disse ela. — Você encontrou aquele cara de novo, não foi?
— Talvez. — Abri um sorriso amplo. — Fomos a um café em cima da hora e, no final, ele me beijou! E me convidou para sair. Você está tendo o privilégio de andar com uma mulher que tem um encontro de verdade amanhã à noite.
— AAAAAAH! — ela gritou, fazendo todos no café se virarem para nós. — Estou tão feliz por você. Isso é tão emocionante. Como ele é? Aonde vocês vão? E como foi a pegação?
— Foi maravilhoso — falei, e fiz uma pausa de suspense. — Mas... às vezes ele é meio pretensioso. Eu não entendo tudo o que ele fala de política.

Emma assentiu com sabedoria e juntou as mãos como em prece.
— Deixa eu contar um pouco da minha experiência. O que temos aqui é um típico caso de *expectativas pouco realistas que a Disney me deu.*

— Do que você está falado, Em?

— Olha — começou ela, afastando as mãos —, você assistiu aos filmes da Disney durante a infância, certo?

— Claro. Eu queria ser a Jasmine de *Aladdin*.

— Exatamente, como a maioria das garotas. Nós queríamos ser as princesas da Disney e acreditávamos que nosso príncipe encantado entraria voando em seu tapete mágico, ou algo do gênero. Mas, infelizmente, Walt Disney fez uma geração inteira de mulheres independentes se transformar em gelatina no instante que encontram um cara legal, porque elas rezam para que ele se torne seu Aladdin. E ele nunca será, porque nenhum homem é como o personagem do desenho animado.

Eu me encostei numa almofada de cetim e pensei a respeito.

— Certo, entendo seu ponto de vista — respondi cautelosamente.

— Homens não serão tão maravilhosos quanto gostaríamos que fossem, e nós provavelmente não nos parecemos tanto assim com as princesas. Mas, certamente, ainda vamos encontrar caras incríveis algum dia, não é?

— Sim, é o que espero — respondeu ela. — Mas incríveis *como*? Não sabemos. E eu não vou gastar os meus vinte anos, também considerados os anos mais incríveis da minha vida, esperando por um cara que pode ou não existir. Em vez disso, eu vou me divertir o máximo possível, e sair com os caras mais legais que encontrar. Você precisa lembrar que os caras sempre terão algum defeito, mas desde que pareçam gente boa e você se sinta atraída por eles, o resto não importa. Você só tem vinte e um anos, gata. É tão nova. Eu sou quase uma vovozinha perto de você. Mas os dois anos de diferença entre nós valeram cada segundo — acrescentou ela melancolicamente. — No fim das contas, aproveite enquanto pode e, se o cara for bacana, vá nessa. Gente bacana é coisa rara hoje em dia.

Ao terminar de falar, ela caiu deitada no sofá.

– Ufa, isso me deixou exausta – disse ela. – O que achou da sabedoria da tia Emma?

Suspirei e encostei a cabeça na parede almofadada.

– Não sei. Acho que você está certa. Sem dúvida ele é inteligente e engraçado de verdade. Adoro quando ele sorri. Só não sei o quanto temos em comum quando ele fala sobre essas coisas intelectualizadas.

– Homens adoram falar bobagem. Todos eles. Siga em frente e, cada vez que ele tocar no assunto, dê uma cortada ou mude o papo e ele vai acabar percebendo que você não quer ouvir sobre isso.

Eu me senti melhor. Emma estava certa. Eu estava exagerando nas expectativas e Jack era carinhoso e era isso que importava.

– Tudo bem. Aceito seu conselho. Vou curtir o fato de que finalmente tenho um encontro de verdade. Então, conte tudo sobre Marbella!

Ela abriu um largo sorriso e se virou para mim.

– O que você quer que eu conte primeiro?

Deixei que as histórias de Emma me transportassem da minha vida comum para uma vida cheia de glamour sob a luz do sol, em que um gostoso de trinta e poucos anos convida garotas de vinte e quatro para sair e lhes paga bebidas. Em uma semana de férias – com seus pais e irmão mais velho – Emma tinha saído com dois homens diferentes e ido para a cama com cada um deles. Não tenho a menor ideia de como fez isso, e absorvi tudo o que ela contou com admiração e encantamento. Tudo o que ela fez foi sorrir para esses caras na praia e eles foram até ela, flertando e a convidando para sair.

A garota era poderosa. Ela me encantou com contos sobre Antonio, o espanhol, e Carl, de Yorkshire, e me permiti viver a história dela. Ela era só dois anos mais velha do que eu, mas sua vida parecia muito divertida e animada, como algo saído diretamente da TV ou da coluna de Carrie Bradshaw.

— Então — disse ela, quando já havia contado tudo sobre a língua talentosa de Antonio. — Chega de encher seu saco com minhas histórias sobre a Espanha. Conte para mim seus planos para o encontro com Jack.

— Bom, é amanhã e vamos jantar, mas ele ainda não me disse onde.

— Aaah, jantar. Ele deve estar com segundas intenções por se dar ao trabalho de levar você para jantar — disse. — Você vai à casa dele, se ele te convidar? Você vai se raspar para o caso de rolar?

— Não, e não acho que eu consiga. Eu, hum, tive umas experiências ruins — falei, desviando o olhar. — Vamos dizer que não sou muito boa com uma lâmina, quando preciso raspar minha vagina.

Ela começou a rir e, quando olhei para ela para saber o motivo, ela continuou.

— Gata, eu estava falando das suas pernas.

— Ah — comentei. — Acho que consigo raspá-las. Mas, Emma, sinceramente, tirar pelos lá de baixo é um pesadelo para mim. Não sou boa em me raspar, os cremes depilatórios não funcionam bem, e não sei mais o que fazer.

— Bom, eu vou ao salão e me depilo com cera todos os meses. É um pouco caro, então isso pode fazer você desistir, mas fora isso é a opção perfeita porque você deita na cama, levanta as pernas, e eles fazem todo o trabalho sujo.

— Caro... quanto?

— O salão aonde vou faz uma depilação cavada por trinta libras, o que é caro, eu sei, mas eles usam uma cera de açúcar excelente, que faz o efeito durar por semanas — ela me garantiu.

— Trinta libras? Eu poderia comprar quatro vestidos com esse dinheiro — falei, boquiaberta. Ela me lançou um olhar e ergui os olhos para ela, confusa. — Espera aí, você faz a depilação cavada? Por que prefere essa à do tipo Hollywood?

Ela deu de ombros.

— Questão de gosto, eu acho. Eu me sinto careca se tirar tudo, como se estivesse antes da puberdade. É meio estranho, não é? Como se fôssemos menininhas fazendo sexo com homens mais velhos. Parece meio ilegal, e não de um jeito bacana.

Fiquei pálida e, sentada, pensei no que ela estava dizendo, querendo acabar com meus pelos pubianos. Por que eles eram tão desgraçadamente complicados? Emma percebeu minha confusão e tocou no meu braço.

— Não se preocupe, gata, várias garotas fazem a hollywoodiana. É normal.

— Elas realmente fazem isso? — perguntei de supetão. — Eu não tenho ideia do que as outras garotas fazem. Esse é o meu problema. Não sei mais o que fazer com meus pelos. Revistas falam dos tipos de depilação, mas ninguém fala sobre o que todo mundo de fato está fazendo ali embaixo. Você pode ver cirurgias de seios, cortes de cabelo e tudo o mais, mas não mostram vaginas e não tenho ideia do que metade da população faz. POR QUE NINGUÉM FALA DO ESTILO DOS SEUS PELOS PUBIANOS?

Minha voz alcançou um crescendo angustiado e todos no café se viraram para nos olhar, mas eu mal reparei.

Emma se recostou e ficou pensativa.

— Caramba, você tem toda a razão. Eu não tinha pensado nisso. Faço a cavada apenas porque não dá para deixar ao natural, e a tipo Hollywood me parece muito estranha, então achei um meio-termo. Além disso, várias atrizes pornô fazem, os caras gostam e é mais fácil na hora de usar biquíni. Mas por que diabos as revistas não falam disso? Eu *adoraria* saber o que o resto do mundo faz ali embaixo.

— Exatamente — concordei fervorosamente. — Revistas são tão hipócritas. Elas devem abordar questões femininas, mas nenhuma fala de como é esquisito raspar seus pelos pubianos. Elas nem avaliam produtos depilatórios com base na sua eficácia na região do

biquíni. Só tratam das áreas seguras, como pernas e axilas. Isso me irrita.
— Ah, meu Deus, precisamos trazer isso a público. — Os olhos de Emma brilharam animados. — Precisamos ser as colunistas sentimentais das novas adolescentes e ajudar as meninas de treze anos a descobrir como acabar com os pelos pubianos.

O entusiasmo dela era contagiante e comecei a pensar que nossa ideia podia dar certo.
— É, você está certa. Algum blog sobre vaginas, sexo e outras coisas estranhas que respondam todas as perguntas que o Serviço Nacional de Saúde nem sequer pensa em responder.
— Ah... Eu tinha me esquecido desses outros sites — disse ela.
— Eles não fazem basicamente a mesma coisa? Seria tão frustrante se a nossa ideia já existisse.
— Acredite em mim, Emma. Eu entendo disso. Pesquisei e *não* existem sites que respondam metade das dúvidas que tenho. Bem, dúvidas que tive. Claro, as que eu tive. Além disso, seria tão bom ter tudo reunido em um mesmo site de referência para você retornar, em vez de ficar fazendo buscas diferentes a cada vez.

Ela concordou, pensativa.
— Tudo bem, vamos nessa — disse ela. — Então, estamos pensando em um blog. Hum... um blog sobre nossas dúvidas vaginais, que se baseie totalmente na nossa experiência. Um vlog? Ou, um...
— Ah, meu Deus — falei às pressas. — Como um... vlog para virgens. Todo mundo escreve blogs sobre sexo, mas ninguém escreve sobre como ser virgem.
— Virgem? — ela perguntou, confusa.

Meu rosto ficou pálido e sem expressão.
— Hum, podemos fingir que somos virgens?

Ela olhou para mim.

Que droga de mentira era essa que inventei? Podia sentir meu rosto queimando de vergonha. Ficamos em silêncio e mordi meu lábio inferior. Ai, Deus. Eu teria que admitir minha mentira para ela – eu não apenas era virgem, era uma virgem que havia *mentido* sobre isso. Eu acabaria com a nossa amizade. Ela abriu a boca para falar, mas eu a interrompi. Eu tinha que contar a ela. Ela merecia saber a verdade.

– Menti para você, Em – falei olhando para o meu cappuccino, sentindo-me muito mal. Fechei os olhos. – Sou virgem.

Emma não disse nada. Abri um dos olhos, só um pouquinho. Ela estava ali sentada, olhando para mim. Eu não conseguia compreender sua expressão. Ai, Deus. Meu corpo estava contraído de tensão quando ela finalmente falou.

– Mas por que você não me contou? – ela perguntou, sua voz mais suave do que nunca. – Você achou que eu ia... julgar você?

– Não! – respondi horrorizada. – Claro que não. Era só uma coisa na minha cabeça, sem relação com você. Sou apenas uma aberração vergonhosa e esquisita, e não queria lhe contar porque tive medo de você se sentir desconfortável perto de mim... Não queria que você achasse que não poderia falar de sexo perto de mim – admiti. – Eu gostava de ouvir as suas histórias – acrescentei baixinho, esperando não parecer tarada.

Senti minhas bochechas queimarem, sabendo que meu rosto estava a ponto de ficar cheio de manchas roxas, mas eu não conseguia parar de falar.

– Eu estava com tanta vergonha, Emma – prossegui, tentando engolir o enjoo dentro de mim.

Ela me encarou e me remexi, desconfortável. Ela me odiava, era possível perceber. Eu havia acabado com a nossa amizade.

– Sua idiota! – ela exclamou e me deu um enorme abraço. Eu não conseguia respirar ou me mexer, mas estava aliviada. Fechei os olhos e respirei o aroma do Miss Dior Chérie. Eu me senti tão melhor.

Emma se afastou, olhando-me com ternura. Seus olhos pareciam enevoados.

– Ellie, você é muito estranha às vezes. É claro que não me importo que você seja virgem. Por que eu me importaria? Baixei os olhos para as minhas mãos e cutuquei uma casquinha do esmalte lascado.

– Sei lá – falei, dando de ombros. – Mas você não conhece ninguém com mais de quinze anos que ainda seja virgem.

– Sim, porque frequentei a escola mais vagabunda que existe – disse ela. – Existem muitas virgens mais velhas por aí. Se uma pessoa quer esperar, a decisão é dela e eu respeito. É claro que respeito.

– Não, mas... – Suspirei. – Eu não *quero* ser virgem. Não sou como aquelas moralistas que estão esperando pela pessoa certa. É claro que eu adoraria que fosse com um namorado, mas ainda não aconteceu. Por que aconteceria agora? A essa altura, estou aceitando qualquer oferta. Ou quase – acrescentei.

Ela me olhou confusa.

– Espera. Não entendi. Você está esperando por alguma razão em especial? Não chegou perto de acontecer com uma pessoa bêbada ou algo assim?

Suspirei. Não aconteceu e eu não sabia por quê. Era só isso – eu nunca achei uma resposta para essa pergunta fundamental. Lara achava que eu tinha medo. Achei que fiquei com medo depois do boquete canibal, mas, na verdade, parecia apenas falta de sorte e uma total falta de oportunidade.

– Imagino... Talvez seja porque frequentei uma escola só para meninas. Eu demorei a amadurecer, e não surgiram muitas oportunidades – expliquei.

– E na faculdade? Semana de calouros? – perguntou ela.

– Fiquei com uns caras, mas nenhum me convidou para ir para casa com eles – confessei.

— Talvez eles tenham percebido que você não era fácil — ela sugeriu.

Eu a observei. Essa teoria era nova.

— Espera, isso faz sentido? — perguntei, curiosa.

— Claro! Um cara pode sentir se você é do tipo que vai acompanhá-lo para casa ou não. Eles provavelmente conseguiram pressentir... não sua virgindade, mas o fato de você não ser fácil. É algo bom, Ellie — ela disse, encorajadora.

— Hum — retruquei. — Não sei. Lara acha que eu emano vibrações de quem está desesperada. Brigamos por causa disso — admiti.

— E na noite em que saímos... Eu a fiz ir comigo porque queria encontrar alguém com quem perder a virgindade. Prometi a mim mesma que perderia até a formatura para fazer o teste de clamídia como qualquer outra pessoa.

Emma deu uma gargalhada.

— Espera aí. Você quer ter clamídia?

Foi a minha vez de olhá-la como se ela fosse maluca.

— Claro que não. Eu queria apenas ser elegível para fazer o teste.

Ela me olhou espantada.

— Você vai ter que explicar isso.

Eu me remexi na cadeira com desconforto. Nunca tive realmente que explicar por que eu me sentia tão desesperada para perder a virgindade. Minhas amigas de escola conseguiam entender porque, em algum momento de suas vidas, estiveram na mesma situação. Mesmo que há algum tempo.

— Eu acho que... assim que fazemos dezesseis anos, ou treze anos, no caso da minha amiga Lily, todo mundo começa a falar sobre perder a virgindade — expliquei. — Sei lá, era como uma competição. Todas as conversas eram sobre sexo e eu não podia participar. Eu me sentia... excluída. Agora todos falam de sexo sem compromisso por uma noite e amizades coloridas. E continuo sendo a única excluída. É solitário... E quer saber? Eu quero fazer parte.

— Ellie — disse ela, tocando meu braço com preocupação. — Peço desculpas se fiz você se sentir assim alguma vez por eu ficar falando sem parar sobre sexo.

— Não — falei alto, dando um tapinha no braço dela. Sorri.

— Você é minha amiga e adoro ouvir suas histórias sobre sexo. Você me mostra o que estou perdendo e como será minha vida algum dia.

Ela pareceu preocupada.

— Nem sempre é... tão cheio de glamour quanto parece. Conheço meninas como eu que já abortaram, e outras que *pegaram* clamídia, mas descobriram tarde demais e agora são inférteis. Sério, El, por que quer tanto fazer esse teste de clamídia?

— É um símbolo — expliquei. — Você só pode fazer o teste de clamídia se tiver feito sexo, certo? A maioria dos estudantes universitários já transou, e estou contando os dias para transar também. Então, para eu ser igual a todo mundo e poder me identificar com as histórias das minhas amigas, preciso fazer sexo e o teste. Representa o sonho.

— Clamídia?

— Não, *sexo*. Ouvi dizer que pode ser muito bom. — Sorri e dei uma tremidinha com o ombro.

Ela riu.

— Certo. Eu adoro desafios, então você veio ao lugar certo. Vou ajudá-la a perder a virgindade e podemos postar no vlog sobre isso.

Meus olhos se arregalaram.

— Hum, eu não vou contar sobre a minha virgindade para todo mundo em um blog.

— E por que não? — ela perguntou, com bom senso. — Você queria ajudar outras pessoas como você. Aposto que existem muitas virgens de vinte e um anos por aí que não querem se sentir solitárias. Podemos falar dos pelos pubianos também...

— Ai, Deus, os pelos pubianos — resmunguei. — Eu tinha me esquecido deles. Preciso decidir o que fazer com os meus pelos antes de começar a escrever sobre a minha virgindade e minha vagina para o mundo.

— Por que não tenta uma depilação cavada por enquanto? — ela sugeriu. — Acho que seria a opção mais fácil, e você ainda fica com um tufo de pelos ali no meio, então, você não se sente uma pré-adolescente.

— Parece tão doloroso — resmunguei, fazendo careta diante da ideia de ter uma esteticista tirando os pelos da minha vagina.

— Sem dor, sem ganho, Ellie. Agora, sobre nosso vlog...

CAPÍTULO ONZE

Sentamos na cama de Emma com estampas de zebra, lotada de exemplares da *Cosmo* e de panfletos educativos sobre sexo que ela havia pegado na sala de espera do consultório médico. Eu me recusei a voltar naquele lugar e esperei do lado de fora, perto da lixeira onde havia jogado o envelope pardo.

– Então, vamos chamar apenas de vlog? – perguntou Emma levantando o olhar do seu bloco. – Como em vlog.com?

Dei de ombros.

– Isso. Por que não? É um blog vaginal/virginal. Um vlog. Não precisaremos de muitas palavras-chave para o SEO, já que ninguém vai procurar por "vlog". A não ser que tenha algum significado estranho em Tcheco.

– SEO? – ela perguntou perdida.

– *Search Engine Optimisation*. Você vai querer ter boas palavras-chave no seu site para que as pessoas possam achá-lo quando fizerem suas pesquisas – expliquei.

– Como você sabe disso?

Corei ligeiramente.

– O que foi? Todo mundo sabe disso. Não sou nenhuma nerd em tecnologia.

– Bom, se você for, estou realmente impressionada. Estou feliz que uma de nós entenda como configurar sites. Então, qual vai ser o foco do vlog?

Eu me recostei na montanha de almofadas e suspirei.

– Não sei. Precisa ser algo como uma versão adulta, moderna, acessível e muito ilustrada das seções que abordam questões nas revistas adolescentes.

– Ai, meu Deus, você está falando das que pararam de circular? – perguntou ela, animada. – Eu as adorava, como a *Mizz*, *Sugar*, *Just Seventeen* e as outras.

– Nem me fala. Na escola, nós as líamos durante o almoço. As revistas traziam as melhores dicas e as melhores "confissões". Líamos em voz alta os problemas das pessoas e ríamos de como eram vergonhosos. Ficávamos secretamente felizes quando a colunista dizia que elas eram normais. Ou talvez eu fosse a única que pensava assim – acrescentei depois de pensar um pouco. – Você também pensava isso?

Ela riu.

– Claro. Eu sempre achei que tinha uma boca de sino.

– Uma o quê?

– Como uma calça. – Ela me olhou e suspirou ao ver que eu não entendi. – É quando você tem uma vagina "larga", não tão apertada. Também achava que os meus lábios vaginais eram muito longos.

– Ah, meu Deus. Eu nunca havia pensado nisso.

– Nem eu – confessou ela. – Até que os garotos começaram a usar essas palavras como xingamentos e espalharam que a Lucy Palmer tinha uma boca de sino. Eu entrei em pânico, porque também tinha. E, para ser sincera, acho que os meus lábios *são* mesmo maiores que os da maioria.

– Em, isso é perfeito! – exclamei.

– Na verdade, não. Os lábios menores têm um aspecto melhor – disse ela.

– Nããão. Estou dizendo que é um material ótimo para postar no blog. Ou no vlog. Desculpe. Não queremos que seja exclusivo para virgens sexualmente confusas. Queremos que seja um blog vaginal, para qualquer uma que já entrou em pânico por causa da própria vagina ou qualquer coisa relacionada. Coisas como formato e outras questões, para assegurá-las de que elas são normais e não estão sozinhas.

Seus olhos brilharam.

– Sim, com certeza. E essa frase que você acabou de dizer sobre entrar em pânico por causa da sua vagina tem que ser nossa chamada.

– Ah, pode entrar na seção "Quem somos".

– Isso! Mas, só para deixar claro, ainda podemos fazer posts sobre você ser virgem, certo? Sinto que todas as outras virgens de vinte e um anos precisam saber que não estão sozinhas. – Seu rosto franziu por um instante com alguma preocupação. – Você acha que as virgens de vinte e tantos anos vão se sentir excluídas?

– Não, vamos dar conselhos bem abrangentes, certo? Por exemplo, quando falamos do formato da vagina, a idade não importa.

– Certo, isso quer dizer que você vai fazer isso? Você vai postar sobre sua virgindade?

Soltei uma risada seca.

– Quem diria que a minha virgindade seria tão requisitada. Mas tudo bem. Farei alguns posts sobre virgindade. Podemos também fazer uns sobre pelos pubianos? Uns pelos corporais esquisitos?

– Que surpresa você querer fazer um post sobre pelos pubianos. – Ela sorriu. – Mas é claro. É engraçado, eu sempre fiz depilação cavada e nunca pensei muito a respeito até conhecer você. Mas você está certa. Por que faço depilação cavada? Será que pensei naturalmente *Ih, por que não depilar tudo e deixar só uma faixa estreita no meio?* Não é exatamente natural, é? Parece um pouco... coisa de atriz pornô.

Concordei com veemência.

– Eu sei. Eu culpo a pornografia por nos colocar nessas crises. Por que não pode ser como na década de setenta, quando era normal ter uma vagina peluda? Vai ficar tão caro depilar toda hora.

— Sim, e os homens nunca vão entender a dor que sentimos — falou ela sombriamente. — Certamente tem muito a ver com pornografia e acho que com a indústria de Hollywood também. Já que todas as pessoas cheias de glamour têm vaginas sem pelos.

— Isso mesmo! — exclamei. — E, pior ainda, nos anúncios de lingerie. Eles sempre mostram fotos de mulheres com calcinhas de renda e só pele aparecendo por baixo. Quando eu tinha uns treze anos, achava que as mulheres eram assim e eu era paranoica por ter esse monte de pelos.

Ela riu.

— Jura? Também achei isso quando vi filme pornô pela primeira vez. Mas, para ser justa, por mais que culpemos a pornografia por fazer isso com a gente, ela foi muito útil no oitavo ano.

— Para quê? — perguntei curiosa.

— Bom, para ver como é um pênis — disse ela com naturalidade.

— Você não fez isso? Achei que todo mundo havia feito. Como você vai saber como fazer um boquete se não pesquisar?

Eu me lembrei do boquete canibal e assenti.

— Concordo plenamente. Eu queria ter me lembrado de olhar pornografia. Fiz tudo errado na minha primeira tentativa.

— Acredite, você não foi a única — ela me consolou.

— Você também o mordeu? — deixei escapar.

Ela caiu na gargalhada.

— Isso é surpreendente. Sem dúvida vai para o vlog. Eu não mordi o cara, mas tinha ouvido que você deveria segurar as bolas com as mãos durante o processo, e eu segurei com mais força do que devia. Na verdade, eu as apertei com tanta força que ele quase desmaiou e broxou imediatamente.

Ri, mas fiz uma anotação mental de tomar cuidado ao segurar as bolas.

— Eu sei... Tenho muita vergonha dos meus treze anos — disse ela. — Na verdade, lembro quando ainda era mais nova e as pessoas

falavam de sexo oral. Não fazia ideia do que era. Eu achava que fazer um boquete significava soprar o pênis do cara para fazê-lo crescer...
Emma tinha treze quando fez sexo oral pela primeira vez? Quatro anos mais nova que eu era, e ela obviamente deu conta de fazer isso mais de uma vez. Eu realmente amadureci tardiamente.
– Como sempre, eu superei você na escala da vergonha – retruquei. – Quando ouvi falar de sexo oral pela primeira vez, achei que era para usar um secador para secar os pelos pubianos do cara.*
Emma gargalhava e caiu de costas sobre almofadas ao meu lado.
– Ellie, isso é... tão... Por que você pensou isso?
– Ninguém me explicou o que era – respondi. – E eu usei a minha inventividade de forma bem literal. E assim fiz com quase todas as outras coisas sexuais. Não é o tipo de coisa que você aprende em comédias românticas ou seja lá o que for.
– Comédias românticas que nada – falou ela com veemência e dei um longo gole no chá-verde que estava bebendo. – São só mentiras, e estou de saco tão cheio das histórias em que as garotas bonitas são enganadas, superam, mudam, ficam um pouco mais confiantes, e o cara volta rastejando. Isso não é nada realista.
Concordei entusiasmada.
– Sim! Onde ficam a rejeição e a humilhação? É com isso que me identifico, não soluções fantásticas que surgem do nada ou viagens aleatórias a Hollywood. Literatura feminina também anda bem ruim hoje em dia.
– É mesmo, não é? – concordou ela. – Gosto de ler *Bridget Jones* tanto quanto qualquer pessoa, e adorava os livros da *Becky Bloom*, mas para que finais nauseantemente felizes? E esses homens perfeitos... De onde diabos eles vêm?

---

* Em inglês, sexo oral é traduzido como "blow job". "Blow" significa "soprar". (N. do E.)

— É, e você já leu aqueles romances para adolescentes? Aqueles sobre pegações e primeiros namorados... quer dizer, *fala sério*. Essas garotas sabem exatamente o que fazer com um cara. O único dilema delas é decidir se querem ou não perder a virgindade e sobram opções. Minhas amigas e eu conversamos detalhadamente como tocar um cara, enquanto essas garotas da ficção sabiam magicamente o que fazer.

Emma riu.

— Você tem toda razão. Tudo isso será um material incrível para o vlog. Nem parece trabalho, apesar de que vai ficar ótimo em nossos currículos. Mas talvez devêssemos fazer isso anonimamente. O que acha?

— Não posso colocar isso no meu currículo — respondi com firmeza. — Anonimato é certamente a melhor opção para seguir em frente.

— E se usássemos só as iniciais? Você seria EK e eu EM.

— Tudo bem — concordei. — Podemos fazer assim.

— Combinado. Então, voltamos a questão do CEO?

Balancei a cabeça para ela.

— SEO. Vamos simplificar. Acho que podemos criá-lo e escolher um template básico para o layout. Assim, podemos postar quando quisermos e acrescentar mais coisas conforme surgirem. Que tal?

— Parece perfeito. — Ela sorriu.

A Virgem

Bem-vinda ao nosso vlog.

Se você clicar na seção "Quem somos", ficará sabendo que um vlog é um blog para pessoas com vaginas ou para qualquer um que queira ler a respeito delas. Antes de começar a nos aprofundar em nossas vaginas, vamos nos apresentar. Somos — anonimamente, porque vamos discutir nossas vidas sexuais (ou a falta delas) — EK e EM.

EK é uma virgem de vinte e um anos que não sabe por que ainda é virgem, e está doida para deixar de ser. Ela não é religiosa; não está esperando até o casamento; não está esperando o cara especial; não está esperando que o cara que vai tirar sua virgindade a peça em casamento imediatamente e ela não é frígida. Ela só não tem sorte.

EM tem vinte e quatro anos e é o oposto de virgem. Ela orgulhosamente se autointitula vadia e faz campanha para acabar com a conotação pejorativa do termo e usá-lo para ambos os sexos: "Ai, meu Deus, que vadios. Legal."

Aí está. Uma de nós é virgem e a outra é vadia. As duas coisas não se excluem e, apesar de nossas experiências, as duas têm pontos de vista bem parecidos sobre sexo, virgindade e vaginas. Enfim, somos apenas garotas do século XXI que cresceram com *Cosmos*, *Vogue*, assistindo à TV, Facebook e comédias românticas. Somos parte da geração que foi muito mal influenciada pela mídia, mas também da geração de mulheres que têm mais oportunidades que suas mães e avós.

Então, este vlog foi criado para qualquer pessoa que tenha entrado em pânico por um momento a respeito de qualquer assunto relacionado a uma vagina. É um site, um fórum, uma rede social em que você pode ver o que temos a dizer sobre tópicos tabus, que nenhuma revista ousaria publicar. Não temos medo de dizer o que precisa ser dito. Da maneira mais ilustrativa que pudermos.

Então, se você alguma vez se sentiu confusa/sozinha/chateada/estressada/enraivecida/preocupada com alguma coisa remotamente sexual, somos suas amigas. Já sentiu alguma coisa? Nós nos sentimos pior.

CAPÍTULO DOZE

Deitada na minha cama e olhando para o pôster do Peter Andre que havia colado no teto aos onze anos, pensei no meu encontro com Jack. Ele havia mandado uma mensagem com detalhes para o dia seguinte. Vamos jantar em um restaurante japonês barato e sair para beber depois. De acordo com Emma, isso significa que ele estava rezando para se dar bem, por isso eu deveria evitar o wasabi, que era o equivalente japonês para alho. Se fazer S-E-X-O era uma possibilidade para a noite do dia seguinte, então eu precisava estar pronta e dar um jeito na minha vagina.

Gemi diante da ideia de me depilar, que parecia dolorosa demais para ser considerada, ponderando sobre o creme depilatório outra vez. Só que, agora, teria que deixar o dobro do tempo ou aceitar a maldita sina de me raspar.

Lembrei-me dos traumas ao cortar a vagina, a coceira alucinada e James Martell chorando de rir da minha moita virgem. Eu tinha que me depilar. Não podia estragar as coisas com Jack por não curtir a ideia de gastar meu empréstimo estudantil em uma hora de dor excruciante.

Emma recomendou o salão de trinta libras pela depilação, mas eu tinha certeza de que conseguiria outro lugar um pouco mais barato.

Peguei meu laptop e comecei a busca. Acabei achando um lugar em Bloomsbury que fazia depilação por dezoito libras. Era quase a metade do preço do salão de Emma e perto do British Museum, então não seria nos fundos de um beco.

Orgulhosa de mim mesma, liguei e marquei para a tarde seguinte, antes que perdesse a coragem. Assim, eu sairia do salão direto para o encontro com uma vagina perfeitamente suave para Jack. Agora, eu só precisava dar uma aparada antes.

...

No dia seguinte, entrei no salão com cuidado, abrindo a porta rosa e tentando ignorar os folhetos adesivos colados em toda a parte. O térreo era para cortes de cabelo e não havia ninguém na recepção, apenas uma loira oxigenada que cortava o cabelo de um homem no outro lado do salão.

– Olá, querida. Me dê um minuto – disse ela para mim. – Você veio para fazer o quê?

– Hum, depilação – respondi, rezando para ter ido ao lugar certo.

– Tipo Hollywood, certo? – berrou ela.

Corei violentamente e concordei com a cabeça em silêncio, rezando para que ela parasse de gritar sobre a depilação. Ela pareceu entender, porque baixou as tesouras e veio falar comigo. O homem na cadeira virou-se, uma pessoa de meia-idade do Leste Europeu, e observou a cena com um sorriso divertido. Fantástico.

– Na realidade, é depilação cavada – falei depressa quando ela se aproximou e começou a olhar um bloco tamanho A4.

– Ah, cavada! Por que não disse logo? – perguntou ela, tão alto quanto antes. – Espera, vai ser cavada comum ou tipo Playboy?

– Tipo Playboy? – perguntei confusa, imaginando se ela faria coelhinho da *Playboy* na minha vagina.

– Sim, uma depilação Playboy. É como a cavada, mas em vez de deixarmos uma faixa grossa no meio, deixamos uma área menor de pelos. De verdade, querida, eu recomendo mesmo a Playboy, que está na moda e seu namorado vai adorar. – Ela piscou para mim e jogou a cabeça para trás para soltar uma gargalhada. – Você não concorda, Stan? – perguntou para o homem na cadeira. Ele me olhou de cima a baixo e sorriu, mostrando seus dentes tortos e amarelos, antes de concordar devagar.

– Está bem, então – corei sob seu olhar indecente e falei rápido.
– Para onde devo ir?
– Ah, é só descer aquelas escadas. A Yasmin vai atender você. Segunda porta à direita – disse ela, apontando as unhas em um forte tom de rosa na direção de uma escada de madeira.

Desci correndo as escadas sem lhe agradecer e rezei para que a Playboy fosse o que Emma recomendaria. O nome soava como algo que ela teria escolhido, e uma área menor de pelos parecia uma boa ideia. Além disso, eu estava tão sem graça lá em cima, que teria topado qualquer coisa, até pompom nos meus pelos.

– Olá? – chamei, abrindo devagar a segunda porta à direita.
– Ah, olá – respondeu uma jovem negra com cabelos cacheados escuros. – Sou Yasmin. Entre.

Respirei aliviada quando vi que ela era negra e provavelmente também teria pelos grossos. Isso significava que não me julgaria. Ela sorriu compreensiva.

– Muito bem, então você poderia tirar a roupa e deitar na cama para mim? Volto em poucos minutos – disse ela.

Concordei em silêncio, mas, assim que ela fechou a porta atrás de si, comecei a pensar no que tinha dito. Eu tinha que tirar a roupa e deitar na cama, o que parecia muito simples, mas "tirar a roupa" significava exatamente o quê? Obviamente eu tinha que tirar os sapatos e a meia, o que fiz, e depois a calça jeans. Em pé, de calcinha preta e casaco colorido, fiquei imaginando o que mais precisava tirar. Eu provavelmente deveria ficar com a parte de cima, porque ela não teria nada para fazer por ali, mas e a calcinha? Será que ela trabalharia ao redor dela, e a puxaria para o lado, ou será que eu deveria tirá-la e deitar seminua na cama?

Ouvi uma batida na porta.

– Posso entrar? – perguntou ela.

Droga, droga, droga.

– Um segundo – respondi, enquanto decidia rápido e tirava a calcinha. Pulei na cama e deitei. – Pronto! – gritei, tentando disfarçar o tom de pânico na minha voz.

Ela empurrou a porta e entrou na sala, sorrindo para mim.

– Muito bem. A Roxy disse que você quer uma depilação Playboy.

– Hum, acho que sim – respondi. – É uma variação da cavada, certo? Você recomenda?

– Ah, eu não sei – disse ela com um sorriso maroto. – Mas acho que a Playboy pode ser ótima. Certo. Abra as pernas o máximo que puder para eu começar.

Muito constrangida, afastei as pernas o máximo que consegui e revelei minha região vaginal em todos os detalhes. Ela aproximou um pote de cera e, com uma espátula de madeira, aplicou uma camada azul quente na minha pele. Apoiou-se nas minhas pernas e rezei para não ter cheiro. Eu tinha me lavado do melhor jeito possível, mas como minha mãe me ensinara a não passar sabonete ali, fiquei preocupada se a água teria deixado tudo suficientemente limpo. Se eu não usasse sabonete líquido pelo meu corpo, ficaria desconfortável para todo mundo, então, também seria assim se eu não usasse lá embaixo, certo?

De repente uma onda de calor e dor subiu pelo meu corpo, tirando-me dos meus pensamentos, e gritei.

– Desculpe, doeu? – perguntou ela. – Já vai doer menos. Segure sua pele com o máximo de firmeza que conseguir. Isso deve ajudar.

Olhei para baixo e vi uma trilha sem pelos entre as minhas pernas. Estava pálida e começando a ficar marcada com pontinhos vermelhos. Choramingando um pouco, puxei a pele ao redor da próxima área coberta de cera e respirei profundamente, preparando-me para a próxima onda de dor. Como esperado, uma segunda onda de sofrimento se espalhou pelo meu corpo assim que ela puxou a cera da minha pele sensível. As terminações nervosas ali foram atacadas, e não contive outro grito de dor. Fechei os olhos e tentei pensar em coisas serenas, enquanto minhas mãos mecanicamente se moviam pela minha vagina, preparando a pele para os próximos minutos de agonia.

– Certo, agora preciso que você separe os lábios para que eu possa tirar os pelos que crescem ali dos lados – disse ela, depois de um tempo. – Levante um joelho, assim e aí... Isso, assim mesmo. Separe os joelhos.

Meus joelhos estavam dobrados e afastados, minhas mãos afastavam os grandes lábios e meu corpo estava tão contorcido, que me senti em uma aula de yoga de nível intermediário, ali na cama forrada de papel.

– Assim? – grunhi, concentrando-me para manter a pose.

– Perfeito – disse ela, animada, enquanto espalhava cera nas minhas partes mais delicadas. Meus olhos se arregalaram em horror ao ver a tira branca descer sobre a pele de aspecto tão delicado e ser arrancada de supetão. Uivei de dor e senti as lágrimas nos cantos dos olhos.

– Desculpe – disse ela, não parecendo nada arrependida. – Os pelos são bem espessos aqui, então vai doer um pouco, mas eu vou tentar tirar todos para você.

Tentar?! Ela era uma esteticista experiente – pelo menos, era o que eu esperava –, então era óbvio que ela estava acostumada a tirar os pelos mais resistentes. De jeito nenhum eu sairia com faixas de pelos na minha vagina.

– Consegui tirar quase todos – comentou ela, depois de arrancar mais cinco faixas de pelos pubianos. – Agora, vire-se de bruços e fique de quatro.

Resistindo à vontade de ficar deitada, acalmando a pele sensível, eu a obedeci e me virei de bruços. E fiquei de quatro, como se estivesse no Pilates.

— Você consegue usar uma das mãos para afastar uma nádega para o lado? — perguntou ela descontraidamente.

Com rapidez usei a mão esquerda para fazer o que ela pediu, inclinando-me ligeiramente sobre a mão direita. Ela passou mais cera pelo meu ânus e respirei devagar, preparando-me para a dor.

— Você não aparou aqui — repreendeu ela. — Os cabelos vão repuxar. Da próxima vez, você vai precisar dar uma aparada em toda essa área também.

Ela puxou as tiras de cera e a dor não foi tão forte quanto eu esperava. A pele aqui deve ser mais grossa, porque senti uma espécie de sensação de limpeza. Ela repetiu do outro lado, e perdi menos o equilíbrio enquanto me apoiava no braço esquerdo e puxava a nádega. Tentei não pensar que ela podia ver partes do meu corpo mais detalhadamente do que eu mesma jamais veria.

— Pronto — disse ela. — Agora deite para cima e deixe-me ver se tem algum pelo que escapou.

Ela pegou uma pinça e saiu tirando pelinhos. Eu levantei o pescoço curiosa, porque jamais pensaria em usar a pinça ali.

— Deite-se — pediu ela e eu rapidamente apoiei a cabeça de volta na cama, onde o papel toalha tinha rasgado e eu podia sentir o couro contra a minha pele. — Pronto — continuou ela, depois de algum tempo. — Deixe-me aplicar algum aloe vera na sua pele e aí você estará pronta.

Ela esguichou um líquido gelado na minha pele e começou a esfregar. Eu fiquei tensa quando ela encostou nos meus lábios e me perguntei se isso poderia ser considerado assédio sexual. *A depiladora estava se aproveitando de mim?*

— Lindo — disse ela. — Vejo você lá em cima no caixa quando você se vestir.

Ela saiu do cômodo e eu imediatamente me sentei para ver melhor o resultado final. A vagina toda estava depilada, com pontinhos vermelhos em toda a pele branca. Parecia uma franga depenada, exceto pela área mínima no meio que ainda tinha pelos. Era assim que deveria ser? Emma dissera que ficaria com uma faixa larga de pelos, mas só havia um retângulo mínimo em mim.

Na verdade, pensei, enquanto inclinava a cabeça, que minha vagina parecia ter um bigode. Um bigodinho de Hitler.

...

– Então, isso vai dar... vinte e quatro libras pela Playboy, mais dez pela parte de trás – disse a loira oxigenada enquanto suas unhas cor-de-rosa tamborilavam no teclado da máquina de calcular.

Eu olhei surpresa para ela.

– Como assim? Não, eu pensei que eram dezoito libras.

– Ah, não. Esse é o valor da cavada normal. Mas, como você pôde ver, a Playboy tira mais pelos, então é vinte e quatro. E uma tipo Hollywood completa é vinte e seis. E, como fez a parte de trás, são mais dez – explicou ela.

Em silêncio, entreguei o cartão de débito e paguei trinta e quatro libras pelo meu bigodinho de Hitler. Sem dizer mais nada a ela, e resmungando um tchau para Yasmin, fugi da loja, deixando a porta de mola bater atrás de mim. Tirei o telefone da bolsa e liguei para Emma imediatamente.

– E aí? – atendeu ela. – Tudo certo para o grande encontro?

– Tenho uma emergência – fui falando. – Acabei de sair do salão e fiz uma depilação cavada tipo Playboy e agora a minha vagina tem um bigodinho de Hitler. O resto parece um surto de catapora. Por favor, me diz que isso é normal.

– Ceeerto. O aspecto de catapora é assim mesmo. A minha fica horrível, mas os pontos vermelhos desaparecem logo. Tranquilo. Mas o bigodinho? Não entendi. Por que não fez a cavada normal como falamos?

– As coisas desandaram – lamentei. – Ela me disse que a Playboy era o melhor tipo de depilação cavada. E doeu tanto, e parece tão estranha.

— Ok, acalme-se. Tenho certeza de que não é tão ruim quanto parece. Por que você não pediu para tirarem o resto e virar uma tipo Hollywood?

Eu parei na metade da passada.

— Droga. Sei lá. Eu devia ter feito isso. Mas não posso voltar. Foi tão embaraçoso e grotesco.

— Mas aonde você foi? – perguntou ela.

— Um lugar deprimente em Bloomsbury, completamente gelado, e custou trinta e quatro libras.

— Você devia ter ido ao meu salão! Era mais barato e bem melhor. Meu Deus, me diz que a depiladora usou cera de açúcar.

— Que cera de açúcar?

— Aquela que eles passam em você e puxam depois. Não precisa de tiras de papel e dói beeem menos.

— Minha depiladora usou as tiras de papel – gemi.

— Ah, Ellie – disse ela. – Não se preocupe, vai ficar tudo bem. Você está a caminho de encontrá-lo agora?

Olhei para o meu relógio.

— Sim. É claro que estou adiantada. Ele vai me achar tão ansiosa.

— Dê umas voltas e capriche no visual para ficar ainda mais bonita do que já é – sugeriu ela.

— Tudo bem. Obrigada.

— Você vai ficar fantástica. Boa sorte!

Minha Senhora Cabeluda

Todo mundo sabe que mulheres têm pelos pubianos, pelos nas pernas e até nas axilas. Mas nós queremos falar dos pelos esquecidos que todos ignoram. Os pelos que nascem em lugares que desconhecemos os nomes, até que procuremos por eles feito doidas na internet, para nos certificarmos de que somos normais. Então, esses são os lugares em que achamos pelos crescendo em nossos corpos.

VIRGEM

Atenção! EM é loira, então ela nunca vai realmente entender essa dor tanto quanto EK, que é morena e tem origem mediterrânea. De qualquer forma, EM insiste que, ainda que seus pelos sejam claros, são numerosos e longos.

Braços. Todo mundo tem e não deveria ser nada de mais, mas, por alguma razão, os salões decidiram que é normal oferecer serviço para depilar o braço e todas as modelos são retocadas para esconder os pelos dos braços. A mãe da EM até tentou fazê-la depilar os braços para que ela parecesse mais "feminina" em um casamento da família. Mas ela se recusou.

Mamilo. Isso é diferente. Nós duas temos uma penugem fina – ou não tão fina – crescendo na auréola (é o nome da circunferência externa). Não verificamos quais são as razões biológicas para isso, mas deve haver alguma.

Linha Abdominal. É normal, é natural e todas temos. Se você conseguir dar um jeito neles junto com os demais pelos do corpo, invejamos muito você e a admiramos.

Dedos e Dedões. Há uma cena em *Miss Simpatia* em que Sandra Bullock tem seus dedos depilados para que se transformasse na vencedora de um concurso de beleza. Uma droga. Preferimos a vibe de *Pequena Miss Sunshine*.

Buço. Nós duas temos pelos acima do lábio superior. EK costumava descolorir os seus, mas percebeu que deixava uma trilha ainda muito visível de pelos claros. Ela agora os depila, e EM também.

Entre os seios. Então, esses acabamos de descobrir. Talvez seja um sinal tardio de puberdade (sim, temos vinte e poucos anos), mas nós duas temos uma penugem muito fina entre os seios. Quem diria?

CAPÍTULO TREZE

Eu estava no Soho e ainda faltava meia hora antes de encontrar Jack. Havia um pub perto e resolvi entrar para usar o banheiro. Subi as escadas, torcendo o nariz para o cheiro dos carpetes manchados de cerveja, e me tranquei em uma cabine individual. Abaixei a calça e a calcinha, e me apavorei ao perceber que a minha melhor calcinha de renda preta estava colada na minha vagina. Dei um puxão e o tecido soltou minha pele. A renda estava intacta, mas havia três bolhas azuladas cobertas por uma penugem preta na minha vagina.

Ah, puta que pariu! A cera não tinha saído toda na tira de papel, e estava colada na minha pele com traços de tecido da calcinha. Esfreguei com força até perceber que a cera havia endurecido e não estava saindo. Eu precisava usar um pouco de água, mas era um banheiro público. Eu não podia lavar minha vagina perto da pia, né?

Rezando que ninguém aparecesse, fui até a pia com a calça e calcinha abaixadas até o meio das pernas. Rapidamente comecei a esfregar com água e o sabão líquido rosa do porta-sabão. A cera ficou pegajosa em contato com a água quente, e se espalhou pela minha pele. Eu estava conseguindo piorar as coisas.

Ligeiramente histérica, esfreguei com mais força e tentei descascá-la. A cera grudenta entrou embaixo das minhas unhas e tentei tirá-la com papel higiênico, mas o papel grudou nas minhas mãos e na minha vagina.

Eu me olhei no espelho, agachada com as pernas abertas e a mão na vagina, presa pela cera e pelo papel higiênico. Não era isso que eu imaginava como o início do meu primeiro encontro como adulta.

A porta se abriu e uma mulher de meia-idade usando um casaco de peles parou de pé na entrada, olhando-me com reprovação.

Meu queixo caiu e nossos olhares se encontraram no espelho. Houve um gritinho e vi uma criança do lado dela.

– Mamãe – perguntou ele. – Por que a garota está esfregando a frente da parte de baixo dela?

A mulher colocou sua mão com unhas feitas sobre os olhos do garotinho e o virou. Ela me olhou com aversão e balançou a cabeça devagar.

– Você é nojenta – sibilou ela baixinho e empurrou seu filho para fora do banheiro.

Eu me olhei no espelho, me perguntando por que isso acontecia comigo. Eu podia ouvi-la perguntando ao garotinho lá fora: "Orlando, querido, você está bem?"

Bufei. Orlando tinha cinco anos e não estava com a vagina coberta por cera endurecida. Ele estava ótimo. Já eu, queria entrar de volta na cabine e nunca mais sair de lá.

...

Fiquei dentro do restaurante, esperando nervosamente por Jack. Tentei resolver da melhor maneira possível, usando o meu batom de vaselina e o cachecol para raspar a cera. Minha pele estava em carne viva e havia umas manchinhas de sangue nela.

Ignorei a sensação dolorida da renda passando por cima da pele sensível e olhei em volta.

O restaurante era um japonês pequenino com uma esteira no balcão. Eu adoro sushi, mas minha experiência era limitada ao YO! Sushi com suas filiais e pratos coloridos. Esse lugar era meio sujo, mas havia pratos japoneses na esteira, e muitos orientais, o que deveria ser um bom sinal. Mesmo assim não parecia muito limpo. Vi Jack sentado em um banquinho perto da esteira e fui até lá. Meu coração começou a acelerar e fiquei nervosa. De certa forma, a crise com a cera tinha sido uma benção, pois não havia me permitido ficar ansiosa, mas agora o sentimento se manifestava com força total.

– Oi. – Sorri com nervosismo enquanto me aproximava.

– Ei, Ellie. – Ele se levantou para me abraçar. – Foi difícil de encontrar o lugar?

– Não, foi tranquilo. Obrigada – disse e tirei o casaco de couro, sentando-me no banquinho do lado dele. Sem jeito, coloquei o casaco no colo, já que não havia outro lugar para colocá-lo. Ele escorregou das minhas pernas e caiu no chão.

"Eu vou, hum, deixá-lo aí mesmo", falei e o chutei com cuidado para perto do balcão.

– Certo. Então, como foi a sua semana? – ele quis saber.

– Nada mal, obrigada. Saí com uma amiga. Você se lembra da Emma, certo? Minha amiga da festa? Ela voltou do feriado ontem à noite e acabamos tomando um café que durou seis horas. E você?

– Eu nunca entendi como as garotas conseguem conversar por tanto tempo – comentou ele, balançando a cabeça. – Tive uma semana tranquila. Fui trabalhar e depois escrevi o máximo que pude todas as noites.

– É tão legal que você esteja escrevendo tanto. Ainda são colunas de política e coisas afins?

– Na verdade, comecei a escrever uma série de contos, que não são sobre política, para dar uma variada.

Eu me animei.

– Adoro textos criativos. Como são os contos? Posso ler alguns?

– Claro, mostro um agora – disse ele, puxando um Moleskine do bolso. Eu olhei surpresa para ele.

V!RGEM

– Você o carrega com você? – perguntei curiosa.
– Eu estava escrevendo mais cedo – explicou ele. – Fique à vontade para dar uma olhada, mas podemos fazer o pedido antes?

Peguei o cardápio que ele me estendeu. Logo percebemos que não daria para dividir, já que queríamos coisas diferentes. Aliviada porque não disputaríamos o último maki, fiz a minha escolha bem contente.

– Então, posso ler agora?

Ele sorriu.

– Sim, mas pega leve. Combinado?
– Combinado!

Peguei seu caderninho e, distraída, fiquei mordiscando uns rolinhos primavera que peguei na esteira do balcão enquanto lia. Era um conto de seis páginas sobre um garoto que brincava próximo a um riacho, curtindo a natureza. Era uma mistura de Wordsworth com Enid Blyton, e era o oposto do que esperava de seu texto.

– Uau, Jack! Eu não sabia que você podia escrever coisas assim. Estou tão surpresa. Não tem nada sobre política. A não ser que a história seja uma metáfora e tenha me escapado.

– Não se preocupe, não há nada de política aí. É apenas sobre lembranças. Então, você gostou? O que achou do estilo?

Hesitei. Eu havia curtido a leitura, mas algumas partes eram meio clichês. A frase *gotas de orvalho pendiam de suas pestanas* ecoou na minha cabeça. Decidi ser honesta.

– Eu realmente gostei, Jack. Está bem escrito e é... calmante. Fiquei pensando na... infância. Tem umas poucas frases que eu mudaria, mas eu gostei no todo.

Seu rosto se iluminou e ele parecia tão esperançoso e doce que senti uma certa afeição por ele.

– Obrigado, era isso mesmo que eu estava buscando – disse ele, entusiasmado. – Deve ser meio lírico. Apenas pensei que precisava dar um tempo nas sátiras políticas e fazer algo diferente. Isso é um pouco fora da minha zona de conforto.

– Eu realmente acho legal que você esteja experimentando coisas novas, e que tenha todas essas ideias. Levei quase três anos na faculdade para tomar coragem e me candidatar a uma vaga para escrever na revista.

– Merda, esqueci de perguntar. Conseguiu a vaga de colunista?

Suspirei.

– Não recebi notícias deles. Disseram que avisariam até o final da semana, por isso acho que não consegui.

– Ele tocou meu braço e eu retribuí com um sorriso, enquanto pegava um sashimi.

– Nunca se sabe, eles ainda podem chamá-la. E, mesmo que não chamem, tenho certeza de que você vai achar outra coisa.

– É, talvez eu consiga. Eu me inscrevi em vários estágios, então, com sorte, um deles pode me chamar uma hora dessas.

– Caramba, olha só – disse ele, parecendo realmente impressionado.

Eu estava curtindo sua admiração. E dei mais um passo.

– E eu meio que comecei um blog anônimo com uma amiga.

– Quero saber mais.

Merda. Eu não podia contar a ele nada além disso, sem revelar que eu era virgem e gastava um bom tempo estressada com vaginas.

– Hum, é do tipo que fala de coisas do universo feminino. Coisas só de garotas.

– Você não está sendo muito clara, Ellie.

Eu ri.

– É por isso que prefiro escrever a falar. Não sou boa nisso.

– Ah, não sei, eu acho que você se sai bem falando – disse ele, encarando-me nos olhos.

Seus olhos eram tão verdes, que mal percebi que ele estava flertando comigo. Fechei a boca e me concentrei em voltar à realidade.

– Ah, obrigada – agradeci. Droga, essa não era a resposta sedutora que eu esperava.

Ele sorriu.

– Mas, se você terminou de falar, eu sei de outra coisa que podemos fazer... – Arregalei os olhos para ele. Ah, meu Deus, sexo. Ele estava a ponto de me convidar para o seu apartamento e eu não tinha sequer terminado meu sashimi. – Beber. Você gosta de chope?

CAPÍTULO CATORZE

DUAS HORAS E CHOPES DEMAIS DEPOIS, EU ME SENTIA INCHADA e estranhamente risonha. Não estava acostumada a beber cerveja, mas não quis levantar a questão e ser considerada uma princesinha que só bebe vinho rosé, vodca e Coca. Eu já tinha gastado vinte e cinco libras com a metade do meu jantar e uma rodada, e ele estava a ponto de pedir a próxima rodada.

– Espera, Jack – falei, colocando a mão em seu ombro enquanto ele se levantava com a carteira na mão. – Eu não consigo tomar outro.

– Tudo bem – respondeu ele. – Vou pegar só um, então.

Ele foi até o bar e eu me afundei feliz no sofá de couro. Estava indo tudo bem. Ele era divertido e parecia gostar de mim. Certo, ele adorava dividir as contas igualmente, e não havia me feito suspirar, como eu achava que caras faziam em encontros, mas a vida não é um filme dos anos 1980. Além disso, estávamos batendo um papo legal e, quanto mais eu bebia, mais gostava dele. Seus olhos eram indiscutivelmente atraentes, e sua barba por fazer estava maior do que de costume.

Eu certamente daria a ele acesso ao meu hímen intocado hoje à noite.

Ele voltou com a cerveja e afundou no sofá ao meu lado. Eu me virei para olhá-lo, erguendo os olhos da minha posição desleixada no sofá. Rezei para que meu rosto não estivesse redondo daquele ângulo desfavorável. Ele me encarou, assimilando a minha sutil postura corporal que dizia "Me beija, por favor" e se inclinou. Eu me aproximei do rosto dele e começamos a nos agarrar. Bastante alegrinha, segurei seu rosto, beijando-o com delicadeza, enquanto imaginava Audrey Hepburn beijando George Peppard em *Bonequinha de luxo* e tentava avaliar se pareceríamos tão românticos quanto eles. Desejei que estivéssemos na rua, na chuva.

Ele me abraçou e me segurou com vontade. Uau. Eu estava ficando excitada e, a julgar pela calça dele, Jack também. Eu não podia evitar um sorriso de empolgação.

– Por que você está sorrindo? – murmurou ele, quando um sorriso estampou meu rosto.

– Por nada – sussurrei, não confiando em mim mesma para dizer algo mais, e tentei parar de sorrir. Continuamos nos beijando com delicadeza, e ele me afastou.

– Certo, é melhor eu acabar esse chope para que a gente possa sair daqui antes que nos expulsem.

Retribuí o sorriso, repentinamente muito tímida. Ele pegou a caneca e, enquanto eu bebia o último gole da minha cerveja, ele virou sua bebida. Fiquei com os olhos colados nele enquanto ele terminava a caneca, sentindo uma atração selvagem que me fez desejar rasgar as roupas dele e agarrá-lo ali mesmo.

Sorri só de pensar nisso. Hoje à noite eu finalmente perderia minha virgindade, e faria as coisas safadas que imaginava desde que tinha visto *Instinto selvagem* aos treze anos.

Ele pegou minha mão e saímos do pub, ignorando os olhares insinuantes de uma dupla de homens velhos que estava em um canto. Na rua, ele segurou meu rosto e me beijou de novo. Eu quase desmaiei. O clima estava tão romântico e agora, no ar frio do lado de fora, eu era a Holly Golightly. Exceto, talvez, que eu estivesse mais excitada do que Holly.

Jack me empurrou contra uma parede e nós nos apoiamos contra os tijolos, agarrados feito adolescentes. Mesmo eu nunca tendo agarrado alguém assim quando *era* adolescente. Eu realmente *não vivi* nada disso.

– Tudo bem, você quer ir para a minha casa ou para a sua? – perguntou ele, quando finalmente me soltou.

Meu Deus, chegou a hora. Eu havia sonhado com esse momento tantas vezes que, por um minuto, fiquei tão nervosa que não soube o que responder. Meu cérebro conectou-se no tranco, e falei para irmos para o meu quarto em Camden, já que eu o havia ajeitado mais cedo antes de ir para a depilação. Havia até uma única camisinha em cima da cômoda que eu tinha guardado desde a semana de calouros, quando os representantes estudantis as distribuíam de graça.

Pegamos o ônibus da linha 29, e reparei que Jack passou seu vale-transporte apesar de termos embarcado pela porta dos fundos. Ele era tão correto. Passei o meu também, e sentamos no fundo, nos beijando de leve. Quase perdemos o ponto, mas conseguimos descer bem a tempo.

Bêbada, eu o levei escada acima para o meu quarto e apresentei o cômodo todo em trinta segundos. Fiquei em pé no meio do quarto, meu olhar alternando-se entre Jack e minha cama de casal. Ele se aproximou e voltou a me beijar.

Caímos na cama e nos beijamos com mais paixão do que antes. Ele tirou a camiseta e começou a desafivelar o cinto do jeans. Será que ele tiraria as minhas roupas também, ou eu devia fazer isso?

Enquanto ele mexia na calça, achei que seria mais prático se eu mesma me despisse, então tirei meu suéter. Comecei a puxar meu jeans justo pelas pernas, rezando para que ele não reparasse as gotas de suor que brotavam na minha testa enquanto eu tentava parecer tranquila.

Quando me virei, ele estava deitado na cama. Eu observei seu corpo. Ele era muito branco e magro, mas tinha ombros largos. Ele me lembrou do desenho *Johnny Bravo*, dos anos 1990, o tronco mais forte que as pernas. Sua pele clara era coberta de sardas, e havia pelos esparsos e encaracolados no peito.

De repente, fiquei muito consciente de mim mesma vestida em uma lingerie preta, e, depois de acender um abajur, decidi apagar as luzes. Voltei para a cama. Ele passou a mão pelo meu corpo todo e nos beijamos. Eu estava tão bêbada, que não tinha ideia do que a minha língua estava fazendo, mas concluí que não pensar nisso a cada movimento era provavelmente um bom sinal. Talvez essa fosse a parte "natural" de beijar que nunca havia ocorrido antes.

Ele subiu as mãos para os meus seios e os apertou com força. Mordi o lábio para não gritar de dor, e rezei para que ele fosse menos impetuoso com eles. Eles não estavam habituados a tanto contato humano. Jack começou a mexer no fecho do sutiã, mas, depois de algumas tentativas, eu o ajudei, para salvá-lo da vergonha. Ele arrancou a peça e começou a massagear meus seios.

Passei a mão pelo corpo dele, tentando me distrair enquanto explorava sua lombar ligeiramente peluda, chegando até o cós de sua cueca boxer. Percebi que provavelmente deveria tocá-lo ali embaixo. Com cuidado, segurei o volume em sua cueca. Massageei delicadamente seu membro, mas senti um pouco de medo ao me lembrar de James Martell. Na última vez em que eu havia segurado um pênis, estava tão perdida que, ao colocá-lo na boca, quase o arrancara com uma dentada.

Eu não podia arriscar que isso acontecesse de novo. Teria que pular o sexo oral ou a masturbação, e, com sorte, iríamos direto para o sexo.

Depois de quinze minutos de pegação intensa, ele ainda não havia tirado a cueca ou tentado tirar minha calcinha. A depilação Playboy estava sendo desperdiçada, e eu não tinha a menor ideia de como evoluir dos amassos para o sexo. Não era *ele* que deveria tomar a iniciativa?

Eu estava deitada de barriga para cima e ele estava montado em mim. Sentia seu pênis pressionando minha barriga e minhas coxas enquanto ele se movia. Ele começou a mexer seu corpo, esfregando seu membro contra a minha vagina, mas *ainda de roupa íntima*.

O que era isso? O que estávamos fazendo? Uma frase surgiu na minha mente. Nos roçando. Era o que estávamos fazendo.

Ele continuou por um tempo, até que seu corpo tremeu e ele perdeu o fôlego, e desmontou em cima de mim.

Ele havia ejaculado. Na cueca. Deitado em cima de mim. Por que ele não fez isso *dentro* de mim?!

Suspirei confusa quando ele rolou para o lado. Fiquei deitada tentando me convencer de que isso tinha sido bom, que realmente não transamos. Tínhamos começado devagar e, da próxima vez, poderíamos fazer a coisa de verdade e seria melhor, porque teríamos certa intimidade. Depois de alguns minutos o ouvindo respirar pesado ao meu lado, ele finalmente falou:

– Você é virgem, não é?

Fiquei boquiaberta e me engasguei com o ar.

Como ele podia saber isso? O que havia me denunciado? Engoli em seco e forcei as palavras a saírem.

– Hum, o que o fez pensar isso? – perguntei, com a maior calma possível.

– Você é, não é? Está tudo bem se você for, de verdade. Você é bem mais nova do que eu, então, não é estranho.

Que beleza, agora ele estava me deixando com complexo de Lolita.

Pesei suas palavras, e decidi que talvez isso fosse uma bênção. Eu podia admitir que era virgem, e não teria que fazer sexo com ele sem que ele soubesse a verdade. Quando finalmente transássemos, ele poderia ser um pouco mais gentil e, com sorte, não doeria muito.

— Sim — acabei por responder. — Como você soube?

— Você beija como uma virgem — respondeu ele.

Fiquei chocada.

Ficamos em silêncio por dez minutos.

Ok, talvez tenha sido por menos de dez minutos, mas foi essa a sensação.

Eu não tinha nada a dizer. Estava mergulhada em um turbilhão de sentimentos. O pior era de vergonha. Já era bem ruim lidar com o fato de que eu não sabia dar amassos direito, imagine ele descobrir tudo sozinho. De repente, pensei em todos os caras que beijei na vida e percebi que eles provavelmente também acharam isso. Como eu era péssima com a língua, eles provavelmente acharam que eu mal tinha beijado alguém também. Merda, será que ele achou que era meu primeiro beijo também?

Até que ele quebrou o silêncio com uma risada.

— Deus, eu não acredito que nos roçamos. Não faço isso desde que era moleque.

Desde moleque? Tudo que ele dizia só me fazia sentir pior. Fiquei deitada, me sentindo cada vez mais tosca, e fechei os olhos, rezando para que toda a situação desaparecesse.

— Mas foi divertido — acrescentou ele. — Você tem um corpo espetacular.

Eu olhei cheia de dúvidas para o meu corpo quase sem curvas, mas comecei a me sentir um pouco melhor.

— Sério — disse ele. — Eu adoro garotas com corpos naturais. Elas são tão mais sexy do que as turbinadas.

Passei o resto da noite deitada feito uma estátua enquanto minha mente repassava a noite toda, continuamente. Fiquei deitada e acordada, mesmo quando o céu ficou claro e os raios de luz passaram furtivos pelas bordas da cortina, brilhando sobre o homem deitado na minha cama. Eu queria poder correr para o meu diário e deixar meus sentimentos fluírem.

Não conseguia dizer se nosso encontro tinha sido ou não um sucesso. Entre as coisas boas, ele agora sabia que eu era virgem e não parecia se importar com isso. Ele claramente gostava de mim, porque havia gozado na cueca, além de ter elogiado o meu corpo. Entre as coisas ruins, eu beijava feito uma virgem, não tinha um corpo turbinado e o fiz achar que eu não queria sexo – apenas o sexo sem penetração – e eu agora não conseguia dormir.

Eu me virei de lado para ele. Estava confusa e encontros pareciam bem mais complicados do que nos filmes.

Ele era um cara de vinte e seis anos, cheio de apetite sexual, e não tinha nem tentado tirar minha calcinha. Obviamente porque descobriu que eu era virgem e não quis transar comigo. Era a repetição da história com James Martell. A rejeição me invadiu, e eu estava muito cansada para ignorá-la.

Os rumores de que os garotos achavam as virgens sexy era uma MENTIRA. Era alguma bobagem medieval que as pessoas mais velhas diziam para fazer com que suas filhas não abrissem as pernas e ficassem grávidas. A verdade é que a virgindade era apenas um obstáculo. Homens não pensavam *Oba! Temos aqui uma virgem. Vamos penetrá-la!* Eles pensavam *Ah, uma virgem. Ela vai querer velas e toda essa merda. Talvez eu deva achar uma não virgem. Será muito mais fácil.* Eu nem queria as velas.

...

Ele acordou uma hora depois quando o alarme de seu telefone tocou. Ele o desligou e se deitou na cama de novo, bocejando. Ele se virou e se aproximou de mim.

– Oi, dormiu bem? – perguntou ele.

– Ah, sim – respondi alegremente. – Mas estou com um pouco de ressaca.

– Merda, eu também – disse ele, enquanto esfregava a cabeça. Ele me olhou, aproximou-se mais e me beijou na boca. Tinha hálito de quem acabou de acordar, mas eu não podia reclamar, já que o meu provavelmente estava igual. Nós nos beijamos e senti minha ansiedade diminuir. Ele ainda gostava de mim. Talvez toda essa bobagem fosse coisa minha, e os garotos não tivessem nada contra virgens. Afinal de contas, era apenas a questão de o hímen estar inteiro ou não. Se ele não se importava com o bafo matinal, certamente não se incomodaria com um pedacinho tão pequeno da minha fisiologia escondido lá embaixo, não é?

– A noite passada foi muito legal – disse ele. – Preciso ir agora, porque minha casa fica um pouco distante. Mas que tal marcarmos alguma coisa para o fim de semana que vem?

Sorri para ele.

– Sim, acho ótimo.

Ele se levantou e pegou suas roupas da pilha no chão. Fiquei deitada, consciente demais da luz do dia para levantar e procurar as minhas. Ele se vestiu rapidamente e se aproximou. Ele curvou-se e me deu um beijo de leve nos lábios.

– Tchau – falou ele, sorrindo, e saiu pela porta.

Eu afundei na cama e sorri com cautela. Isso até que foi divertido. Pela primeira vez, eu havia recebido um cara no meu quarto e nós tínhamos, sei lá, "nos pegado", como dizem.

Agora tínhamos planos para o próximo fim de semana, e ele havia se despedido com um beijo, enquanto eu fiquei deitada. Era quase como ter um namorado de verdade. O próximo passo seria terminar a noite na casa dele. Eu voltaria para casa com as mesmas roupas, como uma pessoa que passou a noite com alguém.

CAPÍTULO QUINZE

– ELENA! – MINHA MÃE GRITOU ENQUANTO EU ENTRAVA FURTIVAmente em casa esperando não ser vista. – Por onde andou? Você saiu ontem de manhã e ficou fora vinte e quatro horas sem avisar. Fiquei morta de preocupação.

– Mãe, eu avisei que sairia à noite e que ficaria fora até tarde, e por isso dormiria em Camden – respondi contrariada, deixando minha enorme bolsa de couro no chão.

– Você disse que *talvez* fizesse isso. Eu esperava que mandasse uma mensagem para me avisar, mas você não pode fazer isso, não é? Eu não sei mais o que fazer com você. Você acha que sua casa é algum hotel, onde se entra e sai quando bem entende, como se fosse uma hóspede. Você me faz sentir como se eu fosse sua empregada.

– Está mais para carcereira – resmunguei entre dentes.

– Hã?! Vai me insultar baixinho?! Qual o seu problema?! – berrou ela. – Como pude criar uma pessoa como você?

Assumi que a pergunta era retórica, por isso tirei o tênis e comecei a subir a escada até o meu quarto.

– ELENA. Volte aqui! – ela gritou do pé da escada.

– Mãe, eu não sei qual é o problema. Você passou a semana toda reclamando e me mandando tomar jeito e sair por aí. Quando eu finalmente faço isso, você fica furiosa por eu estar saindo demais. Dá para se decidir, por favor? – respondi, do meio da escada, tentando ser racional.

– Por que não pode fazer nada com moderação? Suas tias nunca tiveram esse tipo de problema com suas primas. Eu não sei o que fazer com você.

– Você não tem que fazer nada *comigo* – falei, perdendo a paciência. – Além disso, não sou como as minhas primas. Elas vivem na Grécia! Fomos educadas de forma diferente. Você é quem decidiu se mudar para cá.

– Porque seu pai e eu queríamos uma vida melhor para você. Mas você sai e age assim, desperdiçando todas as oportunidades que demos a você.

Eu me virei e subi o resto da escada com malcriação. Bati a porta do meu quarto e me atirei na cama. Eu a odiava de maneira irracional. E não ajudava o fato de que nós duas morávamos basicamente sozinhas nos últimos três anos e não estávamos acostumadas a conviver no mesmo espaço. Eu sabia que não devia ter saído andando daquele jeito, mas havia algo em estar de volta a nossa casa que me transformava em uma adolescente temperamental toda vez que eu passava pela porta da frente.

    Nós nos dávamos melhor quando eu era mais nova. Quando papai e ela não estavam brigando, ela tentava fazer com que minha vida fosse tão normal quanto a dos outros e me levava para brincar com as outras mães e crianças. Achei que nossa relação fosse melhorar ainda mais quando papai e ela se divorciaram, mas isso não aconteceu. O padrasto e o meio-irmão mais velho com quem sonhei nunca se materializaram.

    Em vez disso, minha mãe virou uma pessoa estressada, superprotetora e ansiosa. Mesmo assim, era melhor do que a vida com meu pai. Ele tinha sido uma droga de pai e um marido pior ainda. Seu temperamento era constantemente raivoso e violento. Ele parecia melhor agora e tinha uma nova namorada, com quem morava, mas eu não queria ter nenhum tipo de relacionamento com ele.

Coloquei meus fones, selecionei a playlist *Foda-se, mundo* e deixei que o pop rock violento me levasse de volta à adolescência. Graças a Deus esses anos estavam no passado. Agora eu estava a caminho de ser uma pessoa normal e uma adulta de verdade – bem, exceto quando estava na companhia da minha mãe. Peguei meu celular e reli a mensagem que Jack havia enviado pela manhã, depois de sair do meu apartamento.

A noite de ontem foi demais. Vamos repetir um dia desses. Bj Jack

Ele tinha até colocado um beijo no final, apesar de não tê-lo feito em nenhuma outra mensagem anterior. Sorri enquanto lia e apertei o celular contra o peito. Já sabia o texto de cor, já que o relera durante todo o caminho de casa. Mas eu ainda não havia respondido, porque não parecia pedir uma resposta, já que não tinha uma pergunta. Também porque não queria parecer desesperada. Ele podia imaginar que eu estava em outro compromisso e ocupada demais para responder.

Meu peito deu uma vibrada. Olhei e vi que um e-mail tinha chegado. Era da revista estudantil. *Ai, meu Deus. Respire devagar, Ellie. É sua primeira tentativa e surgirão novas oportunidades*, falei para mim mesma com serenidade.

Cara Ellie,
Agradecemos muito a sua colaboração. Demos gargalhadas enquanto líamos, e foi inteligente e sagaz, além de engraçado. Adoraríamos que você fosse nossa nova colunista, se ainda estiver interessada.

Podemos marcar uma reunião formal quando as aulas começarem, mas, nesse meio-tempo, usaremos o seu "Anarquia" já na próxima edição. Fique ligada!

Aguardamos ansiosamente sua resposta.

Sarah, *Pi* Editora

P.S.: O que acha de "Ellie fala sobre... [Anarquia etc.]" como título da sua coluna? Por favor, mande também uma foto sua que você gostaria que usássemos.

Ai, MEU DEUS! Eles *realmente* gostaram do meu texto e queriam que eu escrevesse para a revista. Fiquei deitada de costas na cama e soltei uma gargalhada. Eu não era uma escritora de merda. Eu era mesmo *boa* naquilo que mais gostava. Era um alívio e mal podia esperar para contar a Emma. Eu ainda não sabia se era boa o suficiente para fazer disso uma carreira depois da faculdade, mas esse era definitivamente um bom começo. Agora eu só precisava achar uma foto minha decente...

...

Mais tarde, fiquei na cama e meus pensamentos estavam nas minhas partes íntimas. As pintas vermelhas tinham desaparecido, apesar de o bigodinho de Hitler ainda ser esquisito, parecendo realmente coisa de atriz pornô. Eu me olhei nua diante do espelho naquela manhã, admirando-o. Depois do banho, os restos de cera grudenta desapareceram e agora minha vagina parecia ter saído de uma página dupla da *Playboy*. Foi uma pena Jack não ter me visto, mas agora eu estava totalmente preparada para o fim de semana, e tinha um bigodinho *sem* restos de cera ou catapora.

Fiz uma careta ao pensar em Jack deslizando para fazer sexo oral e encontrando restos de cera, ou algum pelo desgarrado que Yasmin deixara escapar. É compreensível por que os garotos queriam que as garotas tirassem os pelos dali – pensar em lamber os lábios de alguém já era ruim o suficiente sem ter que esfregar sua língua em uma área peluda. Trinta e quatro libras e uma hora de dor e vergonha não pareciam demais, pensei. Ah, a quem eu estou enganando? Eu estava doida para que Jack me chupasse e, se o preço para ser lambida era uma depilação que me levasse de volta à Alemanha do século XX, então tudo bem.

Droga, talvez Yasmim *tenha* deixado uns pelos desgarrados ali. Preocupada, eu me sentei na cama. Precisava olhar. Também estava morrendo de vontade de rever minha vagina totalmente raspada. Yaz a tinha visto de todos os ângulos, e, se Jack também a veria assim, então nada mais justo que eu fazer o mesmo.

De repente, lembrei-me de um livro de Judy Blume que li aos doze anos, no qual a protagonista olha suas partes íntimas com um espelhinho de bolso. Abaixei a calça e a calcinha e me inspecionei. Ainda parecia bom, mas descobri como faltava flexibilidade quando me curvei para separar os lábios e observar melhor. Não sei se tenho um espelho de bolso, mas eu provavelmente poderia olhar em um grande. Corri até o espelho de corpo inteiro e tentei separar as pernas. Eu me contorci toda, mas também não deu muito certo.

No final, virei de costas para o espelho, separei as pernas e me curvei para a frente, deixando a cabeça pendurada entre as pernas. Separei as nádegas e dei uma boa olhada no meu ânus. Era mais escuro do que eu imaginava e o buraco era assustador. A pele era de um tom de rosa esquisito e não era nada bonita.

Eu já estava totalmente intrigada com o aspecto que os buracos da frente teriam. Mas como eu conseguiria vê-los direito?

Ah, meu Deus. Já sei. As personagens de Judy Blume eram de mil setecentos e alguma coisa e por isso todas elas tinham espelhinhos de bolso. Já eu, por outro lado, era do século XXI e totalmente equipada com smartphones e câmeras. Eu também tinha um MacBook. Sentindo-me como Armstrong antes de pisar na Lua, abri meu laptop e selecionei a câmera.

Estava trêmula de emoção. A luzinha verde do lado da câmera piscou. Maravilha. Apoiei meu laptop na beirada da cama e sentei-me diante dele. Animada, abri as pernas e vi minha vagina aparecer na tela. Alterei o ângulo da tela para enxergar tudo e fiquei maravilhada. Isso era melhor que uma aula de biologia.

Passei muito tempo absorta pelas dobras perfeitas da minha pele. Não era de espantar que homens chegassem ao clímax tão facilmente. Provavelmente não era apenas por prazer – era de imaginar que estivessem inebriados pelos pequenos lábios.

– Elena, você vai estar em casa amanhã de ma... MEU DEUS! O QUE ESTÁ FAZENDO?

Olhei apavorada para a minha mãe, que havia entrado no meu quarto sem bater. Minha mão mantinha minha vagina aberta e havia uma imagem ampliada na tela do laptop.

– Por favor, saia do meu quarto – falei com uma voz estrangulada enquanto jogava um cobertor sobre a minha vagina desnuda e batia a tampa do laptop de forma brusca. – Por favor.

O rosto da minha mãe estava congelado pelo choque.

– Você está mandando fotos suas para homens, Elena? Isso é *nojento*.

– Ai, meu Deus, não! Mãe, como você pode sequer perguntar isso? É para um projeto da faculdade... sobre... hum, a genitália na literatura.

Ela franziu a testa, mas parecia mais calma.

– É... dever de casa?

– Sim – confirmei imediatamente. É dever de casa. – As palavras mágicas a acalmaram e ela saiu do meu quarto balançando a cabeça e resmungando sobre escolas serem modernas demais para o seu gosto. Eu caí no travesseiro e jurei que compraria uma tranca para a porta do quarto.

O Monólogo da Vagina

Cara Leitora,

Temos uma confissão a fazer: Nós duas tivemos momentos de não aceitar nossas irmãs lá de baixo, porque, sendo francas, vaginas são muito esquisitas. Porém, depois de anos trabalhando no caminho da aceitação da vagina, estamos finalmente preparadas para abraçar nossas próprias vaginas pouco cheirosas e meio tortas.

Aqui estão os obstáculos vaginais que tivemos que saltar:

1. O cheiro. Vaginas não cheiram a rosas ou alfazema – nem quando borrifamos perfume antes de uma noitada. Elas podem se parecer com flores, mas não cheiram como elas. Elas têm um aroma único resultante da mistura de sexo, suor e salmão. Isso quando não estamos menstruadas.

2. O corrimento. A primeira vez que nos deparamos com isso em nossas calcinhas, piramos. EM achou que havia urinado. Não é a parte mais atraente da biologia feminina, mas, pelo menos, quando cheira forte ou fica amarelado, você sabe que está com infecção. Obrigada, natureza.

3. A lubrificação. Não confunda com corrimento, que é a umidade natural da mulher. EM ficava envergonhada porque sua vagina lubrificava assim que via um garoto. Até ela descobrir que nenhum garoto vai reclamar que sua vagina está lubrificada demais, mesmo se estiver pingando no tapete.

    O mesmo acontece com a secura. Toda vagina é diferente. E, alô, para que você acha que inventaram o lubrificante?

4. Os formatos. Cada lótus interior é uma composição única esperando para ser explorada. EM ficava constrangida por seus lábios terem tamanhos diferentes – até o dia em que entendeu que essa era a maneira como a Mãe Natureza os havia criado. E quem disse que simétrico é mais atraente do que torto para o lado? Da mesma forma que EK aceitou seu nariz avantajado, EM descobriu que ser grande também tem seus atrativos. Pequeno não é sinônimo de perfeição. Só precisamos dar uma olhada na contrapartida masculina para entender isso.

CAPÍTULO DEZESSEIS

EU COMECEI A ME TOCAR AOS SETE ANOS. CLARO QUE NÃO SABIA nada sobre masturbação, e nem tinha ideia de que o propósito era o orgasmo, mas eu sabia que massagear minha vagina por cima do pijama era gostoso. Deixou de ser gostoso quando minha mãe me flagrou com a mão na calcinha e me chamou de "depravada".

A palavra me marcou por outros sete anos e, toda vez que eu começava a querer me tocar à noite, sua expressão de desgosto me assombrava e eu parava... até meus catorze anos, quando tive que construir a maquete de um vulcão com Leah, para um dever de geografia.

Ninguém gostava da Leah porque ela falava alto, era mandona, e não enrolava a saia ou raspava as pernas. Mas eu secretamente a admirava por não se importar com o comprimento da saia ou que suas pernas parecessem dois caniços cabeludos. Quando ela me perguntou do nada, durante uma aula de geografia, se eu já tinha me masturbado, eu deixei a massinha cair, e a olhei em silêncio. Ela continuou, sem se alterar, e começou a contar tudo sobre sua primeira experiência, e o que havia aprendido em um livro velho da biblioteca.

Eu prestei atenção no que Leah dizia como se não fosse nenhuma novidade. Fingi já saber que mulheres podiam ter orgasmos e, quando ela me perguntou se eu ia experimentar, eu a olhei como se ela fosse depravada apenas por sugerir isso. Nunca mais falei com ela ou qualquer outra pessoa sobre masturbação, mas corri direto para casa para experimentar. Acabou sendo o melhor dever de geografia que eu tive na vida.

Naquela noite fui para casa e preparei uma pequena experiência. Eu tinha acabado de tomar banho, e acendi velas cor-de-rosa no quarto. Eu estava pronta. Era algo que precisava fazer por mim e sozinha. Não podia comentar com Lara sobre isso, porque ela ficaria sabendo que eu me toquei aos sete anos. Ela me acharia tarada ou uma aberração, como a garota do filme *O exorcista*. Não. Isso era uma viagem de autoconhecimento particular.

Eu coloquei o CD *Now 67* para abafar qualquer som. Tirei a roupa e escorreguei meu corpo hidratado por baixo das cobertas. Deitei de barriga para cima e deslizei os dedos para o clitóris exatamente como Leah dissera. Esfreguei de leve. Era gostoso e fechei os olhos. Fiz o que Leah sugeriu, mas logo ficou tão gostoso que parei de me concentrar e deixei rolar.

Meus dedos começaram a se mover mais e mais rápido, até que um sentimento de culpa conhecido se instalou. Eu queria parar, mas Leah dissera que muitas pessoas tinham bloqueios que as impediam de chegar ao orgasmo. Ela disse que minha única opção era seguir em frente e ir até o fim. Foi o que fiz.

Deixei de lado a voz de reprovação da minha mãe e me forcei a imaginar Justin Timberlake bronzeado em cima de mim. Mordi o lábio de excitação, e todo o sentimento de culpa esvaneceu. Fiquei totalmente concentrada no fluxo de prazer que reverberava pelo meu corpo. Massageei cada vez mais depressa, minha respiração acelerando. Eu mexia os dedos o mais rápido possível e meu corpo todo se contraiu, enquanto torcia meus dedos.

Parte de mim queria parar, mas eu me forcei adiante. De repente, meu corpo todo se contorceu em um espasmo e uma onda de prazer me invadiu. Não era nada parecido com algo que eu tivesse sentido antes. Todas as células do meu corpo vibravam e eu tinha uma sensação de alegria serena. Isso era divino. Euforia. Ai, meu Deus, eu havia acabado de ter meu primeiro orgasmo.

Meus dedos estavam úmidos, ainda descansavam entre os meus lábios úmidos. Eu os afastei e, ao abrir as pernas, senti um líquido grosso escorrer e pingar no meu cobertor.

Sentei, os pensamentos de serenidade evaporados com a velocidade que haviam chegado, e me curvei para examinar de perto. Parecia um pouco com corrimento, mas era transparente e deixou uma pequena mancha na cama.

Será que era lubrificação que surgiria cada vez que eu me massageasse ou realmente havia tido um orgasmo? Eu observei mais de perto, e concluí que era mesmo a ejaculação que Leah disse que as mulheres tinham. Eu fazia parte dos 70 por cento das mulheres que podiam gozar.

Minhas bochechas queimavam de orgulho. Eu tinha acabado de ir do estágio um ao dez na minha viagem particular de autodescoberta e não era mais uma criança. Era uma adolescente.

...

Depois disso, eu me masturbei diariamente por anos. Eu era o equivalente feminino daqueles garotos adolescentes que desenham pênis em suas merendeiras. E, anos mais tarde, quando descobri que todas as minhas amigas deixavam seus namorados as masturbarem, gradualmente deixei de me tocar com tanta frequência. Todas as vezes que me masturbava, lembrava que estava sozinha.

Mas talvez fosse o momento de retomar o hábito. Eu era muito boa nisso – parecia um talento desprezado. Além disso, tinha muito tempo livre agora. Eu escrevia no vlog, mas não precisava produzir outra coluna até as aulas recomeçarem. Lara ainda não estava falando comigo, e apesar de Jack ter me chamado para sair no fim de semana, ele pediu para adiar por alguma questão familiar. Eu precisava, desesperadamente, de algo para me distrair. Masturbação era ideal, mas eu precisava ir além e o único lugar para fazer isso era em uma rua paralela à Hoxton.

E é por isso que estou na Sh! – a primeira sex-shop só para mulheres na Europa, segundo a internet –, muda diante de oito prateleiras que iam até o teto só com brinquedos sexuais.

Eu não sabia por onde começar, mas mal podia esperar. Olhei as prateleiras, tentando parecer como se eu tivesse o direito de estar ali, como se passasse a maioria dos meus sábados procurando brinquedos sexuais. Olhei aterrorizada para os anéis penianos, e outros acessórios que precisam de um parceiro, e olhei fascinada para os vibradores. Eles pareciam amedrontadores. Havia uns azuis, cheios de glitter, cobertos de bolinhas, e uns cor-de-rosa de gel, que giravam e tinham pequenos coelhos que batiam no clitóris enquanto penetravam você. Alguns eram à prova d'água. A vendedora veio na minha direção, e eu respirei fundo mais de uma vez, preparando-me para as inevitáveis perguntas.

– Olá, você está procurando alguma coisa em especial?

– Estou só dando uma olhada, obrigada – respondi com um sorriso tímido e forçado, rezando para que ela fosse embora.

– Certo. Está procurando algo para usar com um parceiro ou para masturbação?

– Hum, só para masturbação, na verdade – falei sem emoção, concentrando toda a minha energia em não ficar vermelha.

– Os melhores são os rabbit, que tenho certeza de que já ouviu falar – explicou ela, e apontou para as monstruosidades de plástico.

– São os melhores porque proporcionam um duplo prazer. Essa parte entra para que possa alcançar seu ponto G, enquanto os coelhos estimulam seu clitóris. São campeões de vendas. Eu realmente os recomendo, são incríveis. O que acha?

– Tudo bem – respondi sem emoção, tentando pensar em uma maneira sutil de explicar que não queria perder a virgindade para um pedaço de plástico rosa brilhante com um coelho. – Você tem alguma coisa que só estimule o clitóris? Esses, por exemplo? – Apontei para uns vibradores mínimos, que pareciam caber em um chaveiro. – Ah, sim. Aquelas são as bolinhas explosivas. Você pode usá-las no clitóris, mas, se vai comprá-las, eu levaria o rabbit, porque produz o mesmo efeito e ainda penetra ao mesmo tempo. Isso aumenta o prazer. Mas as bolinhas são legais. As bolinhas definitivamente pareciam menos ameaçadoras. Peguei uma embalagem e olhei com curiosidade. Eram metálicas, prateadas, pequenas, finas e pareciam uma bala de revólver.

– Como funcionam? – perguntei.

– Você aperta o botãozinho em cima e ele vibra. São todos à prova d'água e vêm em várias cores. É uma boa escolha para começar, se não quiser ir direto para um penetrante – disse ela, dando de ombros. – Já vem com as pilhas.

Custava 14,99 libras e o rabbit mais barato saía por 35,99 libras – e ainda vinha com as pilhas. Eu tinha me decidido. Fiquei em dúvida entre comprar um rosa-shocking ou um com estampa de pele de leopardo, mas acabei achando que esse último parecia meio feroz. Escolhi o rosa e fui para o balcão.

A vendedora me olhou desapontada, mas eu estava segura de ter feito a escolha certa. Não aguentaria a ideia de rasgar meu próprio hímen com um pedaço enorme de plástico – eu duvidava que aquilo coubesse em mim. De qualquer maneira, gostava de usar os dedos, e podia enfiá-los dentro mim ou... talvez fosse possível escorregar a bolinha lá dentro? Vibrava, por isso devia produzir uma sensação gostosa, e era um décimo do tamanho do rabbit. Para falar a verdade, parecia como um absorvente interno, então definitivamente caberia. Perfeito.

Eu estava louca para experimentar, mas havia estupidamente concordado em sair para jantar com minha mãe e Nikki Pitsillides e os pais dela. Resmunguei ao pensar nisso, e considerei cancelar, mas, quando peguei o celular para falar com a minha mãe, vi uma mensagem dela dizendo que não havia como escapar do jantar, e que eu deveria voltar para casa imediatamente para me arrumar e ficar bonita.

Eram duas da tarde e o jantar era às sete. Será que eu realmente precisava de cinco horas para ficar bonita? Parece que mamãe achava que sim.

...

– Não, você não pode usar isso – disse minha mãe ao se sentar na beirada da minha cama com os braços cruzados. – Você parece um garoto.

– Mãe! – gritei em desespero e meio magoada. – Estou usando jeans e a minha blusa favorita. Eu uso isso o tempo todo.

– Exatamente, e é por isso que ainda está solteira. – Ela me viu abrir a boca para responder, e levantou a mão para me fazer calar.

– Elena, não estou sendo cruel. Estou apenas tentando ajudá-la. Você tem um corpo tão bonito. Por que não o mostra mais? – Uma expressão pensativa cruzou seu rosto enquanto ela continuava. – Na sua idade, eu tinha as pernas mais bonitas da cidade. Usava saia todos os dias, e elas eram tão curtas, que minha mãe brigava sempre. – Seus olhos se estreitaram ao me olhar com dúvida. – Mas, com você, isso não é um problema, porque você não usa saias. Por que não pode ser mais feminina?

– Ai, meu Deus, mãe. Todo mundo usa jeans – retruquei. – É normal, tudo bem? Garotas não precisam usar vestidos para ser femininas. Além disso, o visual andrógino está na moda. Está em todas as passarelas, então você está totalmente enganada.

– Você acha que tem o corpo de uma modelo de passarela? – ela me questionou. – Sua silhueta é diferente, então você tem que se vestir diferente.

Suspirei desanimada.

— Mãe, você pode apenas sair do meu quarto, por favor, e deixar que eu me vista sozinha? Tenho vinte e um anos e não moro aqui em casa, então reconheço que sou capaz de escolher sozinha uma roupa para um jantar em Guildford, obrigada.

— Eu quero que você fique bonita, Elena. Você é minha filha e eu quero mostrá-la – disse ela.

— Primeiro, eu não sou um cão de raça. Se queria uma coisa para exibir, você devia ter comprado um animal de estimação, e não ter dado à luz. Segundo, o que tem de especial hoje à noite? Nikki não vai se importar com o que vou vestir e duvido que os pais dela também.

— Sim, mas vamos ao novo restaurante italiano. Então, por que não faz o sacrifício, Elena? – pediu ela, enquanto chegava perto e começava a escovar meu cabelo. – Você é tão bonita, mas se esconde por baixo dessas roupas masculinas. E você nunca usa maquiagem.

Ela estava agindo de forma estranha.

— Eu uso maquiagem – respondi.

— Mas você não usa batom ou gloss como as outras garotas. Você usa esse delineador, como uma estrela de punk rock e nunca escova o cabelo para ele ficar macio e bonito – explicou ela, ainda escovando a massa de caracóis que eu chamava de cabelo.

— Olha por que, mãe! Se eu escovo, fico com cara de quem vai a um baile de formatura nos anos 1980. Além disso, ninguém com mais de treze anos usa gloss.

— Certo – disse ela, jogando os braços para o alto, resignada. – Mas você só experimenta esse aqui, por favor? – Ela segurava um vestido floral que eu comprara há anos em um momento de capricho, mas nunca usava.

Desisti.

— Se eu ainda conseguir entrar nele, eu o usarei. Mas não vou colocar gloss – avisei.

— Ok, ok – disse ela, sorrindo e saindo do quarto apressada. – Vou deixá-la para que possa se aprontar.

Passei o vestido pelos ombros, lutando para enfiar os braços nas mangas. Depois de algum tempo, consegui entrar nele e respirei quando fechei o zíper.

Não era tão ruim assim. Os tons esmaecidos de roxo, azul e preto da estampa floral eram bem sutis. Eu mal podia mexer os braços porque as mangas eram muito pequenas, mas, como só levaria o garfo do prato até a boca, eu sobreviveria. Usar o vestido era um preço baixo para que minha mãe parasse de dizer gracinhas veladas. Mães eram malucas.

...

No instante que entrei no restaurante, entendi o comportamento estranho da minha mãe. Sentados à volta de uma mesa grande estavam o Sr. e a Sra. Pitsillides, Nikki e seu namorado drogado – o que certamente tornaria o jantar interessante – e um cara magro demais que eu reconheci como Paul, o irmão mais velho de Nikki. Era uma armadilha, e eu havia sido espremida em um vestido floral porque minha mãe queria que eu saísse com Paul Pitsillides.

— Querida! – disse Debbie Pitsillides ao abraçar minha mãe e depois a mim. – Tão bom vê-la. Caramba, como você cresceu. – Ela olhou direto para o meu decote.

Corei e sorri para todos, dando um sorriso um pouco animado para Nikki, e acenei vagamente na direção de Paul. Minha mãe indicou-me a cadeira entre Paul e Nikki, que estava estrategicamente vazia. Instalei-me e me preparei para uma noite difícil.

— Oi, Ellie – disse Nikki, ajeitando seu cabelo castanho e brilhante por cima do ombro enquanto me olhava de cima a baixo. – Você já foi apresentada ao Yanni, não foi?

Yanni era bronzeado e tinha o rosto anguloso, o cabelo castanho desfiado e um brinco brilhante. Ele acenou com a cabeça e eu sorri.

– Oi, Yanni, como vai? Está trabalhando atualmente? – perguntei, sabendo muito bem que ele traficava em tempo integral para meninos ricos e entediados das redondezas.

– Sabe como é, um pouco disso, um pouco daquilo. O Sr. Pitsillides vai tentar me arrumar um trabalho com ele, o que seria legal – disse ele, lançando para o pai de Nikki um sorriso respeitoso.

Revirei os olhos, rezando para ninguém notar o quanto eu já estava entediada.

– Legal. – Balancei a cabeça. – E, com você, Nikki? Como vão as coisas?

– Nada mal – respondeu ela. – Ainda estou no último ano da Universidade de Nottingham, então só estou curtindo. Saio muito. O Yanni aparece sempre também, não é, amor? – Ela segurou o braço dele e lhe deu um soquinho.

Não sabia quanto mais disso eu aguentaria. Virei-me para a minha esquerda, onde Paul se remexia nervosamente na cadeira.

– Oi – balbuciou ele.

Senti um pouco de pena dele. Ele parecia tão desconfortável quanto eu. Acho que também veio obrigado, mas era um tanto perturbador ver que ele claramente odiava a ideia de sair comigo. Se eu era um sete em uma escala de dez, ele era certamente um cinco. Ele podia ao menos fingir que me achava ligeiramente atraente, mas estava de olhos fixos no cardápio, e mal me olhava.

– Oi – respondi, dando um belo sorriso. – Não vejo você há anos. Como vai?

– Nada mal. E você?

Deus, se ele continuasse com as respostas monossilábicas, essa seria uma noite interminável. Revirei meus pensamentos, tentando pensar em alguma coisa de que eu sabia que ele gostava para que pudéssemos conversar. Eu lembrava vagamente da minha mãe dizendo que ele estudava medicina.

— Bem, obrigada. Você está estudando medicina, não é? E como está o curso? Já está terminando os sete anos de graduação ou sei lá o quê? — perguntei com voz simpática.

— São cinco anos. Eu termino esse ano.

— Jura? Eu também — exclamei. — Eu me formo nesse verão. Não sei o que vou fazer depois. Acredito que você não tenha esse problema — acrescentei esperançosa. — Deve ser bacana ter a carreira bem definida.

Seu rosto se fechou e ele pareceu mais chateado do que antes. Mudei o tom.

— Apesar de que, provavelmente, também é difícil, certo? Ter que clinicar.

Ele ergueu os olhos e assentiu.

— É. Não é tão ruim, mas eu preferia desenhar. Agora não me sobra muito tempo.

— Desenhar? — perguntei, lutando para visualizar o Paul nerd desenhando modelos nus ou cestas de frutas. — Eu não sabia que você desenhava.

— É, ilustrações. Para gibis e tudo o mais. Eu adoraria ser cartunista.

Certo, isso fazia um pouco mais de sentido, mas mesmo assim... de medicina para cartuns? Seus pais não deviam estar nada felizes com isso.

— Que legal — falei encorajadora. — Fiquei impressionada. Posso ver seu trabalho? — E pisquei os cílios. Estava basicamente me atirando nele.

Vi minha mãe do outro lado da mesa lançando-me um olhar de aprovação. Aquilo me fez sentir ainda pior, e aceitei agradecida uma taça de vinho que o garçom serviu.

Eu provavelmente não deveria flertar com Paul, já que não havia a menor possibilidade de ficar a fim dele, mas estava entediada. Além disso, Jack não havia mandado mensagem remarcando nosso encontro, mas, apesar de eu estar convencida de que ele o faria, ainda sentia um pouco de pânico. Quer dizer, e se ele nunca mais mandasse uma mensagem? Eu voltaria à estaca zero, e ele era tão fofo que não sei como achar outro igual a ele.

Pensar em Jack me deixava nervosa, por isso me distraí sorrindo novamente para Paul. Se minha mãe queria que eu flertasse com o Paul Pitsillides, então era isso o que ia fazer.

CAPÍTULO DEZESSETE

Consegui sobreviver ao jantar todo, praticamente ignorando o resto da mesa e focando minha atenção em Paul. Como ele só falava por monossílabos – mesmo depois de três cervejas e todo o incentivo que pude dar –, tinha sido bem cansativo.

Eram apenas nove da noite quando acabamos de jantar, então Debbie e minha mãe trocaram olhares nada sutis, e sugeriram que os mais novos saíssem para algum barzinho enquanto eles voltariam para a casa de Debbie, para continuar a colocar o papo em dia.

Yanni e Nikki estavam aos amassos e não pareciam se importar se saíssemos ou não, desde que pudessem continuar se agarrando.

Olhei para Paul para ver se ele estava a fim e ele deu de ombros.

Eu sorri docemente para os pais.

– Claro – falei, enquanto um sorriso feliz se alastrava pelo rosto da minha mãe.

Atravessamos a rua até o novo bar, com seus candelabros de cristais falsos, luz violeta suave e mojitos superfaturados. No instante em que chegamos, Yanni e Nikki desapareceram, então Paul e eu fomos até o bar. Sem a presença dos pais e da irmã, ele relaxou e se ofereceu para me pagar uma bebida.

Finalmente os meus esforços estavam dando resultado, e ele percebeu que eu era uma garota até bonita que estava se atirando nele. Aceitei contente, e, sentada esperando-o voltar com meu mojito de gengibre, eu me imaginei o beijando. Ok, ele era estranhamente pálido e nada atraente – especialmente se comparado ao Yanni e seu impressionante bronzeado –, mas era masculino, e eu estava de saco cheio, querendo uma segunda opção no caso de Jack nunca voltar a me procurar. Se tudo desse certo, ele *enviaria* uma mensagem para remarcar nosso encontro, mas, nesse meio-tempo, eu poderia me divertir com Paul Pitsillides.

Eu não pretendia perder minha virgindade com Paul e seu sapato esportivo preto de cadarço, mas eu não perderia a oportunidade de melhorar minha técnica de beijo. Também não seria contra a oportunidade de praticar a técnica da masturbação nele, porque, mesmo que eu fizesse alguma bobagem, provavelmente teria sido a única garota a tocá-lo, então ele ainda assim seria grato. Diferente de James-Galinha-Martell.

Quando Paul voltou com nossos drinques, sorri para ele e me certifiquei de que ele pudesse ver bem o meu decote. Ele me olhava como se não acreditasse na própria sorte e eu brilhei de prazer, sentindo-me lisonjeada como não me sentia com Jack ou James Martell ou qualquer outro com quem eu tenha ficado. Talvez eu devesse sempre sair com caras menos atraentes do que eu.

– Aqui está – disse ele, me entregando o drink com delicadeza.

– Acho que minha irmã e Yanni saíram por aí, então você vai ter que me aguentar por um tempinho. Sinto muito. – Ele realmente parecia estar se desculpando.

– Não tem problema – respondi, bebericando o mojito. – Podemos colocar o papo em dia. Eu não acho que tenha visto você desde que tínhamos uns dez anos e estávamos todos brincando pelados na sua piscina de encher.

Ele corou.

– É. Aquilo foi divertido. Como vão as coisas desde então?

– Desde que eu tinha dez anos? Uau, hum... bem, foram longos onze anos. A faculdade é legal, mas... é estranho estar no último ano. Tipo, como assim? Quando eu me formar em, nossa, quatro meses, eu serei *adulta* mesmo. Com emprego. Só que ainda não tenho um.

Ele riu.

– É, talvez você deva procurar um. Mas você está certa, o tempo voa. Eu acabei de fazer vinte e quatro anos.

Eu teria ficado animada por ele ser três anos mais velho que eu, mas pensei logo em Jack, que era cinco anos mais velho.

– Pelo menos você já tem um emprego em perspectiva – falei.

– Eu gostaria que minha área fosse tão definida quanto medicina.

– E o que você quer fazer? Você estuda literatura inglesa, não é?

– É, e, como todo estudante da área, quero ser escritora algum dia.

– Imagino isso – disse ele.

Olhei surpresa para ele.

– Mesmo? Como?

– Eu não sei. Você é engraçada, e... criativa. E fala muito...

Ri, genuinamente sensibilizada.

– Obrigada, Paul, isso é muito bacana de se ouvir – falei. Paul Pitsillides estava se provando bem diferente do que eu me lembrava.

– Sou três anos mais velho do que você e ainda não descobri exatamente o que quero fazer – falou ele. – Você está se saindo bem melhor do que eu.

– Não sei. Você parece bem impressionante. – Sorri. – Na verdade, sem querer puxar seu saco, você parece bem diferente hoje em dia. É divertido ficar de papo com você. Apesar de que o jantar foi um tanto chato, hein?

Ele sorriu.

– É, eu acho que tenho dificuldade em me abrir com minha família por perto. Eu também não sabia como você estaria. Acho que eu estava preocupado em encontrar outra versão da minha irmã.

– Fala sério! – exclamei. – Eu pareço alguém que vai ficar de agarramento a noite toda com um cara de brinco?

Nós olhamos para o casal em questão, que se agarrava pesado no sofá, e caímos na gargalhada.

– Essa é a minha irmã. – Ele riu. – Com toda a classe.
– Acho que você ficou com os melhores genes. – Sorri. Paul parou de rir de repente e ficou estático.

– Hum, você está bem? – perguntei preocupada, imaginando se minhas tentativas de conversar acabariam sempre nessas reações extremas.

Ele abriu a boca e depois a fechou depressa. Eu o encarei inquisitivamente e, do nada, ele aproximou sua cabeça da minha. Ai, meu Deus, será que ele ia...

Seus lábios tocaram os meus.

Ele não saiu enfiando a língua na minha boca, e me beijou com gentileza e hesitação. Foi delicado e não tinha sabor de cerveja choca ou café. Eu segurei seu rosto, surpresa, mas confiante, e ele acariciou minhas costas com as mãos.

Até ele parar e se afastar.

– Ai, Deus, Ellie, me desculpe – disse ele, ficando vermelho como uma lagosta e olhando para o chão. – Eu não queria fazer isso.

– Ei, Paul, está tudo bem – falei, tocando seu braço, um pouco preocupada. – Não precisa pedir desculpas. Foi... bom. Eu gostei.

Seu rosto estava mais desanimado do que antes e ele parecia a ponto de chorar.

– Paul, o que foi? – perguntei. – Você está me assustando. Será que beijo tão mal? – brinquei sem sucesso.

Uma lágrima surgiu em seu olho esquerdo e eu pirei.

– Paul, de verdade, o que foi? – perguntei, ficando histérica.

– Desculpe, Ellie – ele balbuciou e parou. Respirou fundo e continuou: – Eu acho que sou gay.

– O QUÊ?! – Soltei um grito agudo. – Você é gay? E acaba de me beijar? Por quê? Ai, meu Deus. Eu fiz isso?

– Não, claro que não – respondeu ele. – Eu só... merda! Isso é tão complicado. Eu não sei como explicar a você.

– Eu não me importo de como vai fazê-lo, mas por favor comece já! – falei, cruzando os braços com força.

– Você está certa – ele suspirou, olhando para as mãos frouxas.

– Eu acho... acho que beijei você porque queria uma confirmação de que sou gay. Eu sempre achei que fosse, mas nunca tive certeza porque... Droga, isso vai soar tão patético... Eu nunca beijei uma garota antes. Eu nunca beijei *alguém* antes. Nem mesmo um cara. Então nunca tive uma prova de que sou gay.

Ele parou, mas eu estava impossibilitada de responder, então, depois de algum tempo, ele prosseguiu.

– E você estava aqui e foi a primeira garota com quem me senti à vontade e... eu não sei, eu não senti medo pela primeira vez, então acho que aproveitei a oportunidade.

– Ai, Deus – gemi alto, e deixei minha cabeça afundar entre as mãos. – Eu transformei você. Minha mãe disse hoje que eu me visto como um homem. Eu pareço um garoto, e por isso você me beijou?

– Ellie, fica fria – disse ele, colocando a mão no meu braço para transmitir segurança. – Você se parece muito com uma garota. Você é linda, e você não me fez descobrir que sou gay. Eu sempre soube. Eu só, eu não sei, precisava de algo que me obrigasse a aceitar isso. Você me fez o maior favor do mundo.

Olhei para ele por entre as frestas dos dedos.

– Você tem certeza? – perguntei.

– Absoluta – respondeu ele.

Olhei para ele por entre as frestas dos dedos.

– De verdade?

– Sim – falou ele, colocando a mão no meu braço para transmitir segurança. – Eu me sinto péssimo agora. E entendo se quiser jogar o drink em mim. Desculpe, Ellie. Você não tem ideia de como é não ter certeza se gosta de homem. Quer dizer, tenho vinte e quatro anos e não tinha total certeza de que sou gay. Isso é muito estranho. Você deve descobrir isso quando é adolescente, mas eu nunca tive a oportunidade. Eu nunca cheguei a beijar alguém, muito menos transar. Sou um virgem de vinte e quatro anos e me acho uma aberração. Você não entenderia.

Eu suspirei e brinquei com o canudinho do drink, batendo nos cubos de gelo.

– Paul, eu entendo. Sou mais parecida com você do que você imagina – admiti.

– Você também é gay? – perguntou ele, seus olhos brilhando com a possibilidade.

– Não! – exclamei quando o canudinho caiu da minha mão. – Pelo menos eu acho que não. Eu nunca beijei uma garota. Talvez eu devesse incluir isso na minha lista de "coisas a fazer antes dos trinta anos".

Ele fez uma careta confusa e segurei a vontade de pegar o celular e anotar na lista ali mesmo.

– Ah – disse ele, parecendo novamente desapontado. – O que você quis dizer quando falou que é como eu?

– Eu quis dizer que também sou virgem. E você não me usou. Eu meio que usei você também – revelei mordendo o meu lábio inferior, apreensiva.

– Como? – perguntou ele, genuinamente curioso. – Para o quê?

– Eu não sei. – Dei um suspiro curto. – Um truque para aumentar a autoestima, quem sabe.

– Fico muito lisonjeado em você pensar que me beijar a faria se sentir melhor. – Ele sorriu. – Mas isso quer dizer que estamos quites? Você me perdoa pelo... beijo?

Revirei os olhos.

– Está bem. Eu te perdoo – falei com uma vozinha de mágoa fingida. – A não ser pelo fato de que devo precisar seriamente de terapia nos próximos anos para superar isso.

Ele riu.

– Olha para quem você está falando isso. Levei vinte e quatro anos para descobrir que sou gay. Mas sabe de uma coisa? Agora que sei disso... Nossa, me sinto bem.

– Isso é ótimo, Paul – concordei. – Eu não acredito que sou a primeira pessoa com quem você se abriu. Eu nem sei o que dizer.

– Não precisa dizer nada. Você já me ajudou muito. – Ele parou e deu um enorme sorriso. – Uau, é estranho dizer em voz alta que sou gay – ele repetiu.

Eu me senti um pouco culpada enquanto sorria sem ânimo para ele. Talvez fosse a hora de ser honesta. Suspirei e me sentei direito.

– Ok, eu também peço desculpas – falei. – Eu posso ser uma idiota obcecada comigo mesma algumas vezes, e usei você para perder a virgindade e, agora, me sinto péssima que você esteja pedindo tantas desculpas. O que fiz foi tão ruim quanto o que você fez.

Seus olhos arregalaram.

– Você ia me dar a sua virgindade?

Dei um tapinha no braço dele.

– Não, isso seria esquisito demais. Eu só... quis beijá-lo para me sentir melhor, porque o cara de que eu realmente gosto não me mandou nenhuma mensagem. É com ele que eu quero perder – admiti.

– Quem? – perguntou ele, interessado.

Arqueei as sobrancelhas e balancei a cabeça, imaginando como não percebi que Paul era gay.

– É só um cara que conheci em uma festa. Mas não vamos falar dele. Nós estamos... bem sobre o beijo? Eu não tinha intenção de tentar usá-lo – falei. – Acho que fomos bem idiotas.

– Será que podemos fingir que isso nunca aconteceu? – propôs ele. – Não foi exatamente o meu melhor momento também.

Suspirei aliviada.

– Combinado. Mas... – Fiz uma pausa. – Agora que estamos conversados, precisamos falar sobre ser gay, Paul. Você vai... contar para os seus pais?

Ele baixou os olhos para seus sapatos surrados.

– Ellie, eu sou o filho mais velho. Eles colocaram muitos sonhos e esperanças em mim e eu vou partir o coração deles. Nunca poderei contar a eles. Não vão entender.

– Paul, eu sei que é uma droga de pesadelo, mas eles podem ser mais compreensivos do que você imagina. Pais podem ser capazes de dar mais apoio do que se espera – expliquei, enquanto vasculhava na minha cabeça um bom exemplo disso. O pai da Cher em *As patricinhas de Beverly Hills*?

Ele fez sinal em concordância.

– Acho que você está certa. Mas não posso fazer isso nesse momento. Acho que preciso de algum tempo.

– Jesus, você é um cara virgem que acaba de sair do armário aos vinte e quatro anos. Tem toda a razão, você precisa de um tempo! – exclamei.

– Obrigado por lembrar – respondeu ele secamente.

– Desculpe. Foi insensível da minha parte – eu me desculpei.

– Você acha? – retrucou, revirando os olhos.

– Serei mais respeitosa com sua homossexualidade daqui para a frente – respondi. – Mas vamos ao que interessa. Agora que você é gay, isso quer dizer que podemos ir às compras juntos?

– Meu Deus, eu posso ser seu melhor amigo gay! – exclamou Paul.

Eu me engasguei com a bebida.

– Jura? – dei um gritinho. – Sempre quis ter um.

Ele me encarou.

– Ellie, eu estava brincando. Você sabe que nem todo gay é afetado, não é?

– Eu sei disso. – Sorri sem graça. – Eu estava só, hum, brincando. É claro. Então, mais uma rodada? Eu... hum... Deixa que eu pego.

CAPÍTULO DEZOITO

– ... ENTÃO FICAMOS ALI DE PAPO, COMO SE ELE TIVESSE SAÍDO do armário há muito tempo. Fui para casa depois e tive que ouvir minha mãe dizer como estava feliz de ver que Paul e eu tínhamos nos dado bem. – Eu finalmente terminei de contar para Emma sobre a noite anterior, ela teve que aguentar um telefonema de uma hora. – Agora estou confusa e não sei o que fazer.

– Uau. Isso foi... foi demais. Deus, isso está totalmente fora da minha experiência, Ellie. Depilação cavada é algo de que posso falar, mas transformar um cara em gay? Não posso dizer que eu já tenha feito isso.

– Eu não o tornei gay! – berrei, e completei sem jeito: – Ele jurou que não fui eu.

– Eu sei, desculpe. Saiu errado. É claro que você não o transformou em um gay, você apenas o ajudou. Quer saber? Foda-se. Você é uma mulher moderna e cosmopolita, que agarrou um cara virgem, de vinte e quatro anos, e o ajudou a descobrir que era gay. Você é tudo que um homem podia pedir.

– Não concordo – rosnei. – Estou confusa.

– Uma *feminista* confusa.

– Mesmo? – perguntei duvidosa. – É feminista tentar usar um cara para se sentir melhor consigo mesma, e descobrir que ele está usando você para descobrir se é gay ou não?

– Provavelmente – respondeu ela. – Tudo é feminismo. Você tentou usá-lo, então é totalmente feminismo.

– Mas ele me usou também – lembrei a ela.
– Isso mesmo! Feminismo é igualdade entre homens e mulheres. Então, você, uma mulher, o usou, e ele, um homem, usou você também. Isso é feminismo e eu devia estar escrevendo meu trabalho final sobre isso, em vez de escrever sobre Charles Dickens – falou ela triunfante.
– Por favor, não fale dos trabalhos finais – resmunguei. – Graças a Deus fizemos as últimas provas no ano passado e só temos o trabalho final esse ano, porque eu mal abri um livro.
– Nem eu. Por que não nos encontramos na biblioteca e nos obrigamos a trabalhar? E podemos ter uns intervalos para um cafezinho consolador – sugeriu ela.
– Combinado. Estou voltando a Camden em breve – falei. – Não estou conseguindo fazer nada em casa, e não aguento minha mãe fazendo perguntas sobre Paul. Se eu disser que é para ficar perto da biblioteca, ela vai ficar em êxtase.
– Isso, venha para cá. Estou ficando de saco cheio de sair com as meninas com quem moro. Aaah, espera, essa súbita vontade de ter um lugar só seu significa que você está querendo receber convidados sem os pais por perto? – provocou ela.
Suspirei exageradamente.
– Pode até ser, mas Jack ainda não me respondeu. Eu me sinto tão mal com isso. Acho que foi por causa disso, em parte, que beijei o Paul... Eu me senti rejeitada depois de o Jack quase transar comigo.
– Hum... quando você falou com ele pela última vez? – perguntou ela.
– Ele me mandou uma mensagem logo depois que ficamos no meu quarto para dizer que havia se divertido, e propôs um programa para o fim de semana, mas cancelou. Ele também pediu para eu mandar um e-mail com o meu artigo para a revista da UCL, porque ele queria ler. Eu mandei, mas ele não respondeu esse e-mail também.

– Querida, ele vai responder. Ele provavelmente está pensando no que dizer. Não é uma mensagem qualquer. Ele precisa ler o artigo, e pensar em algo fantástico para dizer para convencê-la a transar com ele.

– Quem sabe... Em, meu celular está bipando e preciso desligar. Se precisar de mim, estarei afogada em autopiedade em algum lugar.

– Ok, mas não exagera. Vamos ver quando Jack responderá. Tchau!

Desliguei e me joguei na cama. Por que Jack não queria me ver? Será que fiz alguma coisa errada? Narrar os fatos para Emma era deprimente – deixava-me consciente do tempo que já havia passado desde o último contato. Eu me sentia muito rejeitada e solitária. Lembrei que o celular tinha bipado e talvez fosse o Jack. Senti uma onda de esperança me inundar e peguei o aparelho. Era um novo e-mail.

Assunto: Você não está só.

Mas que diabos! Eu me virei e fiquei olhando para o teto. Seria o... Jack? Ou a Lara? Olhei ansiosa para identificar o remetente e o sorriso se desfez quando vi que o remetente era cadastro@casamentosislamicos.com. Típico. As únicas pessoas interessadas em me salvar da solidão eterna eram as casamenteiras religiosas.

Estava a ponto de sair resignada da minha caixa de entrada, quando percebi um segundo e-mail não lido. Era de um jack.brown @gmail.com. Soltei um gritinho surpresa e meus dedos se apressaram em abri-lo.

Ellie... desculpe pela demora em responder. Fiquei impressionado demais com a qualidade superior de seu texto para lhe escrever, já que você pode ter notado que tem muito mais talento do que eu.

Mas, se não estiver ocupada demais escrevendo artigos sagazes, podemos sair sábado à noite? Realmente quero vê-la... desculpe ter cancelado no fim de semana passado. Claro que eu teria me divertido muito mais com você do que no aniversário de sessenta anos da tia Gwen.

Para entediá-la, estou anexando meu último conto, para o caso de querer lê-lo. E, se quiser algum tipo de crítica no seu artigo, eu anexei os meus comentários ridículos, que você devia ignorar totalmente... Espero que você esteja curtindo a recém-conquistada fama como colunista. bj

Soltei um gritinho. Ele tinha se dado ao trabalho de ler meu artigo e anexar uma crítica construtiva... ele não teria feito isso se não gostasse de mim. E ele havia mandado seu texto também, o que significava que se importava com a minha opinião. Sorri e me joguei na cama, contente. Ele não era um cara do tipo de pegação-e-se-mandar. Estava acontecendo... eu estava saindo com um cara que gostava do meu texto e queria me ver no fim de semana. Nossa, isso significava que eu tinha apenas três dias antes de perder a virgindade.

Lista de tarefas da Ellie:

1. Tirar com a pinça os pelos desgarrados que reapareceram na minha vagina desde a grande depilação.

2. Assistir a um filme pornô para entender como fazer o boquete perfeito... e também a punheta. Mas será que isso era muito leve para ser ensinado em filmes pornô?

3. Descobrir se existem vídeos pornográficos de punheta.

4. Me inscrever em mais estágios. (Os vinte primeiros ainda podem responder, Ellie. Não perca as esperanças.)

5. Fazer o trabalho final em vez de ficar apenas pegando livros importantes na biblioteca.

6. Me preparar mentalmente para transar no sábado.

7. Tirar algum tempo para mim e minha novíssima bala.

...

A bala e eu passamos uma hora juntas e gozei três vezes seguidas. Agora era uma reconhecida gozadora em série. Levei alguns minutos para entender como funcionava, mas a coisa toda basicamente vibrava quando você apertava o botão e a esfregava no clitóris. Eu descobri que, para mim, a melhor coisa era começar de leve, com o lado mais largo, acelerar e usar a ponta. Eu esfreguei a ponta sobre o clitóris com velocidade, e a sensação familiar de liberar a tensão tomou conta de mim e me fez, literalmente, dobrar-me de prazer.

Foi fantástico. Houve apenas um único e mínimo incidente, quando eu fiquei entediada e tentei misturar um pouco as coisas.

Decidi enfiar a bala dentro da minha vagina para penetração. Foi gostoso e definitivamente diferente, até que eu empurrei demais e o aparelho escorregou para além do limite onde ficam os absorventes internos. Diferente deles, a bala não tinha cordão para ser puxada para fora. Ela estava vibrando dentro de mim sem que eu pudesse PUXÁ-LA PARA FORA! Entrei em pânico até que tive a brilhante ideia de me agachar no chão e ela escorregou para fora. Eu nunca me senti tão aliviada antes.

A experiência toda foi tão desgastante que guardei a bala no armário e passei os dias seguintes focada na narrativa dos escravos. Eu fiquei na minha casa em Surrey, e passei todos os dias lendo artigos em jornais on-line e debruçada sobre a minha antologia de literatura norte-americana. Descobri que, se eu começasse meu trabalho, a culpa que se acumulava dentro de mim lentamente evaporaria e eu poderia passar o fim de semana com Jack. Eu tinha planos de voltar ao meu pequeno quarto no centro de Londres na sexta-feira e perder a virgindade em algum momento do fim de semana.

Marquei o encontro com Jack no meu calendário com um *V* pequenininho no quadrado do sábado e do domingo. Só o que me distraía do trabalho final eram as constantes visitas da minha mãe ao meu quarto. Ela me perguntava diariamente sobre Paul... se eu tinha notícias dele, quando o veria etc. Eu não conseguia contar que ele havia beijado a filha dela só para confirmar que gostava mesmo de homem. Na verdade, ele vinha me mandando mensagens, mas não no contexto que minha mãe gostaria. Ele mandava fotos de suas últimas animações, e eu mandava para ele o link de nossas postagens. Ele era surpreendentemente fácil de se lidar, e combinamos de sair juntos. O meu mais recente beijo estava caminhando a passos largos para se tornar o meu melhor amigo gay.

Tocada pela Primeira Vez

Tenho certeza de que foi tranquilo para Madonna quando ela foi tocada enquanto virgem pela primeira vez, mas e quando você é virgem e se toca pela primeira vez? Porque a maioria das garotas por aí estão tocando suas vaginas bem antes de deixarem algum garoto fazê-lo, ou sequer sabem o nome do que fazem.

E tem. Masturbação. Hummm. Só o nome já faz com que fechemos os olhos em uma lembrança acalentadora, enquanto nosso clitóris pulsa ansioso. É o bem mais precioso que a Mãe Natureza nos deu e algo que toda mulher deve explorar.

Não que aquela mãe Grega Ortodoxa concorde. E EK deve saber, porque ela cresceu ouvindo que "se tocar ali embaixo é feio". Resultado? Ela ficou complexada e sentia ondas de culpa cada vez que sua mão esbarrava na sua vagina pré-adolescente depois dos sete anos. Tudo bem, provavelmente desde os cinco anos, se ela for sincera. Culpa por se masturbar é outro problema que nossos queridos pais podem nos transmitir, garantindo o máximo de angústia e diminuição drástica na autoconfiança. Dizer a uma pessoa jovem e vulnerável que não pode fazer aquilo que lhe parece natural é ditatorial, e nós reconhecemos que provavelmente infringe o proposto pela Convenção Europeia de Direitos Humanos. Explorar seu próprio corpo é sempre saudável, não importa quanto alguém possa te dizer que é "sujo", "errado" ou mesmo "pecaminoso". Temos certeza de que Jesus ou sei lá quem não disse realmente que masturbação é ruim, e quem interpretou isso dessa maneira está equivocado. É saudável e, se garotos falam sobre isso o tempo todo, as meninas deveriam fazê-lo também. EK finalmente deixou de lado as bobagens que sua mãe dizia sobre isso e até investiu em um brinquedinho sexual (o vibrador para iniciantes, ou seja, uma bolinha explosiva). Seu único conselho? Não o empurre para dentro da vagina. Não o enfie buraco adentro. Apenas... não faça isso.

CAPÍTULO DEZENOVE

NA SEXTA-FEIRA, EU DESFIZ A ÚLTIMA MALA E DESMAIEI FELIZ NA cama. Eu sempre esquecia o quanto gostava de morar sozinha até passar alguns dias com minha mãe. Geralmente, eu ia para a casa da Lara assim que voltava de Guildford, mas, obviamente, essa não era uma opção nessa Páscoa.

Eu sentia falta da Lara. Já se passaram semanas desde a nossa briga, e nunca tínhamos ficado sem nos falar por tanto tempo. Quanto mais o tempo passava, mais estranho ficava, mas eu não conseguia dar o primeiro passo para quebrar o silêncio. Paciência. Hoje era véspera do meu grande encontro com Jack e eu tinha muito o que fazer. Especialmente porque tinha ficado menstruada, e o V no meu calendário seria remarcado para uma semana depois.

Ponto positivo? Eu não ia ficar sem calcinha, então, não precisaria usar a pinça para tirar pelos da minha vagina depilada.

Ponto negativo? Se alguma atividade sexual estivesse para acontecer, seria uma das temidas alternativas – o que significava que eu teria que aprender as técnicas do boquete e masturbação. Hoje.

Sentei na cama com um caderno e uma caneta. Eu levaria o assunto muito a sério e conseguiria superar meus medos de fazer sexo oral. Comecei procurando sites pornôs. Eu não fazia ideia de por onde começar. A última coisa que queria era achar pornô de baixa qualidade, que pudesse infectar meu computador com vírus. Minha mãe me mataria se meu laptop pegasse um vírus, o que dizer de um originado em pornografia.

Eu me lembrei de ter ouvido um dos garotos no corredor do edifício falando do RedTube, que era o YouTube da pornografia. Se era referência e bem conhecido, com sorte não detonaria meu HD.

Havia dúzias de categorias e eu não tinha ideia do que assistir primeiro. Peguei um biscoito de chocolate de um pacote e comecei a mastigar enquanto descia pela barra de rolagem. Acabei escolhendo "colegiais". Era melhor do que o material de "para menores", e não parecia tão barra pesada quanto o "sexo a três". Além disso, eu tinha sido uma colegial e provavelmente poderia me identificar com elas.

O primeiro vídeo mostrava uma menina parecida com Britney Spears de uniforme escolar. Ela usava meia 3/4 e uma saia cinza tão curta que ela teria sido advertida se fosse da minha escola. Os seios estavam apertados em uma camisa branca amarrada logo abaixo do sutiã. Ela parecia o sonho de qualquer pervertido de meia-idade. O vídeo começava com ela dando em cima do professor de matemática, que a mandou ficar um minuto depois da aula para ver as notas dela. Ela enrolou o cabelo ao som de uma música alta que parecia tema de *Austin Powers*.

Até essa parte, parecia material da categoria "meninas menores de idade", e eu não estava nada impressionada. Do nada, ela estava de joelhos, abrindo a calça do professor. Olhei ansiosa. Eu havia acertado no primeiro vídeo, e ela estava prestes a dar ao professor exatamente o que eu queria dar a Jack.

Segurei minha caneta e me preparei para escrever, pronta para colocar no papel qualquer truque da Britney para futura referência. Ela abaixou as calças dele e, de repente, seu pênis me encarava diretamente da tela. Eu tinha visto poucos na vida real, mas esse parecia enorme. O fato de estar depilado só enfatizava mais as dimensões. Britney não pestanejou; ela apenas deu uma risadinha de prazer – isso *não* iria para a minha folha com dicas porque ela parecia ridícula – e imediatamente colocou a coisa toda na boca. O professor gemeu de prazer e ela começou a lambê-lo na ponta. Tomei nota: *1) lamber como um picolé*, e voltei a olhar para a tela, esperando novas pérolas de sabedoria.

Ela começou colocando a coisa toda na boca e movendo a cabeça para cima e para baixo. Gemi desapontada. Essa era a parte principal do boquete – mover para cima e para baixo –, mas eu não conseguia saber o que ela estava fazendo *dentro* da boca. Eu estava destinada a falhar eternamente. Qualquer idiota podia mover a cabeça para cima e para baixo com um pênis dentro da boca, mas apenas uma pessoa com experiência em sexo oral saberia o que fazer com os lábios. Devia cobrir os dentes com eles para evitar danos? E que diabos a língua estaria fazendo lá dentro?

Eu queria respostas para essas perguntas cruciais, mas a maldita Britney só o chupava sem maiores explicações. Quando a câmera deu um close nela, tentei identificar o que ela fazia com os lábios, mas não consegui. A estudante começou a acelerar e acelerar, e o professor colocou as mãos na cabeça dela para forçá-la a ir mais fundo, algo nada feminista, e eu não conseguia imaginar Jack fazendo isso.

O professor começou a gemer mais alto e gozou na boca da aluna. Gotas de esperma surgiram nos cantos da boca de Britney, mas ela as lambeu como se fossem um chocolate *Milky Bar* derretido e o encarou de um jeito sexy enquanto engolia tudo.

Então – essa parte me deu náuseas –, ela lambeu a ponta do pênis para limpar as últimas gotas. Fechei o vídeo enojada e tentei outro, na esperança de que fosse mais esclarecedor.

O seguinte mostrava uma garota loira em uma garagem, com dois peões de obra mais velhos. Tinha peitos enormes, e entediava de tão previsível. Não havia roteiro e, em segundos, os dois transavam com ela *ao mesmo tempo*. O cinegrafista – devia ser um homem, porque nenhuma mulher focaria isso – aproximou-se dos dois pênis entrando e saindo pelos dois orifícios dela.

Desviei o olhar da tela, um gosto amargo na boca. Enfiei biscoitos de chocolate na boca enquanto observava pelo canto do olho. Isso era bem barra pesada, e seus gemidos e sussurros eram igualmente cinematográficos.

Ainda bem que moro sozinha, porque esses barulhos seriam o suficiente para assustar qualquer colega de apartamento. Tentei baixar o volume do laptop, mas era difícil porque eu não tinha mais as teclas de volume. Eu havia encostado a chapinha de cabelos quente no teclado enquanto alisava meus cachos, derretendo as teclas de plástico. Em vez das teclas pretas de plástico do volume, agora eu precisava dar um jeito com o botãozinho de silicone que ficava por baixo delas. Eu tentava enfiar meus dedos gordos no espaço para baixar o volume, quando alguém bateu na porta.

Ai, meu Deus. Um vizinho havia ouvido e queria que eu tirasse o som. Eu bati a tampa do laptop com força, mas o som continuou pelos cinco segundos mais longos da minha vida. Quando parou, fui até a porta na ponta dos pés e abri só um pouquinho. Olhei pela fresta e vi o familiar cabelo castanho oleoso e desgrenhado.

– Paul? – perguntei confusa. – O que você está fazendo aqui?

– Hum... Tínhamos um encontro às duas, mas você não atendeu ao celular, então resolvi vir até aqui – explicou ele.

– Ai, merda, desculpe! – exclamei, levando a mão à boca. – Eu esqueci totalmente. Estava tão concentrada no meu... trabalho final. – Corei e parei por um instante. – Espera aí. Como você sabe onde eu moro?

– Sua mãe me contou. – Ele sorriu.

Claro que ela contou!

– Típico – falei, enquanto gesticulava para ele sair do corredor e entrar. – Agora ela vai achar que estamos apaixonados e todos os gregos de Surrey vão ficar sabendo.

— Disfarce perfeito para mim — disse ele, sentando-se na minha cama. Ele usava um agasalho preto e sujo com capuz, calça jeans com caimento feio e tênis medonhos. Se ele ia ser meu melhor amigo gay, teríamos que aperfeiçoar seu estilo.

— Então — falou ele sem provocação —, você está sozinha?

— Hum, sim. — Gesticulei, mostrando o quarto vazio.

— Entendi. — Ele concordou com a cabeça. Achei que você talvez estivesse com alguém.

Corei violentamente e tentei me convencer de que a porta de madeira era grossa o suficiente para bloquear os sons do vídeo pornô.

— Não, estou sozinha. Eu estava apenas... vendo um filme — expliquei.

Ele concordou enquanto olhava em volta.

— E qual era? *Quente e cheio de gás na sauna?*

Olhei horrorizada para ele.

— Do que você está falando? — perguntei com a voz meio esganiçada. — Estava apenas assistindo a um filme para o meu trabalho final. Uma adaptação literária.

O rosto dele estava impassível, mas seus olhos brilharam enquanto concordava em silêncio.

— Claro. *O Conde de Monte Pinto?*

Meu queixo caiu e, quando nos encaramos, caímos na gargalhada.

— Está bem. Eu estava assistindo a um vídeo pornô — admiti. — Não é nada de mais, então, por favor, não faça disso um problema.

Ele sorriu.

— Claro. Que garota com vinte e um anos não assiste à pornografia sozinha em uma sexta-feira à tarde?

Revirei os olhos para ele.

— Certo, não é tão normal assim. Mas havia um bom motivo.

— Pesquisa? — perguntou ele e um lampejo de compreensão brilhou entre nós. Admiti e ele continuou. — Já fiz isso também, Ellie. Mas, para ser honesto, filmes pornôs são uma perda de tempo. Nenhum cara quer uma garota assim.

Abri a boca para dizer alguma coisa tipo "E como você sabe?", mas ele foi mais rápido.

— Eu sei o que você está pensando — disse ele. — Mas eu não sou uma aberração total. Eu tenho amigos homens que falam sobre essas coisas, e não acho que algum deles queira uma atriz pornô. Quer dizer, claro, eles ficam excitados quando assistem, e até gostariam de experimentar por uma noite, mas acho que ficariam impressionados se tivessem uma namorada assim, mas não de um jeito bom. Entende?

— É. — Suspirei. — Reconheço que você tem um bom ponto. Realmente, não quero ser o tipo de garota que olha para um cara em estado de pura alegria enquanto o chupa e ele a segura pela cabeça. Eu estaria preocupada demais em me concentrar na parte da boca, para ser capaz de sorrir para ele.

Paul riu.

— É, imagino como se sente — admitiu ele. — Fico apavorado de sair por aí e ter que começar a descobrir essas coisas. Pelo menos, você sabe a sua vida toda que gosta de homens, mas eu acabo de descobrir isso, e tudo é muito novo para mim.

Olhei para Paul com respeito. Quem imaginaria que ele estaria tão tranquilo para falar de sexo — ou da falta dele — e ser tão honesto? Caramba, ele era quase tão talentoso quanto eu no quesito autodepreciação, e eu não encontrava isso todo dia. Imaginei nós dois sentados no sofá para assistir ao *E! Channel* e falar mal das celebridades. Só que, na minha cabeça, Paul andava mais bem vestido, e meu hímen não estava mais intacto.

— Enfim — disse ele, tirando-se do transe —, quem é o sortudo por quem está assistindo pornografia?

– Argh – gemi. – Não sei por onde começar. Ele é designer gráfico e tem vinte e seis anos, e gosta de mim, e eu preciso... Não, eu *quero*... fazer coisas com ele, mas, hum, eu não *sei* fazer coisas – saí falando. Não podia explicar por que estava tão nervosa sobre o sexo oral sem contar a história toda. Fechei os olhos com força e decidi que Paul tinha o direito de saber. Afinal, ele tinha me beijado e se exposto. As duas coisas ao mesmo tempo.

Respirei fundo e contei a saga com James Martell em toda a sua glória canibal. Ele não riu ou fez careta quando falei da parte da dentada. Ou na hora do "Desculpe, mas não posso tirar sua virgindade". Ele apenas deu de ombros.

– Droga. O lado bom é que isso foi há muito tempo e você agora vai tentar de novo com um cara bacana.

– Isso é tudo o que você vai dizer? – perguntei, com os olhos arregalados. – Foi o momento mais traumático da minha vida.

– Tente viver com pessoas implicando com você porque é gay, quando você nem sabe se é – respondeu ele. Sua voz ficou mais branda e ele continuou: – Sério, Ellie. Foi um desastre com esse James porque você não gostava dele de verdade. Ele era apenas um cara bonito, que se sentiu atraído por você, mas você não estava à vontade com ele, e por isso as coisas não funcionaram. Eu acho que se você for mais devagar e, primeiro, se sentir confortável com o cara, as coisas vão ter um resultado melhor.

Concordei, percebendo que Paul era mais inteligente do que seu corte de cabelo dava a entender. Eu tinha certeza de que me sentiria mais confortável com o Jack e, se não, eu me faria ficar mais confortável. Talvez houvesse um verbete no WikiHow sobre isso.

...

Passamos o resto da manhã juntos na minha cama. É bom passar um tempo com um cara sem ter que se preocupar se ele está ou não interessado. E Paul era um cara legal. Por um instante, eu até desejei que ele fosse hétero. Mas mudei de ideia quando ele me contou que tinha ido a um bar gay sozinho durante a semana e havia conhecido um cara. Eu estava impressionada demais para emitir mais do que ruídos como resposta.

Ele contou que os dois haviam se beijado e trocado telefones. Agora, Vladi, o tal cara, queria encontrá-lo e Paul estava com vergonha demais de aceitar o convite pela falta de experiência sexual. Assenti, compassiva, quando ele falou que estava morto de vergonha de que Vladi descobrisse sobre sua virgindade.

— Também estou nervoso de... hum... fazer sexo oral nele – admitiu ele. – Você anotou alguma dica nos vídeos pornôs para compartilhar?

— Desculpe. Até o momento, só existe "lamber como um picolé" na minha lista. – Ele me olhou de um jeito abatido e percebi que precisaria ajudá-lo. – Quem sabe possamos aprender juntos? – ofereci. – Eu tenho habilidade para achar coisas, então, se não for esquisito demais, podemos assistir aos vídeos juntos.

— Hum, que tipo de vídeos? – perguntou ele, cauteloso. – Eu não quero assistir a vídeos de pornografia com você, Ellie, não se ofenda.

— Sem problemas, muito obrigada – falei claramente. – Além disso, eu não estava sugerindo que assistíssemos à pornografia...

...

Abrimos um saco de pipoca e comemos sem dizer nada enquanto olhávamos para a tela do meu laptop, vidrados. Uma loira americana chamada Gabby nos ensinava como fazer o sexo oral perfeito. Ela estava sentada em uma banqueta, em uma sala toda branca.

— Bem-vindos – disse ela. – Hoje vou compartilhar algo com vocês. Vou compartilhar o glorioso segredo de como dar ao seu parceiro aquele momento perfeito de prazer. O sexo oral. – A boca da apresentadora abriu-se no formato de um "O", enquanto ela enfatizava as vogais. – Mas não pensem que se trata apenas de sexo oral. – Ela fez uma pausa dramática e prosseguiu: – Quero que pensem nisso como um *presente oral*.

Paul e eu nos entreolhamos e caímos na gargalhada. Demos uma pausa em Gabby enquanto ríamos. Pipocas voaram da minha boca enquanto eu repetia "Não é sexo oral, é um *presente oral*" no meu melhor sotaque americano.

– Nossa – disse Paul, secando os olhos com o agasalho. – A mulher é doida de pedra! Temos que continuar assistindo.

Voltamos ao vídeo, e Gabby nos mostrou, passo a passo, como fazer um presente oral com perfeição. Fora as risadas ocasionais, ouvimos com atenção e fizemos anotações. Quando o vídeo terminou, havia uma lista bem organizada no meu caderno.

1. Coloque o pênis na boca com bastante saliva ou use um lubrificante.

2. Chupe o membro para cima e para baixo e NÃO MORDISQUE COM OS DENTES.

3. Varie o ritmo, a velocidade e a intensidade.

4. Afague os testículos com a mão, e acelere um pouco.

5. Provoque-o... Acelere, e quando a barraca estiver armada *(palavras da Gabby, não minhas)*, diminua o ritmo.

6. Use a língua – se conseguir fazer duas coisas ao mesmo tempo, lamba enquanto chupa. Ou apenas lamba e brinque com ele enquanto estiver ereto *(técnica do picolé de novo)*.

7. Ouça as reações dele para saber o que ele prefere.

8. Demore-se nas áreas sensíveis dele – a cabeça do pênis, os testículos e o períneo *(essa última parece mais coisa do Paul do que minha)*.

9. Use as mãos e a boca juntas – coloque a cabeça na boca, chupe para cima e para baixo e, com as mãos no pênis, simule o mesmo movimento. Isso vai evitar que você precise levar grande parte do pênis até o fundo da garganta. *(Também parece uma boa maneira de combinar sexo oral com masturbação. Talvez eu possa lidar com os dois medos em um único movimento?)*

10. Manter o máximo de contato visual durante o presente oral.

11. Se engasgar, diga que ele é muito bem-dotado *(saindo-se bem da saia justa. Muito bem, Gabby)*.

12. Com *muito, muito cuidado*, chupe os testículos, um de cada vez.

13. E o objetivo final – a ejaculação. Você decide onde quer que ele goze, disse Gabby. Peça para ele sair de sua boca e gozar no seu corpo, peitos ou lenço de papel *(pareceu meio triste)* – ou deixe-o gozar na sua boca e você decide se quer cuspir ou engolir.

Ela terminou o vídeo com um lembrete:

"Lembrem-se, garotas e garotos, o presente oral é algo que vocês também devem aproveitar. Compartilhe o prazer e curta o presente que não se acaba."

CAPÍTULO VINTE

Depois que Paul foi embora, fiquei pensando em Lara. Aquilo era o tipo de coisa que teríamos feito juntas. Paul era ótimo, e tinha o melhor senso de humor que eu já havia visto em um cara, mas ele não era a Lara. Ela me fazia chorar de rir com descrições do pênis de Jez – ele tinha o que chamamos de quase cogumelo, ou seja, estranhamente grosso e o diâmetro era quase maior que o comprimento. Lara contou que era como chupar um toco de árvore.

Eu sentia saudade dela. Ela era a minha amiga mais antiga e uma vez espetamos agulhas nas palmas das mãos para sermos irmãs de sangue. Nosso vínculo era forte demais para ser destruído por uma briga em um momento de ressaca, e eu estava decidida a dar um jeito. Peguei meu celular antes de perder a coragem.

– Alô? – Ela atendeu cautelosa.

– Oi – falei, descobrindo que não fazia ideia do que dizer a ela. Droga. Fiquei nervosa e tentei normalizar a voz. – Como você está?

– Bem, obrigada – respondeu ela. Por que ela estava sendo tão formal?

Ela ainda deve estar com raiva de mim.

– E você? – arriscou ela.

– É, estou bem também, obrigada – menti, lutando contra a vontade de chorar e dizer quanto sentia falta dela. Em vez disso, disse o óbvio. – Nós não nos falamos há muito tempo.

— É mesmo. — Por que ela estava tornando as coisas mais difíceis para mim? Eu estava dando o primeiro passo ao fazer a ligação. Será que ela não queria falar comigo? — Como estão as coisas? — perguntou ela mecanicamente.

— Eu... estou bem — respondi. Queria contar a ela sobre Jack, Paul e Emma, mas não sabia como. — E você? — perguntei com vergonha.

— Eu também, obrigada — disse ela.

— Você saiu com Angus de novo? — perguntei, preparando-me para ouvir que eles eram agora um casal.

— Ah, não, aquilo não deu certo. Mas está tudo bem — respondeu ela.

— E as coisas com Jez? E a faculdade? Você ainda está em Surrey ou já voltou para Oxford? — perguntei.

— Está tudo bem. Voltei a Oxford e estou fazendo alguns trabalhos. Como vai o seu?

— Hum, a dissertação está indo bem, obrigada.

— Legal, isso é bom — comentou ela, enquanto eu tentava decidir o que dizer a seguir. Isso era pior do que uma conversa educada com uma das amigas da minha mãe.

Depois de uma pausa, desisti e deixei meus sentimentos virem à tona.

— Lara, isso é tão esquisito. Eu não quero ficar brigada com você. Vamos voltar ao normal. Por favor?

Ela suspirou.

— Eu também quero. Desculpe se não liguei antes. Eu não queria que as coisas ficassem esquisitas entre a gente.

— Ei, você agora parece alguém que quer fazer as pazes — brinquei.

— Eu nunca vou sair com uma versão masculina de você — retrucou ela, e o clima pareceu ficar menos pesado. Só não falamos das coisas dolorosas que dissemos uma à outra. Eu não queria puxar o assunto. E parecia que ela também não.

— Então, o que você tem feito? – perguntei.
— Eu? Apenas... você sabe... vivendo. Nada que valha a pena comentar – disse ela. – Só coisas chatas para perturbá-la.
— Hum, já passamos desse ponto há muito tempo, Lara. A razão da nossa amizade é que podemos falar de tudo.
— É, você está certa. – Ela fez uma pausa e continuou, animada: – Então, quais são as novidades? Algum progresso na sua missão?
— Eu não sei. Eu meio que comecei a sair com alguém, se é que posso chamar assim. É tudo novo.
— Fantástico, fico feliz por você! – exclamou ela.

Animada com a sua receptividade, eu prossegui:
— É, legal, eu acho. E fiz uma nova amiga, Emma, que é muito engraçada. Não é como você, é claro, mas temos saído juntas e tem sido bacana.
— Isso parece divertido – disse ela. – Ellie, desculpe, mas tenho que desligar. Preciso me arrumar para um baile hoje à noite. Não me pergunte, é uma das coisas estranhas de Oxford.
— Ah, claro. Tranquilo. Bem, se quiser conversar melhor, sabe onde me achar.
— O mesmo vale para você. Em breve, colocamos o papo em dia, tudo bem? Tchau! – E quando me despedi com um "tchau" tão animado quanto o dela, desligamos.

De repente, eu me senti muito sozinha. Era a primeira vez que Lara e eu falávamos tão pouco ao telefone, especialmente quando uma de nós tinha uma novidade sobre garotos. Eu me senti vazia. Afastei Lara da cabeça. Ela me ligaria de novo quando estivesse pronta. Tinha prometido que o faria. Nesse meio-tempo eu tinha uma temporada inteira de *Barrados no Baile* para assistir.

...

Era sábado à noite e eu estava pronta. Havia chegado a hora de superar meus medos e me divertir com um cara muito fofo que poderia se tornar meu namorado. Encontrei Jack no Soho e fomos andando até um pub na Carnaby Street. Ele estava usando a camisa mais horrível que eu já havia visto. Era pior do que o agasalho preto do Paul, e parecia estilo grunge-encontra-geek, mas, pelo menos, o cabelo de Jack parecia sempre limpo. A camisa era de mangas curtas. Eu odiava camisa de manga curta em homens. Mas ele não ficava tão mal nela, e quando sorria para mim, do seu jeito fofo e meio irlandês, tudo o que eu queria era arrancá-la. Em vez disso perguntei como tinha sido sua semana.

– Ah, sabe como é. Foi bem cansativa. Tenho escrito muito e isso consome muito do meu tempo. Tenho trabalhado muito, volto para casa e escrevo mais.

– É impressionante que você consiga tempo para escrever depois de um dia de trabalho. Às vezes, eu tenho preguiça de escrever no meu diário depois de um dia de estudo nem tão pesado.

– É, mas essa é a vida de estudantes. Como me formei há alguns anos, e realmente sei o que quero fazer da vida agora, arranjo tempo para fazer isso.

– De qualquer maneira, é impressionante. – Sorri para ele. – Então, tem escrito sobre política ou são seus contos?

– Um pouco dos dois. Estou me dedicando bastante à escrita criativa. Realmente acho que encontrei minha voz. – Eu ri do clichê, mas ele apenas sorriu. – Tudo bem, eu sei que soa idiota, mas, de verdade, isso de voz interior faz muito sentido.

– Não, eu acho legal que você esteja se dedicando à escrita criativa. Eu adoraria fazer isso algum dia, mas acho que por enquanto vou ficar no jornalismo mesmo. Eu não acho que esteja preparada para escrever um romance ou algo assim ainda.

– Você pode começar com contos – sugeriu ele.

– É, talvez eu faça isso – ruminei. – Com a sua orientação profissional, é claro.

– Com a minha sabedoria e a sua inteligência, certamente temos em mãos um best-seller. Você nem precisaria encontrar um emprego.

– Graças a Deus, porque nenhum dos lugares para onde mandei meu currículo respondeu.

– Por que você não tira um ano sabático? – falou ele, imitando um sotaque inglês aristocrático ao entrarmos no pub escuro. Por um segundo, desejei que esse fosse seu jeito de falar e que ele pudesse me levar a restaurantes bacanas.

– Como é? O socialista das classes trabalhadoras está sugerindo que eu passe um ano vagando pelos países do terceiro mundo, usando roupas nativas multicoloridas? – perguntei fingindo horror. Ele riu.

– É, bem, eu achei a sua cara tirar um ano sabático. Faz o gênero dos programas de TV que tanto gosta.

– Querido, um ano sabático? Acho que você quis dizer cinco anos em um spa de yoga – respondi e ele fez uma careta para o meu sotaque aristocrático horrível.

– O que posso lhes oferecer? – o barman nos interrompeu e me tirou da saia justa. Ambos pedimos uma caneca de cidra, porque, como sua camisa de manga curta indicava, era o primeiro dia realmente agradável da primavera.

Em nossa mesa, ele sentou-se no sofá de couro ao meu lado e passou o braço pelo meu ombro.

– Você está bonita hoje – disse ele com simplicidade. Eu o encarei, surpresa, sentindo-me lisonjeada. Estava com o mesmo vestido floral que usei no jantar do dia que transformei Paul em gay. Para uma garota que odiava se arrumar, era um esforço visível.

– Obrigada. – Sorri. – Ninguém me disse isso antes – acrescentei e imediatamente me arrependi de tê-lo feito. Agora eu parecia uma daquelas garotas desesperadas que nunca recebem elogios.

– Jura? Nunca disseram que você é bonita? – perguntou ele. – Sei que posso ser um pouco cafajeste, mas você só deve conhecer idiotas.

Corei.

– É, pode ser... – Ou podia ser verdade que ele era o primeiro cara com quem estava tendo um encontro de verdade. – Mas você não é um cafajeste. A não ser que esteja escondendo alguma coisa de mim.

– Comigo, eu sou o que você está vendo. Se você não me acha um cafajeste, então diria que estamos indo muito bem. Sei que me envolvo muito em política e falo demais às vezes, mas são meus únicos defeitos, juro. – Ele sorriu, e fiquei com uma vontade louca de beijá-lo.

Eu me debrucei e beijei seus lábios, sentindo-me ridiculamente ousada e fatal. Quase me senti como a garota que usa batom vermelho-escuro. Ele retribuiu o beijo com gentileza e, quando nos afastamos, eu encarei seus olhos verdes.

– Isso é bom – disse ele sorrindo, e rezei para que ele não estivesse analisando o meu beijo virginal.

Fiquei da cor de uma beterraba.

– Hum, obrigada – respondi, olhando sem jeito para o chão.

– Enfim, vou parar de fazê-la ficar envergonhada – provocou ele, o que me fez ficar ainda mais vermelha. – Como foi sua semana?

– Hum... – refleti sobre algo normal para dizer. Eu não podia contar sobre a sessão de vídeos pornô ou da briga com Lara, então estava um pouco perdida. – Eu acho que fiz um cara virar gay – soltei.

Ele me olhou e caiu na gargalhada.

– De que diabos você está falando? Por favor, não diga que fui eu... Eu sabia que essa camisa era um erro.

– Não, outra pessoa. Um amigo da família. Ele... ele me beijou e disse que era gay.

— Eu sei que devia estar preocupado com o fato de que você transformou um homem em gay e que eu provavelmente deveria ter medo de que você fizesse o mesmo comigo... — disse ele, enquanto eu fingia que batia nele. — Mas acho que estou apenas com ciúme da pessoa que você beijou.

Meu Deus, ele estava com *ciúme*. Essa era possivelmente a primeira vez, nos meus vinte e um anos de vida, que deixava alguém com ciúme, e a sensação era ótima. Eu era uma versão feminina de Austin Powers, com a magia da sedução.

— Em minha defesa, foi Paul que me beijou — comentei com o olhar mais malicioso.

— Ok, eu devo me preocupar com outros Pauls que querem roubá-la de mim? — perguntou ele.

Ele estava tão confiante e sexy que meu clitóris começou a se contrair. Como em uma ereção feminina. Cruzei as pernas na tentativa de fazer com que parasse de pulsar, imaginando se mulheres também ficam enrijecidas.

— Acho que você faz mais o tipo do Paul do que eu — respondi, tentando desesperadamente ignorar a tensão lá embaixo e rezando para que ele não percebesse o que se passava nas minhas partes íntimas.

— Eu sou apenas o tipo do Paul ou o seu também? — ele quis saber, debruçando-se sobre mim, e senti seu hálito no meu pescoço. Meus joelhos bambearam, e me senti um dos personagens de Judy Blume. Só que ela nunca teria mencionado o efeito colateral da ereção vaginal.

Ele me beijou antes que eu tivesse tempo de responder, e me derreti em seus braços. Eu era um clichê ambulante e estava nas nuvens. E as palavras CASE COMIGO piscavam na minha mente enquanto ele me beijava sem língua. Ele colocou a mão na minha vagina e discretamente a massageou sobre o vestido. Engoli em seco. Ele estava me masturbando em público. Isso parecia um excelente material para brincar de Eu Nunca.

Escorreguei minha mão até a virilha dele e a massageei de leve. O álcool estava fazendo maravilhas em mim, e eu estava imbuída de coragem etílica. Tinha lido todas as regras e agora estava na hora de *vivê-las*. Ele pressionou um pouco mais minha vagina e senti o cordão do absorvente interno tocar minha pele. AH, MERDA, o absorvente. Mudei de posição e, com cuidado, tirei a mão dele dali.

Ele se afastou e sorriu cordato.

– Desculpe. Provavelmente um pouco impróprio para um pub.

– Talvez um pouco – concordei. – Talvez, quem sabe, devêssemos sair daqui? – Eu era mesmo uma mulher fatal. Uma mulher decidida, moderna. Uma Samantha, não uma Charlotte.

– Vamos – murmurou ele, e seu hálito arrepiou a minha pele novamente. Eu sabia que a minha vagina excitada estava me deixando bem úmida. Ou talvez fosse a minha menstruação.

Vai Ter Sangue

Sim, Daniel Day-Lewis, vai ter. Por mais ou menos cinco dias todos os meses. Aposto que não era nisso que você pensava quando escolheu o título para o seu campeão de bilheteria (*There Will Be Blood*).

O que nos leva ao sexo durante o ciclo menstrual. EM vai tomar a liderança aqui já que EK não tem nenhuma experiência sexual ainda, muito menos durante a menstruação. Mas é teoricamente a favor.

EM:
Eu tive um monte de experiências negativas com homens que não quiseram fazer sexo comigo durante a minha menstruação. Foi horrível.

Foi tão idiota da parte deles!

Quando estou menstruada, eu fico mais disposta. É como a Mãe Natureza nos fez. Diferente dos estúpidos que me rejeitaram, ela pensou que devíamos estar copulando enquanto nosso útero estava se reciclando. Além disso, o sangue é um lubrificante grátis.

Faz o sexo ser melhor.

Um monte de homens com quem estive parece pensar que, quando as garotas estão menstruadas, o sangue jorra da gente. Bem, ouçam com atenção, homens: não jorra. Não sou nenhum Moisés dividindo o Mar Vermelho. O meu mar vermelho está mais para um riacho.

Se transar comigo enquanto estou menstruada, eu não vou sangrar em você. Especialmente se estiver no início ou no fim, quando o fluxo é menor. Você pode até ver um tiquinho de sangue na sua camisinha, mas eu duvido que perceba.

Se não quiser dormir comigo, tudo bem. Alguns dias nem eu vou querer alguém perto do meu cálice de sangue. Mas, quando eu sugerir sexo na menstruação, não quero ver você torcendo o nariz para mim e se retirando enojado. É supernormal.

E será o melhor sexo que você já fez.

CAPÍTULO VINTE E UM

Pegamos o ônibus de volta para o apartamento dele, em East Dulwich, e o segui escada acima, com o coração batendo acelerado. Eu percebi o assoalho de madeira e a cozinha relativamente arrumada antes de chegarmos ao quarto dele. Vi a cama de solteiro, e, um pouco decepcionada, antecipei a qualidade do sono que eu teria, mas estava com a adrenalina a mil para me importar com isso.

Ele me abraçou e começou a me beijar de novo. Afundamos na cama dele e começamos a tirar as roupas até ficarmos só com as roupas íntimas. Rezei para que ele não percebesse que eu usava o mesmo conjunto preto da vez anterior – lavados – e registrei mentalmente que precisava comprar mais alguns conjuntinhos para essas ocasiões, sem padronagens coloridas como o resto das minhas calcinhas e sutiãs.

Suas mãos passearam pelo meu corpo todo, e, dessa vez, eu estava preparada para o toque nos meus seios. A dor foi até sexy e eu me perguntei, por um breve instante, se seria masoquista. Quando tivéssemos feito sexo algumas vezes, eu perguntaria se poderíamos tentar o sadomasoquismo – sem a coisa toda do chicote, que parecia muito dolorosa.

– Eu quero tanto você – sussurrou ele no meu ouvido. Ai, meu Deus: falar sacanagens. Sem chance de eu saber fazer isso ainda. Eu era virgem, cacete.

— Eu também — falei de repente, e concluí que falar enquanto fazia carícias (ou durante o sexo, quando chegasse a hora) era algo que eu não conseguiria fazer.

Ele deve ter percebido, porque continuou a me agarrar em silêncio. Suas mãos foram até o fecho do meu sutiã, e senti que ele tinha alguma dificuldade. Eu ia dar uma ajudinha, como da última vez, mas lembrei que uma das regras de ouro da *Cosmos* era deixar o homem se sentir másculo. Eu não queria castrá-lo por oferecer ajuda. Eu o deixei se virar por alguns minutos até que o sutiã caiu solto triunfalmente e ele o puxou pelos meus braços.

Ele afundou o rosto entre meus seios e começou a lamber e chupar os mamilos. Dei gritinhos sussurrados algumas vezes, que esperava soarem sexy, e prestei atenção em sua técnica de sucção para que pudesse imitá-lo ao chegar em suas zonas erógenas mais tarde. Ele parou de repente e tive medo de que ele sufocasse entre meus peitos, mas Jack logo voltou ao trabalho e lambeu tudo como se fosse um filhote feliz.

Sua mão desceu para a minha calcinha e eu a segurei por reflexo. Ele parou e me olhou.

— Alguma coisa errada? — perguntou ele, com as sobrancelhas arqueadas.

— Ah, hum, nada. — Ri nervosamente. — É só que não dá para você chegar lá embaixo.

— Eu não estou entendendo — disse ele. — Por que não? Pensei que você quisesse.

— Não, não é isso — respondi — É só por causa da...

Por que não conseguia dizer menstruação? Eu sempre usei essa palavra no dia a dia, mas, na única vez que precisei dizer em voz alta, meu cérebro se enrolou e se recusou a obedecer.

Ele me olhou confuso.

— É que, hum, estou de chico — expliquei finalmente. Ele me olhou sem entender, e eu mentalmente berrei comigo mesma para deixar de ser esquisita. Estar de chico? De onde tirei isso? – Quero dizer, hum, que estou naqueles dias – continuei com a voz elegante e brincalhona, odiando-me por não dizer a palavra em voz alta.

Um olhar de compreensão misturado com alívio atravessou o rosto dele.

– Claro – disse ele. – Temos outras coisas com o que nos ocupar... – Ele sorriu e se inclinou sobre mim, recomeçando a sessão de beijos.

Continuamos a nos beijar e agora eu estava certa de que podia mergulhar – literalmente. Estava me sentindo inebriada, e os beijos estavam me deixando sem ar. Aproveitei o embalo e tirei a cueca dele. Eu o peguei de surpresa, e acho que eu podia ter ido mais devagar, de um jeito mais sexy, mas olhei nos olhos dele como a Gabby me ensinou, e o fiz com tanta intensidade que senti seu pênis literalmente *crescer* contra a minha coxa. Deslizei a mão e o envolvi, movendo-a para cima e para baixo delicadamente.

Tudo bem, isso estava correto. Eu não precisava me preocupar com o ritmo, porque isso eu resolveria com a boca. Eu o distraí da falta de ritmo da minha mão com excessivos amassos, até que me senti confiante o suficiente para me arriscar em descer mais.

Ele estava sentado na cama, e fiquei parcialmente sentada nele, meio pendurada por cima dele, mas agora eu estava de pé e me ajoelhei. Delicadamente afastei seus joelhos e aproximei minha cabeça da região pélvica. Seus pelos pubianos estavam raspados como os do professor do vídeo pornô da Britney.

Ele se apoiou nos cotovelos, claramente se acomodando melhor, enquanto eu tentava ignorar as tábuas de madeira frias que machucavam meus joelhos. Olhei para o seu membro. Era rosado, longo e duro. Parecia do tamanho normal. Inclinei a cabeça de lado, inspecionando-o, e decidi que não parecia nada com um cogumelo. Ufa! Também não tinha cheiro, graças a Deus.

Respirei fundo e rezei para que Gabby, a rainha do Sexo Oral, me guiasse nessa empreitada. Eu suspirei devagar e me aproximei. Coloquei a ponta do pênis na boca. Ele gemeu de prazer. Encorajada, comecei a lamber a cabeça com cuidado, mantendo os dentes bem afastados. Ele quase ganiu de prazer, e lembrei que Gabby tinha ensinado a misturar um pouco as coisas, sem pressa. Cobri os dentes com os lábios, de tal forma que chegaram a doer, e o engoli mais fundo na minha boca. Fui até o fim, o que chamam de garganta profunda. Não engasguei; eu parecia ter o dom para a coisa. Comecei a mover os lábios para cima e para baixo, no ritmo mais lento que consegui. Tentei chupar ao mesmo tempo. Ao acelerar, descobri que não estava livre dos engasgos.

Comecei a diminuir o ritmo, e parei de ir até o fim. Envolvi a base do pênis com a mão e a usei de suporte. Toda a vez que minha boca se aproximava da mão, eu ficava tranquila de vê-la, em vez de enxergar a pele pálida e depilada da região pélvica. Agora ele gemia de verdade com prazer. Eu escorreguei a mão pelo seu pênis e senti seus testículos. A textura era diferente de qualquer coisa que eu já havia tocado. Eram enrugados e tinham uns pelos esparsos.

Continuei com os movimentos de ir e vir, usando a língua em alguns momentos, e, quando a respiração dele acelerou, Jack colocou as mãos na minha cabeça, exatamente como no vídeo, fazendo--me ir mais rápido.

Eu queria me sentir como uma feminista raivosa e gritar com ele, ou pelo menos não curtir, mas, meu Deus, eu adorei. Ele estava me ajudando e dizendo o que queria. Eu não estava sozinha, e eu me sentia apreciada e desejada. Deixei que ele me guiasse, e movi a minha cabeça cada vez mais rápido, até que todo o corpo dele se contraiu e... Jack gozou. Dentro da minha boca. Um líquido viscoso e morno.

Imediatamente eu soube que não seria do tipo que engole. Procurei algum tecido em que pudesse cuspir, mas só vi o meu vestido.

Jack não tinha noção da minha presença e parecia mergulhado em seu próprio prazer. Eu me abaixei e cuspi na minha roupa. Fiquei chateada ao ver o líquido grudar no meu lindo vestido floral, mas respirei aliviada por ele estar do avesso, e eu não precisar ir para casa com a roupa manchada.

– Isso... foi demais – disse ele ao se afundar na cama. Eu corei de felicidade e orgulho. Era boa no boquete. Foda-se você, James Martell. Eu era *boa* nisso. Tinha talento, capacidade e, meu Deus, eu havia vencido o medo! Eu era uma mulher como qualquer outra, eu era Chaka Khan e estava eufórica.

– Que bom que gostou – falei com ar maroto e me deitei ao seu lado. Eu não sabia o que vinha a seguir. Eu nunca havia feito um boquete bem-sucedido. Esperava que ele gastasse alguns minutos dizendo como tinha sido bom, para que eu esquecesse o gosto salgado e estranho na boca e não ficasse triste por causa do vestido. Ele não agradeceu, mas, em vez disso, se debruçou em mim e me beijou. Pensei no sabor salgadinho que estava passando para a boca dele e ri durante o beijo.

– O que foi? – murmurou ele.

– Ah, nada – respondi rapidamente, e comecei a beijá-lo com mais paixão, comprimindo meus seios contra ele de novo. Minha falsa segurança não teve o efeito desejado, porque ele parou e bocejou.

– Caralho, estou exausto – disse ele, e, antes que eu percebesse, ele havia fechado os olhos e adormecido.

Deitei-me em silêncio. Queria um copo de água, mas não consegui vestir a roupa suja ou quis arriscar um encontro com um de seus colegas de apartamento. Fechei os olhos e tentei dormir, mas revivi a noite toda. Sorri feito boba para mim mesma, sentindo uma felicidade libertadora por ter feito um boquete de verdade, e deixado um cara exausto. Eu não era uma pessoa fracassada. Eu era normal.

OBS. em 'Vai Rolar Sangue' de EK

Para todas as garotas que não ligam para sexo durante a menstruação – especialmente se são virgens e não gostam da ideia de acrescentar sangue a uma situação já delicada –, tentem não se sentir estranhas em contar para o cara que estão sangrando lá embaixo.
– Estou menstruada – é uma coisa normal de se dizer. Ficar com vergonha e dizer que está no seu período feminino, ou apenas que "está" ou ainda que "está naqueles dias", só irá confundi-lo. Sim, estou falando aqui de experiência própria e recente.

CAPÍTULO VINTE E DOIS

Pela manhã, eu sabia que precisava tirar meu absorvente ou ia adquirir a síndrome do choque tóxico e morrer jovem. Eu também sabia que não tinha outro absorvente na bolsa.

Sentei no vaso sanitário, pensando no que fazer. Eu usava um dos casacos dele, e normalmente teria agarrado a oportunidade de me sentir sexy como uma heroína de comédia romântica com as pernas de fora, mas eu estava preocupada demais. Abri todas as gavetas do banheiro, porque sabia que ele tinha uma colega de apartamento, mas a vaca não havia deixado um único absorvente largado por aí.

Ouvi uma batida na porta e eu paralisei.

– Hum, quem é? – perguntei.

– É a Cat. Preciso ir trabalhar. Você vai demorar? – disse uma voz feminina e impaciente.

Ai, meu Deus, era ela – a colega de apartamento. Eu ignorei a sutil irritação que corria pelas minhas veias pelo fato de ela dizer que eu estava demorando. Dei descarga, puxei o casaco para cobrir minha calcinha e abri a porta. Tinha cabelos curtos e escuros, um piercing no nariz e parecia irritada.

– Oi... desculpe – falei. – Hum, sou... uma amiga do Jack e estava pensando se, talvez, você teria um absorvente que eu pudesse usar.

Ela me olhou com um sorriso falso, e inclinou a cabeça.

— Ah, que pena, não tenho. Uso coletor menstrual — respondeu ela e passou por mim para entrar no banheiro.

Fiquei ali em pé em silêncio, paralisada. Coletor menstrual? O que diabos era isso? E agora ela estava no banheiro e não tinha me dado tempo de colocar papel higiênico na calcinha. Subi devagar de volta e, quando abri a porta, Jack estava acordado.

— O que foi? — Ele bocejou.

— O que é um coletor menstrual? — perguntei.

Ele piscou devagar e se sentou.

— Que merda é essa?

— Exatamente! — respondi e me sentei ao seu lado, confusa demais para evitar falar de menstruação com ele. — Eu perguntei a sua colega de apartamento, a Cat, se tinha absorventes e ela disse que usava coletor menstrual.

— E que diabos é isso? — perguntou ele.

Ele realmente não era dos mais brilhantes pela manhã.

— Isso é o que eu quero saber — respondi.

Ele se esticou para pegar seu celular.

— O que está fazendo? — eu quis saber.

— Algo que, com sorte, não vou me arrepender de ter feito — disse ele, enquanto digitava no celular. — Estou pesquisando.

— Ah, sim — respondi e me aconcheguei para olhar seu visor por cima do ombro dele. Isso era *tãaaao* casalzinho da nossa parte. Sorri de novo enquanto esperava que seu celular carregasse. Nós dois soltamos gemidos de nojo quando a página da Wikipédia carregou. Um coletor menstrual era um copo de plástico reutilizável que as garotas colocavam na vagina para recolher o sangue e depois lavar. Era bom para o meio ambiente.

— Ai, meu Deus, que nojento! — gritei.

— Porra — disse ele, balançando a cabeça devagar. — Isso está errado. Ele levantou-se e me olhou, puxando-me para perto. — Graças a Deus você não usa essa merda.

Em seguida, ele me beijou e me abraçou. Sorri feliz e afundei em seus braços.

...

Sentei no ônibus com papel higiênico na calcinha, mexendo as pernas desconfortavelmente. Estava sentada no 179 para voltar à Tottenham Court Road, e estava engarrafado. Estava ainda muito distante de Camden e da garota que eu costumava ser. Tudo bem, eu ainda era virgem, mas finalmente alguém que podia fazer sexo oral sem medo. Eu havia compartilhado um presente oral com um cara que estava prestes a se tornar o meu namorado.

A lembrança do convite de Jack para sair era o suficiente para me fazer esquecer os papéis na calcinha e do gozo seco coçando nas minhas costas. Ouvia o meu iPod e mascava um chiclete que acabara de comprar. Quis mandar uma mensagem para a Lara para contar as boas-novas, mas isso ainda não era uma opção, então decidi mandar a mensagem para Paul em vez disso. Afinal, ele tinha sido meu colega na classe do boquete.

Mandei uma mensagem para ele: Acabei de dar a um homem o maior presente de sua vida e estou usando sua felicidade ressecada no lado de dentro do meu vestido.

Ele respondeu de imediato, dizendo: Parabéns!! Tenho um encontro hoje à noite e talvez faça o mesmo. Você vai ter que compartilhar suas dicas comigo logo.

Sorri e mandei a mesma mensagem para Emma. Recebi a resposta quando estava trocando de ônibus.

Uau! Posso te visitar para saber dos detalhes sórdidos? Não aguento mais fazer revisão.

Sim. Estou a caminho de Camden e, com certeza, não farei trabalho ou revisão hoje. Traga lanchinho.

Fechei os olhos e me encostei na janela do ônibus. Jack tinha sido tão doce pela manhã. Ele fez café em sua máquina de fazer latte, que não tinha nada de vintage, e quase não parou de me beijar. Eu usei sua escova de dentes e enfiei toneladas de papel higiênico na calcinha quando Cat saiu para trabalhar, e ficamos uma hora sentados na cozinha, conversando. Adorei ele não ter me achado esquisita por eu ter falado do coletor menstrual. Nós tínhamos algo em comum, e já tínhamos planos para a semana seguinte. A menstruação já teria acabado até lá e poderíamos consumar nosso relacionamento. Sorri sonolenta de empolgação e passei o resto da viagem fingindo que estava nos braços dele.

...

Emma me deu uma cotovelada enquanto puxava as cobertas sobre nossas pernas.

— Chega para lá — disse ela, obrigando-me a rolar pela cama para dar espaço. Bocejei, feliz por ter uma tarde de preguiça. Já estávamos na metade dos pacotes de chocolate *Mini Bites* e *Rocky Roads* que Emma havia trazido.

— Isso é tão gostoso — falei de boca cheia. — Obrigada por... — Eu ia continuar, mas migalhas de chocolate voaram da minha boca e Emma me deu um tapa, enojada.

— Ellie, você é nojenta! Mas, sim, isso é ótimo. Eu estou precisando demais de chocolate. Estou tão cansada.

— Isso por acaso quer dizer que seu encontro com o Sr. Garçom correu bem? — perguntei, arqueando as sobrancelhas. Ela corou e ficou calada. Eu estava espantada. — Ai, meu Deus, Emma, você gosta dele de verdade?

— Talvez — respondeu ela. — Tudo bem, nós nos divertimos muito. E, nossa, ele tem muito talento lá embaixo... mas também é um cara bem bacana.

— Isso é incrível, Em! Estou tão feliz por você! — exclamei, deixando escapar mais migalhas de chocolate da boca. — Merda, desculpe — emendei, limpando as migalhas do seu agasalho.

Ela revirou os olhos para mim e, colocando a mão no tubo plástico, tirou mais dois *Mini Bites*.

— Ele é um cara bacana de verdade — explicou ela. — Tudo bem, ele demorou para me mandar uma mensagem, mas disse que estava terminando um rolo com outra garota. Ele não traiu a outra menina ou me sacaneou — ela disse e eu assenti, como se isso acontecesse sempre comigo. Ela continuou: — Acho que é porque ele é um pouco mais velho, tem trinta anos. Chama-se Sergio e está fazendo um curso em escrita criativa enquanto trabalha no bar. Ele veio da Espanha, e mora aqui há uns seis anos. Eu já o encontrei algumas vezes. Além disso, ele é gostoso e tem mais de um metro e oitenta. Você sabe como eu *amo* homens altos.

— Eu também — falei pensativa, imaginando como Jack ficaria ótimo se tivesse mais alguns centímetros além de seus um metro e setenta padrão. — O que fizeram no encontro?

— Fomos a um bar em Bloomsbury, ficamos bêbados, e ele até pagou algumas das minhas bebidas, o que ele não precisava mesmo ter feito. Mas... — prosseguiu ela, com o seu sorriso malicioso. — A diversão só começou quando voltamos para o apartamento dele, em Brixton.

Eu me deitei na cama, empurrando a caixa dos biscoitos para longe.

— Certo, estou pronta para a história começar de verdade — falei, enroscando-me na coberta e bocejando. — História para dormir, por favor.

— História na cama seria mais correto, considerando que passamos a maior parte do tempo nela, sobre ela e em volta dela...

Eu ri.

— Por que isso não me surpreende? Por favor, comece do início. Eu quero um relato passo a passo.

— Caramba. Que mandona você, hein? — Ela deu uma parada e colocou mais chocolate na boca. — Então, entramos no apartamento dele e nos agarramos muito. Fomos para o quarto, que era *realmente* uma graça. Ele tem uma cama imensa com almofadas confortáveis e uma parede esquisita de vidro entre o quarto e o banheiro. Ele mora com um cara sul-americano, que foi gentil. — Ela provavelmente deve ter me escutado bocejar novamente, porque disse: — Ellie, foi você quem pediu. Achei que você queria todos os detalhes. Eu fiquei ouvindo você falar do pênis de Jack pela última meia hora.

— Mas eu não falei da decoração do apartamento dele.

Ela revirou os olhos para mim.

— Então, *enfim*, estávamos nos conhecendo melhor, sentamos um pouco na cama, até que ele tirou meu vestido pela cabeça e a diversão de verdade começou. Foi simplesmente incrível. O corpo dele não é tão perfeito quanto o do último espanhol, mas seu pênis é *enorme* e, meu Deus, ele sabe usá-lo.

Arregalei os olhos e prestei bastante atenção, paralisada como se alguém estivesse me dizendo os números premiados da loteria.

— Eu estava tão eufórica que tudo passou muito rápido, mas me lembro de ele me empurrando contra a parede de vidro e me penetrando em todas as posições imagináveis. E ele segurou por muuuito tempo, foi incrível, mas... tivemos um pequeno problema — ela acrescentou. — Estou *tão* dolorida agora...

— Por quê? Pelo sexo? — perguntei, parecendo boba.

— É. O pênis dele era tão grande que me machucou de verdade e isso nunca tinha me acontecido. Foi como perder a virgindade de novo. Chegou a ser *agoniante* em alguns momentos. Não estou acostumada a sair com um cara tão bem-dotado. Cheguei a ter que pedi-lo para ir mais devagar às vezes, e olha que não sou o tipo de garota delicada.

Eu desejei já ter perdido a virgindade com Jack para sentir mais empatia ou, pelo menos, ter uma ideia de como responder a comentários como esse.

— Não dá para treinar? – perguntei. – É assim que você se acostuma?

— É, acho que sim – ela suspirou. — Foi um pouco constrangedor ter que pedir a ele para ir mais devagar. Especialmente porque ele é tão fantástico na cama. Mas eu concordo com as sessões de treinamento...

— Aposto que ele também. Não imagino um cara ofendido porque você o achou grande demais. Esse não é o melhor elogio de todos? Agora ele vai fazer sexo com você o tempo todo para que sua vagina se ajuste ao tamanho dele. Parece ideal.

Ela riu.

— Isso é que é uma solução bem otimista para o problema, mas você está certa. – Ela corou. – Eu vou vê-lo novamente hoje à noite, então acho que poderemos treinar.

Senti uma pontada de inveja, mas lembrei que eu tinha Jack, e era isso o que significava ser solteira: os encontros e compartilhar histórias com as amigas. E isso não acabaria porque Emma estava saindo com Sergio agora.

— Em, isso é fantástico. Mas vamos falar sério. Vocês estão começando um relacionamento? – perguntei.

— Nem vem – retrucou ela. – Claro que não. Ele é ótimo, mas é cedo demais para isso. Além disso, eu estou me divertindo muito como solteira. Por que eu pararia agora?

CAPÍTULO VINTE E TRÊS

Quando Emma saiu para encontrar Sergio, eu ainda estava deitada na cama, na mesma posição. Troquei os chocolates por feijão na torrada, e agora estava com um prato vazio ao meu lado enquanto assistia a séries de TV no meu laptop. Estava assistindo a um episódio especialmente chato de *Gossip Girl* quando a história de Emma voltou a minha mente. Comecei a ficar com certo medo da dor que eu sentiria quando saísse do time das virgens. Agora que parecia haver uma possibilidade real com Jack, eu precisava me entender com a dor que viria em breve.

Organizei meus pensamentos em uma lista imaginária.

1. Ele já sabia que eu era virgem. Isso era bom porque significava que ele seria cuidadoso em vez de vir com toda força.

2. Quase todo mundo já havia perdido a virgindade. Não devia doer tanto assim, não é?

3. A questão do sangue. E se eu sangrasse nos lençóis? Seria *tão* vergonhoso. Eu não saberia superar isso.

4. Andar a cavalo! Isso faz o hímen se romper. Se eu cavalgasse, poderia romper o meu hímen, e, então, o sexo não doeria, e eu não sangraria por aí. Eu poderia pular logo para a parte divertida.

5. Onde diabos eu andaria a cavalo no centro de Londres?

6. Talvez eu não precisasse cavalgar para romper meu hímen. Será que eu conseguiria fazer isso sozinha? Eu podia me penetrar...

7. Eu devia ter comprado um vibrador normal em vez de um pequenininho. Ou um rabbit selvagem. Estava claro que eu teria que perder a virgindade para algum treco de plástico, e era agora ou nunca.

Com um sorriso determinado, fui até o banheiro e comecei a preparar um banho. Eu precisava fazer isso em um local de temperatura morna onde pudesse deitar e, como eu ainda estava menstruada, era mais indicado fazer isso na água do que nos meus lençóis brancos. E precisava ser logo, ou eu não pararia de pensar a respeito. Em vez de um vibrador, eu usaria o que encontrasse, e repetiria a semana toda, enquanto eu e Jack não fizéssemos sexo. Na hora H, minha abertura estaria do tamanho necessário.

Enquanto a banheira enchia, procurei alguma coisa que servisse para o propósito no quarto. Considerei e descartei o cabo da escova de cabelos (muito grosso) e tubos de rímel (finos demais). Considerei brevemente a abobrinha na geladeira, mas fiquei assustada com a ideia de me penetrar com um legume.

Fui para o banheiro e olhei todos os meus acessórios. Os vidros de xampu e as garrafas eram grandes demais. Vasculhei o fundo do pequeno armário. Para a minha alegria, achei um kit de banho antigo, que minha tia havia me dado no aniversário de dezoito anos. Eu não me lembrava do kit da Champneys, mas as quatro garrafinhas em branco e rosa de hidratantes e sabonetes líquidos seriam bem úteis. Cada garrafinha tinha uns treze centímetros de altura, e o diâmetro era estranhamente parecido com o do pênis de Jack. Eu estava com sorte.

Triunfante, escolhi a espuma de banho, tirei a roupa e entrei na banheira com água morna. Primeiro, coloquei um pouco da espuma na água, ignorando o fato de que já havia passado três anos da data de fabricação. Um pouco nervosa, ri para mim mesma. A garrafinha parecia bastante intimidadora, três vezes o tamanho de um absorvente interno grande. Respirei fundo e a mergulhei na água. Tentei penetrá-la em mim, mas não consegui. Empurrei-a com mais força e gritei de dor.

Merda. E agora? Eu precisava me excitar para ficar úmida e os lábios relaxarem e se abrirem. Desci os dedos e comecei a brincar com meu clitóris. Fechei os olhos e me imaginei fazendo sexo oral em Jack, como havia sido bom e excitante. Massageei mais depressa. Então, tive uma ideia brilhante. Eu enfiaria alguns dedos na minha vagina e tentaria abri-la um pouco, antes de usar a garrafinha novamente.

Coloquei um dedo, que deslizou com facilidade. A pele tinha uma textura totalmente diferente do resto do meu corpo, quase áspera, morna e úmida. Eca, devia ser um pouco do resíduo da menstruação, pensei. Ignorei a imagem nojenta e continuei. Tirei o dedo, e tentei com dois. Senti um pouco mais apertado dessa vez. Tentei mexê-los na tentativa de alargar um pouco a entrada da minha vagina. Tirei-os, em seguida, e tentei com três dedos. Eu me ajeitei um pouco na banheira e limpei a testa com a outra mão. Era complicado.

Os três dedos juntos não conseguiram ir tão fundo quanto os dois, mas os movimentei de um lado para outro, me contorcendo como uma sereia maluca no banho, e soltei um gritinho quando os empurrei com muita força sem querer. A dor foi absurda e me perguntei se eu tinha conseguido. Será que finalmente havia rompido o meu hímen? Decidi que era o suficiente por agora. Eu repetiria uma vez ao dia até reencontrar Jack, desbravando o meu interior em preparação à perda da virgindade.

Saí do banho, enrolei-me em uma enorme toalha macia e fui para o quarto. Eu ainda estava um pouco dolorida, então andei com cuidado. Coloquei minha camiseta larga do Barack Obama. Andei até a cômoda onde guardo calcinhas e sutiãs e me abaixei para abrir a última gaveta.

Para meu espanto e horror, MINHA VAGINA EXPELIU UM JATO DE ÁGUA NO CHÃO quando me abaixei. Olhei a poça que se alastrava rapidamente pelo tapete verde macio. Não era sangue. Era apenas água.

Gritei.

Não sei quanto tempo fiquei agachada, paralisada de medo em cima da poça. Foi como se eu estivesse grávida e a bolsa se rompesse, como se eu fosse uma Virgem Maria moderna. Grávida sem penetração.

Eu me apoiei na parede, meus pensamentos um pouco mais em ordem. No começo, não entendi por que havia expelido o jato de água. Então, compreendi.

Era água da banheira. Ao abrir minha vagina, a água da banheira penetrou no canal pelo hímen aberto. Era como se fosse esperma. Quando me agachei, a água conseguiu sair. Finalmente entendi como mulheres contrabandeavam drogas nos aviões.

Grandes Esperanças Sexuais

Quando Charles Dickens escreveu sobre o peso que a sociedade impunha aos cavalheiros, ele não fazia a menor ideia de como seria para as garotas, um século mais tarde, quando não existissem mais cavalheiros. Para dormir com um homem hoje em dia, uma garota precisava criar uma performance, porque era isso que ele via em filmes pornôs.

Prova disso? Segue a lista do que homens esperaram de nós e das nossas amigas nos últimos anos.

[Nota: Nós fizemos algumas trocas sutis na escolha das palavras deles]

1. Sem pelos pubianos. Nenhum. Na verdade, nenhum cabelo do pescoço para baixo. *E quanto ao pelinho fino que nasce ao redor dos meus mamilos?*, você perguntaria. Livre-se deles. Não sabemos como, mas faça isso.

2. Muito barulho. Gemer é o ideal e murmurar o nome dele é ponto extra garantido.

3. Sexo selvagem. Dependendo dos papéis de dominador/dominado que esteja vivendo, você deve montá-lo empunhando um laço ou suplicar que ele te pegue por trás.

4. Falar sacanagem. Diga como ele é grande e como você nunca viu nada igual etc.

5. Nada de camisinha, nunca. Comece logo com a pílula. DST? Você vai ter que correr o risco.

6. Faça muito sexo oral e finja que está gostando.

7. Não espere palavras sensíveis ou amorosas. Você está *trepando* – não fazendo amor.

CAPÍTULO VINTE E QUATRO

Jack me mandou uma mensagem naquela tarde. Ele disse o quanto curtiu a noite anterior e que gostaria de me encontrar no domingo seguinte. Exatamente seis dias depois, tempo suficiente para a minha menstruação terminar. Imaginei se ele também fez as contas.

Esperei até o dia seguinte porque queria bancar a difícil. Todos os livros diziam que é o certo, *Sex and the City* adorou abordar o tema. Eu estava prestes a perder a virgindade, apavorada com a possibilidade de fazer besteira nessa história com Jack, então me dispus a seguir todas as regras. Acabei enviando uma resposta casual, dizendo que ficaria feliz em vê-lo no domingo. O texto não era exatamente uma ode de John Keats, mas levei uns vinte minutos para escrevê-lo, com três mudanças na pontuação.

Bancar a difícil deu resultado, porque ele respondeu na mesma hora, dizendo que mal podia esperar e me fez – presta atenção! – não uma, mas *duas* perguntas. Em resumo, ele disse que estava muito ansioso pela minha mensagem. Duas vezes.

Curti minha alegria até lembrar que tinha alguns trabalhos, ou não conseguiria me formar. Isso seria muito pior do que ser um homem de vinte e quatro anos virgem, que acabou de descobrir sobre a própria sexualidade. Pobre Paul. Eu não poderia esquecer de mandar uma mensagem para ele.

...

Paul não só me respondeu como também me ligou. Ele tinha saído com Vladi, um tcheco que estudava economia em Londres, e estava tudo bem. Infelizmente ele não quis entrar em detalhes sobre sua noite – apesar de o presente oral ter acontecido –, mas ficou contente em ouvir minha descrição detalhada do baixo-ventre de Jack. Até que me cortou.

– Ellie, sei que não devo dizer essas coisas porque não sou seu pai, sua mãe ou sua melhor amiga, mas você, hum, pensou em contracepção? – ele gaguejou.

Dei um grito ao telefone.

– Paul! Claro que sim. Tive vinte e um anos para me preparar para isso. Não vou me esquecer da gravidez ou das DSTs.

Ele pareceu aliviado.

– Certo, graças a Deus. Porque, quando você estava falando sobre, hum, seu presente oral, você não falou nada sobre ter colocado uma camisinha no... sabe, achei que você devia.

Fiz uma pausa. Ninguém coloca camisinha num cara antes de fazer um boquete, certo? Quer dizer, eu poderia pegar herpes labial, mas o pênis do Jack não tinha herpes. Então estava tudo bem, certo?

– Bem, não. Não coloquei – respondi, incerta. – Mas você sabia que a maioria das pessoas não faz isso?

– É, eu sei. Mas isso significa que um monte de gente acaba com doenças e não quero que você seja uma delas.

– Agradeço a preocupação, mas estou bem por enquanto – eu o assegurei. – E prometo que me protegerei quando ele chegar na cereja do bolo.

– Tudo bem, desde que você...

– Ai, meu Deus, e você também! – acrescentei rapidamente.

– Se você pegar Aids, eu vou literalmente morrer. Serei como aquelas pessoas que pegam doenças imaginárias e terei todos os sintomas imitando os seus.

Foi a vez dele de rir.

– Certo, terei cuidado também. Desculpe, mas achei que devia dizer coisas para você porque estamos na mesma situação.

– Não se desculpe! Eu amo o fato de que temos tanto em comum, como a virgindade, e que podemos falar abertamente sobre isso.

– É, eu também. Eu não esperava por essa amizade, mas estou feliz que tenha acontecido. Mesmo que tenha começado de uma maneira tão estranha...

– Hum, aquilo nunca aconteceu. Lembra? – falei. – Enfim, eu já te disse que minha mãe tem certeza de que estamos saindo juntos?

– Sim, sobre isso... – ele falou, tímido.

– Paul, o que você fez?

– Eu disse a minha mãe que vi você na sexta-feira e ela ficou toda animada... Neguei tudo, eu juro, mas ela não acreditou em mim e isso provavelmente é minha culpa.

Suspirei.

– Bom, ao menos minha mãe está sendo mais legal comigo agora. Mas vai ser complicado para os seus pais quando eles descobrirem que você é gay.

– Se isso acontecer algum dia – ele respondeu com um suspiro.

– Enfim, foi bom conversar com você, Ellie. Vou sair agora, mas nós nos falamos. Espero que corra tudo bem com Jack.

– Obrigada, Paul. Desejo o mesmo para você e Vladi!

Desliguei e voltei ao trabalho. Eu encontraria Emma na biblioteca naquela tarde para estudar e jantaríamos juntas depois, mas o trabalho final não estava indo nada bem. Além disso, agora eu tinha coisas mais urgentes para pensar. Claro que havia pensado em contracepção. Eu não queria ter uma de bolsa de água rompendo de verdade em um momento próximo, nem queria, de jeito nenhum, ter gonorreia ou protuberâncias na minha preciosa vagina. Sempre achei que eu tomaria pílula, mas, para isso, eu teria que voltar na Dra. E. Bowers. Tive um arrepio só de pensar.

A pílula poderia esperar um pouco. Sem dúvida, era um contraceptivo para quem namora, e mesmo que Jack e eu estivéssemos indo devagar, mas seguindo bem em nosso relacionamento, parecia um tanto prematuro.

Camisinhas seriam o suficiente. Eu estava animada com a ideia de usar uma. No Ensino Médio, passamos anos aprendendo a colocá-las em pênis de plástico, mas eu nunca tive oportunidade de testar essa habilidade. Parecia um rito de passagem pelo qual eu precisava passar, e eu logo seria uma dessas garotas sagazes que carregam uma camisinha na carteira. A promessa feita depois da visita ao consultório da Gower Street se tornaria realidade. Eu colocaria uma camisinha em um pênis de verdade, que me penetraria, e eu *nunca* mais seria uma virgem.

Então, percebi que eu só tinha o preservativo que deram gratuitamente na semana dos calouros. Droga. Por que não peguei alguns do chão do consultório, quando estava cercada por eles, há algumas semanas? Era muito arriscado ter apenas uma, no caso de furar (e, uma vez que eu começasse, tinha planos de fazer tanto sexo com Jack quanto possível). Também não podia deixar apenas por conta dele. E se transássemos no meu apartamento e ele não trouxesse camisinhas? Era mais seguro criar coragem e ir até a farmácia para comprar algumas. Graças a Deus aqui não era Guildford, onde alguém certamente me veria e contaria para minha mãe. Aqui eu poderia ir à farmácia, apenas mais uma estudante anônima que fazia sexo seguro, e ninguém ia saber.

...

Algumas horas depois, eu estava pronta para ir. Havia pensado muito no que vestir. Tinha que ser sutil, mas não tanto como se comprasse preservativos todos os dias. Eu queria que alardeasse que

A Garota da Casa ao Lado encontrava *Ninguém Segura Essa Garota*. No fim das contas, eu resolvi vestir meia-calça preta, uma saia preta e um suéter creme com gola alta. Parecia que estava a caminho de uma entrevista de emprego.

Desci a Camden High Street até a farmácia, onde rapidamente achei o corredor que queria. Não era fácil de ignorar. Havia incontáveis prateleiras de produtos para planejamento familiar olhando para mim. Assustada, descobri quantos tipos de acessórios estavam disponíveis numa drogaria de bairro. Claro que todos esses lubrificantes deveriam apenas existir nas lojas escuras do Soho.

Dei uma olhada nos preservativos disponíveis, tentando parecer tranquila enquanto lia as embalagens. *Sensitive*... Jesus, o que isso queria dizer? Reforçada para prazer prolongado? Olhei confusa para as opções diante de mim e decidi escolher por eliminação. Coloridas não eram a minha praia. As com sabor pareciam um pouco demais. Reforçada acrescentaria espessura ao pênis e, com isso, aumentaria o desconforto, não o prazer. Terminei por escolher as mais finas. Parecia que, com sorte, eu praticamente não as sentiria.

Eu estava a ponto de pegar a embalagem quando me dei conta de que havia tamanhos diferentes. Ah, Deus. Como diabos eu ia conseguir comprar o tamanho certo? Primeiro, não tinha a menor ideia de qual seria o tamanho de Jack, e, segundo, mesmo que eu acertasse, será que ele não se ofenderia não importa o tamanho que eu comprasse? Jack provavelmente não era tamanho G, porque o pênis de James Martell era maior do que o dele, mas escolher P parecia ofensivo. Respirei fundo e decidi que a única solução possível era comprar o M. Por que não podiam fazer como nos gorros de lã? Tamanho único.

Peguei a embalagem e olhei o preço. Nove e cinquenta?! Por um pacotinho? Essas tinham que ser as camisinhas mais caras que existiam. Ia me custar quase dez libras para perder a virgindade.

Eu podia preparar um jantar para dois do M&S com esse dinheiro *e* ainda ganhar uma garrafa de vinho. Talvez a loja tivesse um genérico? Com ânimo renovado, procurei pelas prateleiras, mas, para meu desapontamento, as únicas que achei eram apenas uma libra mais baratas.

Resignada com a realidade cara do sexo, levei os preservativos para o balcão. Se eles pensavam em um jantar promocional, você imaginaria que eles, pelo menos, considerariam uma promoção para sexo também. Eu não me importaria de pagar dez libras se ganhasse uma seleção de camisinhas diferentes, com um frasco de lubrificante grátis talvez. Registrei mentalmente que precisava descobrir para que servia o lubrificante e se eu ia precisar de algum.

Eu coloquei a embalagem na esteira e o caixa me olhou de cima a baixo. Ele tinha uns cinquenta anos, era indiano, e balançou a cabeça enquanto cruzei os braços e esperei que me desafiasse.

— Nove e cinquenta, por favor, senhora — disse ele em um sotaque indiano bem forte. Oh, eu era *senhora*. Claro que as minhas roupas estavam provocando o efeito desejado.

Entreguei o cartão, sentindo-me bem-sucedida e no direito de estar ali. Teclei a senha, triste por ser os quatro primeiros números da data de aniversário de Lara, e esperei a transação ser processada.

O caixa suspirou e olhou para mim numa expressão de... nojo? Jesus, por que isso parecia tão ruim? Comprar preservativos era o que jovens adultos responsáveis deviam fazer.

— Sim? — perguntei, colocando as mãos no quadril. — Algum problema?

— Seu cartão foi recusado.

Merda. Era dia de pagar aluguel e meu dinheiro só entraria na semana seguinte, então minha conta estava zerada. Senti o rubor se espalhar pelo rosto na velocidade da vergonha.

— Ah, claro, desculpe — murmurei.

Uma fila havia se formado atrás de mim e as pessoas começavam a bisbilhotar curiosas. Eu sabia que devia deixar os preservativos ali e voltar mais tarde, mas eu precisaria deles no domingo e não sabia se aguentaria outro dia como esse. Abri minha carteira e comecei a procurar por trocados.

– Então você ainda quer os preservativos? – perguntou ele no seu sotaque carregado.

– Hum, preciso de um minuto, desculpe – falei o mais baixo que pude, puxando uma nota de cinco libras e moedas da minha carteira. Eu consegui nove libras e trinta dos trocados, mas faltavam vinte centavos. Ai, meu Deus.

– Vai precisar de mais vinte centavos para comprar os preservativos, senhora. Pode ser que haja uma embalagem menor um pouco mais barata.

– Não, não tem – respondi entre dentes. Abri a bolsa e comecei a remexer para ver se achava mais alguma moedinha. Eu começava a transpirar. – Achei! – falei triunfante ao entregar uma moeda de libra. Cacete...

– É um euro – afirmou ele.

Por favor, Deus, me dá uma folga aqui, rezei, enquanto as pessoas na fila atrás de mim começavam a bater os pés com impaciência. Um senhor atrás de mim deu um passo à frente.

– Aqui, toma – disse ele ao caixa, e entregou a moeda que faltava.

Virei para olhar o meu salvador e senti repulsa ao ver o pensionista dar uma *piscadinha*.

– Obrigada – sussurrei e peguei a sacolinha da mão do caixa, depois saí correndo dali. Fui apressada até a Camden High Street. Assim que essas camisinhas acabarem, eu pulo direto para a pílula.

CAPÍTULO VINTE E CINCO

Eu me olhei no espelho e me segurei nas bordas da pia de porcelana.
— Ellie — falei em voz alta. — Hoje você vai virar uma mulher.
Era domingo, 20 de maio de 2013. Eu estava pronta para perder a virgindade e entrar na próxima fase da minha vida adulta. Britney Spears cantava "Não sou mais uma menina, e ainda não sou uma mulher" e as palavras me soaram verdadeiras como nunca. Eu era como um menino de alguma tribo africana, preparada para matar meu primeiro leão. Eu era como a menina judia que sempre quis ser, pronta para completar meu Bat Mitzvah com um toque retrô. O meu Vinho Virginal 1992 envelhecera lindamente e eu estava a ponto de deixar Jack sacar a rolha.

Eu estava pronta para retirar esse pedacinho da minha vida. A depilação cavada tinha milagrosamente durado — com a ajuda da pinça e algumas horas de dedicação. Minha roupa era uma obra de arte. Eu tinha finalmente decidido me aceitar e deixar de tentar ser alguém diferente. Estava usando a minha querida jeans skinny preta e um par de botas novas de salto. Eram de camurça preta, compradas com o fundo de emergência financeira da Sra. Kolstakis, e me faziam sentir sexy. Minha blusa era simples. Preta, porque tinha dado certo para Sandy em *Grease — Nos tempos da brilhantina*, e escorregava fácil pela minha cabeça, então não ficaríamos presos enquanto tirássemos a roupa. Meus cabelos estavam lavados, balançando atrás de mim quando eu andava, e meus lábios estavam hidratados com brilho cor-de-rosa. Eu nem precisei de um discurso diante do espelho para admitir que estava linda. Eu sabia que estava.

Sorri para mim mesma, percebendo o quanto havia crescido nas últimas semanas. Eu, Ellie Kolstakis, não odiava mais olhar no espelho. Estava finalmente deixando a minha angústia adolescente para trás, e desabrochando como mulher.

Desci a rua de bem com a vida. Nada podia deixar a noite melhor, a não ser um telefonema de emergência de Lara para conversar. Mas ela ainda estava estranha e não havia mandado mensagem, então eu ia:

1. Seguir com a minha vida

2. Agradecer pelos poucos amigos que ainda falavam comigo, e...

3. Ter a noite mais importante da minha vida adulta com Jack.

Ele estava sentado no pub, esperando por mim. Usava jeans cinza-escuro, uma camiseta branca e um agasalho azul-escuro. Dei um enorme suspiro de alívio carregado de desejo. Quando entrei, o rosto dele se iluminou, e ele ficou de pé para me abraçar.

– Ellie, oi – disse ele, me dando um beijo. Foi só um selinho, mas foi grandioso para mim. Eu era finalmente uma dessas garotas que "estão saindo com alguém" e são cumprimentadas com beijos. Na boca. Em público.

Sentei, radiante. Peguei o copo de vinho que ele já havia comprado para mim. Uma enorme distância de quando ele contou moedas em nosso primeiro encontro.

Ele deve estar mesmo se apaixonando por mim. Dei um gole agradecida e ouvi Jack começar a prestar contas de sua semana.

– Eu estava muito ansioso por esse encontro – anunciou ele ao sentar no sofá gasto. – Estou tão de saco cheio do meu trabalho.

São todos tão pretensiosos às vezes, e ficam dizendo que são os "mais inovadores", que são de vanguarda, mas, no final das contas, eles são iguais às pessoas de qualquer empresa.

– Tanto quanto você? – impliquei sorrindo para que ele soubesse que era brincadeira.

– Ha ha, Ellie – respondeu ele, cutucando-me de volta. – Se acha que eu sou pretensioso, precisa conhecer esses caras.

– Ah, não, eu não suportaria – respondi, fingindo que estava doendo. – Já é bem ruim estar com *um* de vocês.

– Sei, sei, você adora a minha companhia. Ninguém mais é tão irritante ou charmoso quanto eu.

Desatei a rir.

– Cara, será que dá para ser mais arrogante ou iludido?

Por que o chamei de "cara"? Eu o estava levando para sua zona de conforto.

Ele riu.

– Somos todos iludidos, Ellie. Você já leu alguma coisa de Camus?

– Hum, claro – disse esperançosa, batendo os cílios para ele.

– Ellie, você está batendo os cílios para mim? – perguntou ele curioso.

– Oh, não! – Dei um gritinho agudo, envergonhada por ter sido pega em flagrante. Garotos não deviam comentar estas coisas. Eles deviam apenas notar. Talvez eu tivesse feito errado.

– Ok. – Ele sorriu. – Eu me enganei. Apesar de que podia jurar que tinha sido um bater de cílios de respeito.

Mordi o lábio inferior enquanto corava. Ele sorriu para mim, e se inclinou para me dar outro beijo. Eu o beijei de volta, surpresa, e tentei não perder a calma. Estava superexcitada e igualmente aterrorizada. Eu só queria que nosso encontro no bar acabasse logo para que eu pudesse parar de flertar tão descaradamente e ir para casa para ele transar comigo.

Ele parecia ler a minha mente.

– Então, o que você acha de terminarmos nossos drinques depressa e irmos para o seu apartamento?

Eu me sobressaltei. Não achei que ia soar estranho em voz alta. Ele viu minha expressão e continuou.

– Claro que não era isso que eu queria dizer. De verdade, tenho uma surpresa para você e gostaria de lhe mostrar. Ai, caramba, isso também não soou direito. Eu juro que não sou um canalha e há uma boa razão para eu querer ir ao seu apartamento. – Ele sorriu. – E há também outras razões menos...

Sorri.

– Quem diria que você é tão romântico? – perguntei, imaginando o que ele poderia ter consigo que quisesse me mostrar.

Ele me deu outro beijo nos lábios.

– Eu sou tão romântico que vou pagar um táxi para nos levar até lá.

Olhei para ele fingindo espanto.

– Meu Deus! Você vai pagar um táxi para nos levar o caminho todo até lá? Você está me surpreendendo cada vez mais a cada frase.

Terminamos nossas bebidas, flertando descaradamente, antes de finalmente sairmos. Tentamos pegar um táxi, mas todos os motoristas rejeitaram nos levar quando expliquei que era uma corrida curta rua acima. Acabamos andando até o meu apartamento, rindo o caminho todo. Nervosa, eu o deixei entrar no prédio e subimos as escadas. Não consegui me lembrar de nenhuma ocasião em que meu coração batesse tão forte, e desejei que tivéssemos ficado no pub um pouco mais. Eu ainda estava sóbria demais para perder a virgindade.

Quando chegamos, sentamos na minha cama.

– Então, qual surpresa você trouxe para mim? – perguntei.

– Você não perde tempo, hein? – disse ele, abrindo sua bolsa de lona e puxando uma garrafa de vinho. – Trouxe um Beaujolais para nós, e...

Eu me debrucei curiosa quando ele puxou uma pilha de papéis. Fiz uma careta confusa enquanto ele a entregava para mim.

– Hum, você trouxe umas folhas amassadas? – perguntei. Estavam cobertas por palavras escritas à máquina.

– Minha obra – disse ele muito orgulhoso. – Finalmente terminei meus contos e queria muito sua opinião sobre eles. Você é a única pessoa em quem confio, e não posso esperar pelos seus comentários.

Fiquei emocionada.

– Jack. Que gentil. Eu vou ler agora mesmo.

– Acho que pode esperar até amanhã. – Ele sorriu. – Agora, vamos pegar uns copos e abrir esse vinho.

Sorrindo, peguei canecas limpas e servi com generosidade. Esperava que não estivesse óbvio que ainda estava tensa. Eu deixaria de ser virgem essa noite. Respirei fundo e me lembrei de quando passei no exame de habilitação. Estava muito nervosa, mas já havia feito três vezes e era capaz de fazer aquela vez também. Se eu conseguia controlar o volante, também conseguiria deixar que alguém me penetrasse. Jack apoiou sua caneca vazia e começou a me beijar de novo. Era isso, estávamos na quinta marcha e íamos até o fim.

Eu o segurei lentamente, tentando aproveitar cada segundo da noite mais importante da minha vida. Ele estava deitado por cima de mim, beijando-me e passeando as mãos pelo meu corpo. Sentamos juntos, nossos corpos em movimentos sincronizados. Ele puxou minha blusa pela cabeça e me parabenizei por ter escolhido a roupa certa para a ocasião. Tirei a camiseta dele, imitando-o. Ele abriu meu sutiã e percebi que não tinha mais como imitá-lo.

Cada um abriu a própria calça e a tirou. Fiquei só de calcinha de renda preta. Jack tirou a cueca, e seu pênis ereto me encarou, orgulhoso em sua nudez rosada.

Ele se recostou e pude sentir seu olhar absorver a minha nudez. Era a primeira vez que olhava a minha plenitude. Preocupada, olhei para o meu bigodinho de Hitler para ver como ele estava diante de tal inspeção. Tentei mantê-lo, ainda que deixando crescer um pouco, para que ficasse mais espesso e maior, mas as linhas já não estavam tão retas como ficaram quando Yasmim as desenhou. Eu o observei para ver se ele havia reparado. Ele analisava meu bigodinho como quem avalia um problema de álgebra.

— O que foi? — perguntei com a voz tensa, desesperadamente não querendo ouvir a resposta.

— Ah, nada — disse ele. — Eu só não esperava que seus pelos pubianos fossem assim.

Ele estava de brincadeira?

Por que esse tipo de coisa SEMPRE acontecia comigo?! E o que HAVIA DE ERRADO COM O MEU BIGODINHO?

— Hum, como assim? — Minha voz saiu distorcida e esganiçada.

— Sei lá, sempre achei que você fosse do tipo natural. Não pensei que você curtisse... isso — disse ele, indicando na direção da minha vagina.

Olhei para ele incrédula.

— É chamada de depilação *cavada* — expliquei. — Bem, uma cavada do tipo Playboy. Mas essa não é a questão. Todo mundo se depila.

— Eu não achei que você fosse o tipo de pessoa que fazia o que todo mundo faz.

Ele estava de sacanagem?! Como é que fui ficar com o único cara em Londres que preferia garotas ao natural? Suspirei envergonhada e decepcionada, imaginando se algum dia um cara veria o meu corpo nu sem sentir necessidade de comentar a minha situação pubiana.

Jack não reparou que minhas bochechas não estavam mais coradas de desejo, mas de vergonha. Ele escorregou a mão pelo bigodinho como se nada tivesse acontecido. Eu arfei e esqueci meu eterno dilema pubiano. Ele se debruçou e continuou me beijando, enquanto seus dedos deslizavam pela minha vagina.

Não foi tão bom como era quando eu me tocava, mas foi o suficiente para me deixar tão úmida que pensei que pingaria na colcha. Corri os dedos pelas suas costas, explorando as pequenas verrugas, evitando os pelos que se acumulavam na base da coluna e desciam pelas nádegas. Enquanto seus dedos se familiarizavam com a minha feminilidade, comecei a roçar minha mão em seu pênis. Ele gemeu de prazer e eu reluzi de orgulho. Estava ficando boa nisso.

Estávamos sentados e nos beijando, as minhas costas contra o encosto da cama. Ele começou a deslizar na cama. Eu congelei apavorada. Ele ia me chupar. Ele afastou as minhas pernas e abriu meus lábios. Em seguida, colocou sua cabeça ali, bem na minha vagina, com seu nariz sentindo os cheiros, e começou a me lamber.

Estava tensa demais para curtir. Ele estava mais perto das minhas partes íntimas do que eu jamais estaria. Isso era o mais íntimo que alguém já esteve comigo, e eu odiei. Ele lambeu meu clitóris e em volta dele, mas o movimento sereno de sua língua em nada parecia a bala vibradora que eu havia usado.

Isso não me faria gozar. Pedi a Deus para que ele não estivesse planejando ficar ali até que eu gozasse.

Eu continuei deitada em silêncio. Será que deveria dar alguma resposta? Deveria fazer ruídos?

– Mmmm – murmurei. Que diabos foi isso? Soou como se tivesse a boca cheia de crème brûlée.

Não deu para aguentar. Eu o puxei pelos ombros, e ele parou, confuso.

– O que foi? – ele perguntou. – Não está gostando?

– Ah, não, é claro que estou! – menti. – É incrível. Eu achei que... você talvez não queira ficar muito tempo por aí...

— Não, eu adoro lamber as garotas — ele explicou impassível enquanto olhava nos meus olhos. Cacete. — Eu quero fazer você gozar. E depois eu quero estar dentro de você e gozar.

Engoli em seco. Isso era bem direto. Ele tinha tudo planejado.

— Legal — acabei dizendo. E tentei sorrir. Ele sorriu e voltou lá para baixo.

— Ahh, isso é fantástico — falei. Deus, isso era constrangedor. Eu me sentia uma atriz de terceira categoria. Uma atriz pornô loira. Eu me senti como uma virgem que teria que fingir um orgasmo.

— Mmm — gemi. — Ahhh, isso é tão bom.

Ele pareceu se excitar com a minha atuação, porque começou a lamber mais rápido, como um cachorrinho com um osso. Eu fiz uma careta desapontada. Tentei me lembrar da cena em que Meg Ryan finge um orgasmo em *Harry e Sally — Feitos um para o outro*. Era algo que eu conseguiria fazer.

— Ahhh, sim, sim! Isso, continue — falei, enquanto tentava entender como tinha me metido nessa situação. — Ahh, ahhhh, sim!

— Minha voz foi ficando mais alta. Até que parei e tentei recriar a tensão vibratória em meu corpo de quando eu gozava. Arfando, eu gentilmente o empurrei com os dedos dos pés para obrigá-lo a se afastar.

— Isso foi bom — suspirei com exagero. Ele sorriu para mim, tão orgulhoso quanto eu tinha ficado ao lhe dar o bem-sucedido presente oral.

Ele se aproximou e começou a me beijar. Eca, meu Deus! Podia sentir o gosto da minha vagina. Queria vomitar. Eu me afastei e me inclinei sobre seu ombro, abraçando-o enquanto tentava cuspir e passar a língua nos dentes. Ele se reaproximou e continuou me beijando.

Respirei fundo e me deitei. Ele se deitou sobre mim, seu corpo esmagando o meu. Então, ele parou.

— Eu acho melhor pegar uma camisinha — ele arfou.

— Ah, eu tenho uma ali... — comecei a dizer, mas ele já tinha pegado sua carteira e estava tirando uma. Ótimo. Passei todo aquele sufoco na farmácia por nada.

Ele abriu o envelope e começou a desenrolá-la no pênis. E lá se foi a minha oportunidade de usar as minhas habilidades. Ah, pelo menos a hora estava chegando. ESTAVA ACONTECENDO.

Ele acabou de colocá-la, e aproximou seu pênis da minha vagina. Ele sorriu e, com delicadeza, começou a penetrá-lo em mim.

— AAAAI! — gritei. Ele parecia ter batido em um muro dentro de mim e agora marretava nele.

— Desculpe — disse ele, genuinamente preocupado. — Tente relaxar e abrir um pouco as pernas.

Tentei respirar fundo, e ele tentou novamente, mas minha parede interna se recusava a abrir caminho. Isso não ia nada bem.

Ele deu de ombros e desistiu. Jack me puxou para junto dele e começou a me beijar de novo. Ah, meu Deus, não. Como isso podia estar acontecendo? Como meu corpo podia estar contrariando a minha vontade? Isso era tão injusto. Eu estava *tão perto*.

Eu tinha que tentar de novo.

— Não, vamos continuar tentando — pedi.

— Ellie, não está dando certo... — disse ele.

— Por favor — supliquei, percebendo como isso não era nada sexy. — Eu quero tanto você — sussurrei, imitando a sequência de Britney com o professor no filme pornô a que assistira. Quem sabe seu diálogo esquemático pudesse ser útil?

— Tudo bem — disse ele, sorrindo — Tente sentar em cima de mim.

— Hum, ok. — falei, começando a me mover sem firmeza. Sentei sobre os joelhos, cada um de um lado do corpo dele. Cuidadosamente e com a ajuda dele, sentei em seu pênis ereto. Devagar, senti a ponta roçar em meus lábios. Respirei fundo e rezei para todas as divindades existentes, e desci. Aos poucos, milímetro por milímetro, ele estava dentro de mim. Eu arfei em agonia ao sentir que ele me penetrava. Ele rugiu de prazer e meu rosto se iluminou.

EU NÃO ERA MAIS VIRGEM!

Então, lembrei que precisava continuar.

Merda, o que eu deveria fazer? Tipo, subir e descer? Montá-lo como uma vaqueira sobre um touro bravo? Eu tentei subir e descer, mas não engrenei em um ritmo. E, a cada tentativa, a dor era maior e percebi como minhas coxas não tinham força muscular.

Ele assumiu a liderança. Com cuidado para não sair de mim, giramos até que fiquei por baixo, de volta à posição tradicional. Ele apoiou as mãos em cada lado, como se fosse fazer flexões, entrando e saindo de mim. Eu estava um pouco dolorida, mas não sofria mais. Era mais mecânico do que prazeroso, mas eu abri um sorriso que não parava de aumentar. Jack olhou nos meus olhos e sorriu.

Fiquei imaginando quanto tempo duraria. Eu havia passado tanto tempo me preparando para a penetração que nunca parei para pensar nisso. Na minha imaginação, um pênis entrando em uma vagina vinha acompanhado de uma explosão de confete e balões, e isso não aconteceu. Agora ele flexionava-se para dentro e para fora de mim, seu rosto retorcido num misto de dor e euforia.

Ele grunhiu alto e eu sabia que era hora de recomeçar os pequenos gemidos. Quando eu gozava de verdade, quase não fazia barulho, mas achei que o silêncio não seria a maneira apropriada de chegar ao clímax. Segurei um bocejo e tentei emitir sons discretos e sensuais. Ele me penetrou com mais entusiasmo e um dos meus suspiros sensuais virou um grunhido alto. Limpei a garganta e fiz de conta que nada aconteceu.

– Você está bem? – Ele arfava pesadamente, sua voz grave e masculina.

– Uhum – respondi com os lábios firmemente cerrados enquanto respirava pelo nariz, tentando diminuir o desconforto. Tentei relembrar o que disse um professor de yoga em uma aula de cinco libras para estudantes que eu havia comparecido. *Respire durante a dor. Respire fundo, sempre pelo nariz.*

– Tem certeza? – ele tornou a perguntar. – Você está respirando estranhamente.

Droga de instrutor de yoga. Dei um sorriso suave e voltei a respirar pela boca. A respiração dele e o ritmo da penetração aceleraram e mordi o lábio inferior em expectativa. Ele estava a ponto de liberar sua carga masculina.

Seu pênis me penetrou mais fundo e mais forte e minha boca se abriu de espanto, arfando diante da pontada de dor que acompanhou sua ejaculação. Ele entrou e saiu de novo, ainda mais rápido. Ele estava alheio ao meu sofrimento e, em segundos, seu corpo estava tremendo. Ele soltou um rugido e caiu por cima de mim. Seus um metro e setenta e tantos de corpo masculino desmontaram sobre os meus seios expostos. Senti meu diafragma comprimir e tentei respirar.

Ele me segurou com firmeza enquanto continuou a gozar dentro de mim e sua respiração se estabilizou devagar. Ficamos assim por pouco tempo. Eu, sem conseguir respirar, e ele recuperando o fôlego.

– Isso... foi... incrível – arfou ele. – Você é tão apertada.

– Hum, obrigada? – consegui dizer quando ele afrouxou os abraços ao redor de mim e escorregou para o lado. Seu pênis deslizou para fora, mole e encolhendo-se. Estava ficando menor, mais gordinho e a camisinha embaçada parecia filme de PVC velho enrolado nele. Fiquei fascinada ao observar a pequena criatura careca voltar ao tamanho normal.

Ele tirou a camisinha, puxando o pênis ao mesmo tempo, e meus olhos se arregalaram ao perceber a força de um puxão que seu órgão podia aguentar. Ele se esticou e voltou ao normal. Era como brincar de massinha.

Ele desmontou ao meu lado na cama, deixando a camisinha cair no chão, onde a ouvi bater no meu tapete verde macio. Sorri por ser uma garota de vinte e um anos com um homem pelado na minha cama, uma camisinha suja no chão e uma vagina dolorida. Eu era finalmente uma estudante normal. Havia realizado meu sonho.

Eu não conseguia parar de sorrir. Apoiei a cabeça em seu peito, deslizando o rosto contra seus pelos do peito e respirando seu suor. Fechei os olhos feliz. Estava agarradinha com meu namorado depois do sexo. Eu havia acabado de perder minha virgindade com o cara perfeito da maneira mais perfeita possível. Eu tinha que mandar uma mensagem para os meus amigos.

Eu me afastei dele e, na penumbra, procurei meu celular no chão. Minha mão bateu em algo macio e firme, e eu o agarrei. Liguei e imediatamente digitei a mensagem.

PERDI MINHA VIRGINDADE MEIO SEGUNDO ATRÁS. SOU UMA MULHER DE VERDADE. SOU COMO QUALQUER MULHER. AH!!!!!!

Comecei a digitar o nome de Lara, mas lembrei que ainda não estávamos bem como antes da briga. Senti uma pontada de dor, culpa, enjoo e tristeza. Qual era a graça de perder a virgindade se você não podia compartilhar com sua melhor amiga?

– Gatinha, o que você está fazendo? – perguntou Jack. Sua voz me trouxe de volta à realidade. Esse era o MEU momento. Não ia deixar a situação estranha com Lara estragar tudo. Eu estava escrevendo o nome de Emma e Paul no campo do "Para", quando a perna de Jack deu um chutinho na minha.

– Ellie? – perguntou ele, incrédulo. – Você está mandando mensagens?

– Ah, meu Deus, não! – falei, jogando o celular dentro da bolsa. – Estava só olhando a hora.

Houve um silêncio.
— Ok, e que horas são?
— Tipo, onze e vinte e três — falei.
— Legal — disse ele e nos entreolhamos. — Então, como é deixar de ser virgem?
Sorri timidamente.
— Não sei. Bom, acho.
Ele retribuiu o sorriso.
— Fico feliz. Agora vem cá e gruda em mim.
Obedeci e ficamos ali enroscados nos meus lençóis brancos até que me lembrei, de repente, do sangue pós-primeira vez. Eu olhei para baixo em pânico, mas não havia nada. Eu me virei de costas para Jack, fazendo de conta que procurava minha calcinha, coloquei o dedo dentro da minha vagina e o retirei.
Olhei com atenção. À luz, não parecia ter nada nele. Graças a Deus.
Aliviada, coloquei a calcinha e voltei para a cama. Jack esticou o braço para que eu pudesse deitar ao seu lado, relaxando a cabeça em seu peito. Ele apertou meu seio e eu dei uma risadinha, dando-lhe um tapinha. Ele me beijou e adormecemos. Dormimos abraçadinhos, nossos corpos suados colando um no outro. Nós éramos o casal que eu sempre sonhei em ser.

CAPÍTULO VINTE E SEIS

No dia seguinte, entrei na universidade como se o campus fosse todo meu. Eu estava com os fones de ouvido, mas a playlist intitulada *Girl Power* não estava à altura da minha energia. O sol brilhava e eu não era mais virgem. Enquanto caminhava pela Gower Street, sentia como se todos me olhassem. O grande *V* que eu usara gravado no meu peito por vinte e um anos tinha sumido, e agora eu transpirava sensualidade. Minha pele estava quase luminescente e minhas endorfinas estavam a mil. Era provavelmente melhor que heroína. Subi saltitando os degraus de pedra onde certa vez as Girls Alouds gravaram um comercial de chocolate e sentei bem no meio deles, observando a quadra diante de mim.

Havia passado a manhã com Jack. Tínhamos ido ao mercado em frente comprar cereal porque não dava para encarar uma tigela de Choco Krispies no café. Discutimos como um casal de verdade na gôndola de cereais e até o furioso dono da loja olhou carinhosamente para os jovens enamorados que olhavam suas prateleiras. Jack preparou o chá enquanto eu servia o cereal nas tigelas e, juntos, comemos ruidosamente o café da manhã deitados na cama. Ele foi trabalhar, eu tomei banho e me aprontei, tranquilamente caminhando para a universidade para a aula do meio-dia, depois de perder a aula das 9 horas.

Fiquei sentada nos degraus olhando o mundo passar, imaginando se mais alguém ali podia estar tão feliz quanto eu.

Fechei os olhos e deixei o sol gostoso de maio esquentar minha pele. Ainda fazia frio e eu usava uma jaqueta de couro com um cachecol que havia tricotado. Eu estava aninhada e quente em meu estado de transição. Eu era uma borboleta recém-nascida.

– Adivinha quem é? – cantarolou uma voz aguda, enquanto mãos frias e pegajosas cobriam meus olhos.

– Emma, sai daí! – gritei. – Você quase me matou de susto.

Ela riu.

– Bem, você não devia ficar sentada aqui como uma idiota de olhos fechados. O que você estava fazendo, querida? Você parecia estar rezando...

Eu lhe dei um tapa no ombro.

– Claro que eu não estava rezando. Eu estava apenas, não sei, sentindo-me agradecida, aquecida, feliz e apaixonada...

Ela me encarou.

– Apaixonada pelo mundo – esclareci.

Emma franziu a testa e me olhou cheia de dúvidas através de seus enormes óculos escuros de tartaruga estilo Jackie O.

– Hum. O que está acontecendo aqui?

Eu olhei para ela resplandecente.

– Nada.

Seu queixo caiu e ela gritou.

– AI, MEU DEUS, você fez, não foi? Você não é mais virgem!

– Por favor, anuncie para o campus todo.

– Ai, desculpe – disse ela, baixando a voz, enquanto me abraçava. – Isso é tão legal e eu estou tão feliz por você! Como foi?

Ela se sentou comigo e eu suspirei contente.

– Emma, foi incrível. Não o sexo em si... Isso foi um pouco incômodo, mas claro que ficará melhor com o tempo. Mas a ideia de não ser mais virgem. Eu me sinto tão *livre* e normal, como se eu agora pudesse participar de uma conversa com qualquer pessoa sem esse *V* que eu tentava esconder piscando na minha testa.

Ela sorriu para mim, dando-me uma cotovelada.

– Isso é tão bom, El. É tão... bom vê-la feliz consigo mesma. Será que eu não estava sempre feliz comigo mesma? Eu estava feliz em ser virgem, e estava feliz agora. Eu estava apenas *um pouco* mais feliz. Retribuí o sorriso.

– Obrigada, Em. Então, como vai o Sergio?

Ela corou e escorregou os óculos escuros no nariz para olhar por cima da armação.

– Então, ontem à noite Sergio me disse que não está saindo com mais ninguém... e que gostaria que eu também não saísse com mais ninguém...

– Ai. Meu. Deus – falei, apoiando a lata de Coca-Cola com tanta força que o líquido espirrou. – Vocês agora só vão sair um com o outro?

– Hum, talvez. – Ela corou.

– Você está em um... relacionamento? – perguntei.

Ela suspirou melodramaticamente e tirou os óculos escuros.

– Não posso acreditar que você me perguntou isso, Ellie. Você sabe que eu não entro em *relacionamentos* – disse ela, quase cuspindo a palavra. – Estou apenas saindo com ele, com exclusividade. Saindo juntos. Por um tempo. Se e quando eu ficar entediada, eu sairei com outras pessoas. Estou temporariamente saindo apenas a dois.

Fiquei olhando em silêncio. Emma tinha um namorado.

– Ah, Emma, que fantástico! Estou tão feliz por você! – acabei por dizer. Por que eu me sentia afundando?

Uma frase da minha infância veio à minha cabeça. Eu adorava ler *O que Katy fez a seguir*, quando não estava lendo *Pollyanna* ou *Anne de Green Gables*. A minha frase favorita de Katy era de quando ela sentiu ciúme de uma amiga e disse: *Como são pesadas as rodas da felicidade alheia.*

Assim era a minha vida. A felicidade de Emma estava rolando muito pesada por cima de mim. O que havia de errado comigo? Eu devia estar feliz pela minha amiga, tanto quanto ela estava por mim. Mas, em vez disso, eu estava sendo tipicamente egoísta e desejando que Jack me perguntasse se podíamos namorar. Suspirei e me forcei a agir como uma adulta. Eu abracei Emma.

– Aff, para que isso? – perguntou ela, sua voz abafada enquanto falava pelos buracos do meu cachecol.

– É um abraço de parabéns. E um abraço de agradecimento, por me ouvir falar um monte de besteiras sobre o Jack. Eu juro que vou parar em breve.

Ela riu.

– Hum, por favor, não pare. Onde mais eu ouviria histórias incríveis sobre depilações que deram errado e encontros estranhos?

Dei de ombros.

– É. Acho que você tem razão. Eu contei que Jack nunca havia visto uma depilação cavada antes?

Seus olhos se arregalaram.

– Ah, para! Ele não gostou do bigodinho de Hitler?

– Só eu posso chamar assim – eu a censurei –, mas, sim... ele ficou assustado.

Ela começou a rir e eu reclamei.

– Emma – gemi –, você não acha que foi vergonhoso o suficiente ficar ali, vendo-o se assustar diante dele, e você me fazendo reviver a situação?

– É assim mesmo – disse ela, caindo na gargalhada. – Ah, puxa, imagina se fosse ao contrário, e ele tirasse a calça e você visse uma depilação masculina a encarando.

– Ai, meu Deus, não! – gritei. – É próximo demais da realidade. Jack é totalmente raspado ali embaixo. Foi tão inesperado... James Martell tinha um matagal.

— Há alguns anos quase nenhum cara se aparava, mas agora eles se raspam e tiram tudo. Acho que isso os deixa quites com as mulheres.

— Acha mesmo? Eu acho tão estranho. Eu preferia que todos deixassem os pelos como são e ninguém se incomodasse com isso — suspirei. — De qualquer forma, ainda bem que a depilação cavada para homens ainda não entrou na moda.

— Espero que sim — disse ela, colocando a mão na boca. — Ai, meu Deus, eu não acredito que eu quase esqueci de mostrar a você. Está pronta para seu presente? — Olhei para ela confusa enquanto ela remexia na bolsa de couro e tirava de lá uma revista enrolada como um canudo. — Tã-dã!

Era a última edição da revista estudantil.

— Meu Deus, o meu artigo! — gritei. — Você já viu? Como ficou?

Ela sorriu e sacudiu a página em questão diante do meu rosto.

— É fantástico... e você parece linda, inteligente e divertida e eu não poderia estar mais orgulhosa.

O artigo estava à esquerda da página central. Era intitulado "Ellie fala sobre ANARQUIA", e eles usaram a foto que eu enviei, em que raios de sol brilhavam na minha pele. Eu li rapidamente o artigo e percebi que eles praticamente não tinham alterado nada. Embaixo dizia "por Ellie Kolstakis".

— Ai, meu Deus, não acredito que finalmente saiu e até parece bom! — exclamei.

Emma fez festa e me abraçou.

— Parece melhor do que bom, e estou muito orgulhosa de você. Eu já vi vários estudantes lendo. Pare e pense: você vai ser famosa. Uma C.N.M.A. — Arqueei as sobrancelhas perguntando do que tratava e ela suspirou. — Celebridade No Meio Acadêmico, Ellie. Tente acompanhar a gíria.

Eu ri.

— Bom, eu não vejo isso se tornando realidade tão cedo, Em. Enfim, estamos atrasadas para o Chaucer.

...

Fiquei eufórica por mais um dia. As coisas começaram a voltar ao normal e fui me acalmando. Estava sentada na biblioteca na terça de manhã, quando lembrei que não havia recebido notícias do Jack desde que ficamos juntos dois dias antes. Ele não havia mandado uma única mensagem. Tudo bem, nós não trocávamos mensagens todos os dias, mas eu tinha dado minha *virgindade* a ele.

Seu silêncio era desconcertante. Toda vez que meu celular vibrava, eu abria a tela em expectativa. Na metade do dia, resolvi tomar uma atitude e mandei uma mensagem para ele. Era uma mulher do século XXI... por que eu deveria ficar esperando que *ele* me procurasse? Diabos, ele provavelmente estava girando os polegares em casa, se perguntando por que eu não havia mandado uma mensagem ainda. Perguntei como ele estava e se queria me encontrar mais tarde naquela semana.

Depois de dez horas de estresse e tensão, ele finalmente respondeu, dizendo que seria legal nos encontrarmos no fim de semana, mas ele me diria quando, e que estava tudo bem, e perguntando como eu estava. Meu rosto se iluminou assim que recebi a mensagem. Ele não estava me dispensando... ele estava apenas ocupado e ainda queria me ver. Decidi não responder de imediato, e assim prolongar a sensação de tranquilidade e contentamento que sua mensagem me havia proporcionado. Eu sabia que, no momento em que respondesse, o jogo ia virar, e eu ficaria na angustiante espera por uma resposta. Tinha um trabalho para terminar com data de entrega para o fim da semana e precisava manter a maior tranquilidade emocional possível. Guardei o celular em um armário, sentei com a caneta pronta para escrever, e comecei a revisar o que havia escrito.

No meio de um parágrafo particularmente pouco imaginativo, meu emocional despencou. Drasticamente. Eu precisava de Lara. Eu não podia continuar sem contar para ela sobre o maior acontecimento da minha vida. Nossa terrível briga vinha me atormentando desde o início, mas eu não era mais virgem e ela não sabia. Meus registros médicos agora eram mentiras, eu era uma ex-virgem e minha melhor amiga não tinha a menor ideia disso.

Eu precisava contar a Lara. Isso era ridículo. Uma de nós duas teria que ser uma pessoa melhor e atravessar o abismo que surgira entre nós. Dessa vez eu até pediria desculpas. Eu atravessaria o Rubicão exatamente como Alexandre, o Grande. Seria uma heroína grega. Comecei a guardar meus papéis em uma pasta antes de lembrar que o trabalho final era para sexta-feira. Precisava acabar a revisão, montar a bibliografia, imprimir de novo e encadernar. Soltei um longo suspiro. Teria que adiar a travessia do Rubicão.

CAPÍTULO VINTE E SETE

Os dias que se seguiram foram melancólicos. Respondi ao Jack reclamando do meu trabalho, mas ele enviou um simples Legal, boa sorte, Bjs. Não havia um "escreva-me de volta". A cada dia que se passava, o humor piorava e entendi como devia ser a vida de um viciado em crack sem a droga.

Fiquei tão em êxtase no fim de semana, mas, agora, diante da realidade da universidade, uma melhor amiga ausente, outra com um namorado incrível e, mais importante de tudo, um quase namorado que não agia como o namorado de verdade que eu queria, as coisas estavam realmente na merda.

Eu não era mais virgem. Eu devia estar feliz. E por que eu não estava?

Tudo bem, eu sabia os motivos.

Lara e eu não estávamos nos falando. Sergio apareceu. Jack não me mandava mensagens. Ele não me ignorava exatamente ou havia me dado um fora como os caras faziam na TV, mas não estava sendo o namorado ideal que devia estar preparando trilhas sonoras bacanas para mim. Ou pelo menos uma playlist no Spotify.

Passei os dias seguintes da mesma forma. Acordei às 8 horas, tomei banho, fui à biblioteca e fiquei lá até as 6 horas terminando o trabalho final. Eu voltava para casa, comprava um sanduíche pequeno no mercado, e comia na cama enquanto assistia a seriados medíocres no laptop até adormecer. Meus pelos pubianos estavam crescendo e coçavam. Eles sabiam que eu havia me livrado deles, e agora voltavam mais grossos e longos do que nunca. Até meus pelos estavam implicando comigo.

Eu havia saído para almoçar com Emma uma vez, mas nosso sonho de estudar juntas com intervalos foram abalados pelo Sergio. Lá no fundo, eu estava feliz por ela, mas o timing não podia ter sido pior. Uma saída de casais não podia estar mais fora da minha realidade. Em vez disso, eu estava triste, uma mulher do mundo, relegada à solidão. Não contava nem mais com a minha virgindade para me distrair – tudo o que eu tinha era uma cópia da minha coluna na revista presa na parede com fita adesiva.

Sarah, a editora, havia pedido outro artigo para a semana seguinte. O tema era "Romance". Pareceu uma ironia do destino. Primeiro, eu quis escrever inspirada em mim e Jack, mas os dias se passaram e, como ele ainda não havia dado notícias, mudei de ideia. Horas antes de o prazo terminar, reuni quatrocentas palavras sobre Jane Austen e a falta de romantismo na vida moderna. O texto ficou mais "contra a tecnologia" do que falando sobre "romantismo", mas, por sorte, Sarah gostou.

A coluna era a única coisa que estava dando certo no momento. Olhei para a revista *Ellie* na parede, relembrando-me do meu sucesso, mas a hora me chamou atenção. Eram três da tarde e o prazo de entrega do trabalho final acabava em uma hora. Dei um salto e peguei minha bolsa.

...

– TÁXI! – gritei, agitando o trabalho encadernado no ar. Provavelmente havia tempo para ir de ônibus, mas eu nunca pegava um táxi por causa do dinheiro contado, e essa parecia uma oportunidade imperdível. Todos os táxis comuns me ignoraram, mas um especial encostou. Maravilha! A única vez em que quero pegar um táxi comum, um *especial* encosta.

Entrei no veículo e dei o endereço. De improviso, acrescentei um "E voando!". Eu me senti em num filme. No filme, ele teria respondido "Sim, senhora" e pisado fundo. Na vida real, ele passou os onze minutos seguintes explicando sobre a segurança nas ruas e o respeito aos limites de velocidade.

Quando encostou no Malet Place, paguei com uma nota de dez e desci aliviada. Corri escada acima, abrindo as portas da sala dos professores, e coloquei meu trabalho em uma pilha enorme. Havia alguns estudantes na sala, mas decidi sair antes que Hannah ou alguém pior aparecesse. Ao sair pela porta, esbarrei em Luke, o hipster patético dono da festa em que brincamos de Eu Nunca.

– Oi, Ellie – disse ele. – Acabou de entregar a sua?

– É, graças a Deus – respondi, sorrindo um pouco demais. *Saco, por que não consigo ser normal quando estou perto de homens?* – Estou tão contente de acabar com isso.

– Nem me diga. Agora posso ler Kerouac sem ter que pensar na sua relação com o movimento modernista.

Eu ri educadamente, aliviada por não ser o tipo de pessoa que releria Jack Kerouac por prazer.

– Enfim – prosseguiu ele –, você virá à nossa grande festa amanhã à noite? Para comemorar a entrega do trabalho final?

– Festa? Não, eu não ouvi falar de festa – respondi com sinceridade.

– Ah, é só uma coisa do Facebook... Tenho certeza de que você recebeu um convite. Será na casa do Matt, do Opal e na minha. Seria legal se você fosse.

Dei de ombros como resposta.

– Parece bom. Vejo você lá. – Sorri para ele enquanto me aproximava da escada. O trabalho estava entregue e agora eu tinha tempo para fazer as pazes com Lara. Havia desperdiçado semanas evitando esse momento. Agora era a hora de ter a minha melhor amiga de volta. Fui rapidamente para a quadra e sentei no meu degrau favorito na escadaria, com vista para a frente da universidade.

Lara, você pode falar agora? Eu realmente preciso falar com você! Bjs

Mandei a mensagem e esperei ansiosa, tentada a imitar a mania que Lara tinha de roer as unhas na infância, mesmo que eu nunca tivesse feito isso. Alguns minutos depois, o celular bipou.

Oi, Ellie. Desculpe, mas agora não é uma boa hora. Estou em casa com a família, em Guildford. Nós nos falamos em breve. Bjs

Fiquei triste e decepcionada. Por que ela não queria falar? Odiava o fato de ela ainda me evitar, nossa briga tinha sido tão boba. Se eu podia superar e ser uma pessoa melhor, por que ela não podia? Reli sua mensagem. Ela havia respondido de imediato e mandado beijos de volta. Se ela *estivesse* aborrecida comigo, não teria feito nada disso.

Ela estava em Guildford e não me odiava. De repente, me dei conta de que isso era ótimo. Eu podia ir à casa dela hoje, agora mesmo, e encontrá-la lá. Ficava apenas a uma horinha de trem. Peguei minha bolsa e fui para o metrô.

...

Andei pelo caminho conhecido até a casa dos pais de Lara. O carro esportivo prateado estava na entrada, o que significava que estavam em casa. Meus pés fizeram barulho no caminho de cascalho da entrada. Meu coração batia forte e a palma das mãos suavam. Eu tentei me acalmar. Estava visitando a minha melhor amiga. Eu havia passado metade da minha vida naquela casa, e sua família era como a minha segunda família. Eu podia fazer isso.

Mordendo o lábio com ansiedade, toquei a campainha e fechei os olhos, fazendo uma rápida oração. *Por favor, Senhor, ou deuses, ou espírito do carma, me ajude. Faça com que ela não esteja zangada. Faça com que eu seja forte. Alexandre, o Grande, se estiver por aí, pode me dar uma força, por favor? Eu sei que não é nada tão difícil quanto conquistar a Ásia Menor, mas...*

A mãe de Lara abriu a porta, e parecia alarmada. Seu cabelo, em geral imaculadamente penteado, estava preso num rabo de cavalo e ela usava um agasalho por cima da calça de malha. Eu nem sequer sabia que tinha um agasalho daqueles. Ela não usava os brincos de pérola, que eram sua marca registrada.

— Stephanie? — perguntei com cuidado. — Está tudo bem?

Ela me olhou aliviada.

— Graças a Deus, Ellie! — exclamou ela. — Eu estava esperando que Lara se acalmasse e ligasse para você. Entre. Ela está no quarto dela.

Olhei para ela com confusão e entrei no hall de mármore.

— Ela não... chegou a me ligar — expliquei. — Posso subir mesmo assim?

— Ah... — falou Stephanie, desapontada. Ela balançou a cabeça devagar, sorrindo para mim. — Desculpe. O que estou fazendo? Entre, entre. Você conhece o caminho.

Lancei um sorriso para ela e subi até o quarto de Lara. Eu estava confusa. Como Stephanie sabia da briga? Lara e a mãe eram próximas, mas não *tão* próximas. Lara e eu sempre dizíamos que mães e filhas que se davam bem demais eram assustadoras. Bati na porta do quarto dela.

— Quem é? — perguntou ela.

— Sou eu — respondi, tentando abrir a porta. Lara estava sentada na cama, seu cabelo loiro e longo amarrado em um coque bagunçado no topo da cabeça. Ela estava cercada de coisas. Roupas, maquiagem e livros estavam transbordando de caixas grandes.

Ela me olhou totalmente surpresa.

– Ellie, o quê... O que você está fazendo aqui?

– Nós... Eu queria falar com você – murmurei. – Mas o que está acontecendo aqui? Por que todas essas caixas?

Ela me olhou e fez uma careta. E caiu no choro. Em todos aqueles anos de amizade, eu nunca a tinha visto chorar na minha frente. Fiquei petrificada, atônita, e, por instinto, corri e a abracei. Sentamos na cama, com meus braços em volta dela. Eu a envolvi, enquanto ela chorava no meu agasalho cinza listrado. Seus soluços foram diminuindo aos poucos.

– Desculpe. Eu... não tinha intenção de...

– Pare, Lara – pedi. – Está tudo bem. Estamos bem. Estou aqui, e não precisa pedir desculpas. Chore o quanto precisar. E, quando puder, me explique o que está acontecendo e eu ajudarei você.

Ela sorriu agradecida e a abracei mais forte.

– Ai, não me esmaga – ela gemeu.

Ri e ela começou a rir entre soluços.

– Ai, Deus, Ellie. Está tudo uma merda.

– O que foi, Lara?

Ela suspirou e começou a brincar com o cabelo, o que sempre fazia quando estava nervosa.

– Meu pai se separou da minha mãe há um mês. Eu descobri alguns dias depois de a gente... Depois que fomos ao Mahiki naquela noite. Ele está dormindo com uma vadia. É tão ridiculamente típico. Eu não sei se o odeio mais por isso ou por ser um clichê. De qualquer maneira, minha mãe está descontrolada. Não podemos mais morar aqui, então vamos nos mudar, mas ainda não sabemos para onde e não sabemos se vamos alugar ou... Estou confusa e é tudo tão complicado.

– Nossa. Eu sinto muito, Lara. Não consigo acreditar. Estou tão... surpresa e decepcionada com seu pai. Como ele pôde ter feito isso com você e sua mãe? – perguntei.

— Eu sei – ela concordou. — Não entendo também. É tão surreal.
Eu a abracei de novo.

— Vai dar tudo certo, querida. Eu sei que vai. Você tem a sua mãe e ela é fantástica.

— Eu sei. Mas, mesmo ela ganhando bem como advogada, não vai dar para continuar morando nessa casa. Até porque era ela quem ganhava mais e eles vão ter que dividir o dinheiro no divórcio e isso está uma confusão. Acho que ela também não quer ficar mais aqui por causa das lembranças...

— Entendo – falei com carinho. — E vocês já têm alguma coisa planejada?

— Ainda não, mas existem algumas opções. Ou nós nos mudamos para algum lugar em Londres ou vamos morar com a tia Charlotte, algo só para mulheres, mas não sei como vou conseguir morar com a minha mãe, recém-separada, e sua irmã solteira em Hertfordshire.

— Ah! — gritei ao ter uma ideia. — E por que sua mãe não vai morar com a tia Charlotte, já que elas se dão muito bem e ela provavelmente precisa da irmã nesse momento, e você vem morar comigo?

— Ellie... não posso – falou ela baixinho. — Eu preciso de uma casa. Não posso apenas ficar com seus pais ou... com você em Camden ou... sei lá o quê.

— Tudo bem – respondi, triste de não poder resolver tudo. — Você está certa. Foi uma bobagem. Mas você é sempre bem-vinda. Você sabe disso, não é? Sei que você está na metade do período em Oxford e faltam apenas alguns meses para terminar, então você poderia ficar em Camden comigo nesse verão. Podíamos passar um último verão juntas em Londres, antes do meu contrato de aluguel vencer. E, até o fim do verão, sua mãe talvez tenha achado um lugar para ficar.

Ela ergueu o olhar.

— Eu... Talvez isso desse certo. Estou morrendo de medo de passar o verão em Hertfordshire. Mas, Ellie, eu tenho sido uma amiga horrível.

— Lara — falei, fazendo sinal para ela calar a boca. — Você está passando por muita coisa, e eu sequer estava aqui para ajudá-la. Sou uma amiga muito pior. Sua vida está desmoronando e eu tenho sido tão egoísta...

— Jesus, pare de dizer como minha vida está ruim — disse ela, dando um tapa no meu braço, entre sorrisos e lágrimas.

— Desculpa... — Sorri concordando. — Sério, Lara. Apesar de estarmos passando uma fase estranha depois do Mahiki, por que você não me contou sobre isso?

— Eu estava com inveja — sussurrou ela. — Você sempre dá a volta por cima quando algo de ruim te acontece, o que é o tempo *todo*. E você é tão corajosa. E eu me senti fraca e na merda e não consegui contar para você.

Meus olhos se encheram de lágrimas.

— Idiota — falei, afastando as lágrimas. — Eu estou muito mal.

— Dá para ver. — Ela me lançou um sorriso. — Mas, sério, quando seus pais se divorciaram, você ficou muito tranquila com isso. Você nunca chorou ou fez um drama, como eu estou fazendo agora.

— Lara, mas as situações são diferentes. Eu cresci em uma casa onde meus pais estavam sempre brigando. Era tão ruim quando eles estavam juntos, que foi um alívio quando papai foi embora. Sua família é diferente. Seus pais pareciam estar felizes juntos e a saída do seu pai mudou tudo. É normal que esteja triste. Seria muito esquisito se você não estivesse sentindo isso.

— Jura?

— Claro, boba — falei, apertando seu braço. Meus olhos estavam cheios de lágrimas. Eu não podia acreditar que Lara estava passando por tudo isso sozinha, porque eu havia teimado em não me desculpar. Um mês havia se passado, mas estava na hora de finalmente pedir desculpas. — Lara, me desculpa mesmo, tudo bem? Nem me passou pela cabeça que você podia estar precisando de mim esse tempo todo. Achei que você estivesse chateada e a evitei porque estava com medo. Eu devia ter sido mais corajosa.

— Também fui covarde. Eu apenas fugi da minha vida e me entoquei com a minha mãe.

— Isso *foi* corajoso. Ela precisava de você e você ficou por perto. É por isso que você não está na universidade?

— Bem, você sabe, em Oxbridge... as férias são mais longas, então ainda não voltei. — Ela sorriu.

Dei um tapinha nela.

— Alguns de nós entregaram o trabalho final ontem porque *voltamos* para a universidade no dia dezoito e não tiramos um ano sabático.

Ela riu.

— Fico feliz de ver que você não mudou.

Eu corei e olhei para ela em silêncio. Ela me encarou de volta.

— O que foi? Por que está me olhando desse jeito?

Mordi o lábio e sorri em silêncio. Seus olhos se arregalaram quando ela se deu conta do que era.

— NÃO ACREDITO! VOCÊ NÃO... AI, MEU DEUS, VOCÊ NÃO É MAIS VIRGEM!

— SIM! EU TRANSEI! — gritei e desatei a rir. Gritamos juntas e nos abraçamos às gargalhadas.

— Não acredito! — disse ela quando paramos de comemorar. — Com aquele cara? Eu não lembro o nome dele. Sou uma amiga de merda.

— Pensei que já tivéssemos superado a fase de sermos amigas tão ruins. Agimos igual e isso equilibra as coisas. E, de qualquer maneira, só aconteceu na semana passada, então você não está tão atrasada assim. Não se preocupe. Ele se chama Jack. Não doeu muito e já nos encontramos... Umas quatro vezes e ainda estamos trocando mensagens e... sei lá. – Eu me sentei nas almofadas com as pernas levantadas.

Ela sentou-se ao meu lado.

– Isso é loucura! Estou tão feliz por você. Mas, meu Deus, eu não soube que você não é mais virgem por uma semana inteira – ela suspirou teatralmente. – Eu devia ter percebido no instante em que entrou aqui. Você está toda RPC.

– Hã?

Ela sorriu.

– Ah, finalmente conheço uma sigla que você não. Radiante Pós-Coito, é claro.

Eu ri.

– Na verdade, eu estava muito RPC na segunda-feira, mas foi diminuindo ao longo dos dois dias. A animação já acabou porque ele não manda mensagens com a frequência que eu gostaria, e não sei se ele quer namorar comigo – terminei de falar baixinho.

– Em algum momento ele... deu a entender que queria ser seu namorado? – perguntou ela com cautela.

– Não. Mas saímos juntos três vezes. E eu achei que sim, porque ele sempre me trata muito bem e parece gostar de mim do jeito que eu sou. Não apenas dos meus peitos, como esses caras que vemos na TV. Ele era tão atencioso antes, mas agora está se afastando e eu não quero ser a garota que perdeu a virgindade com um cara que foi embora. Então, o que faço? – perguntei, olhando para ela esperançosa.

– Tudo bem. Vamos por partes. Eu não sei os detalhes, e você vai me contar durante a noite porque você vai dormir aqui. Mas parece que você vai ter que perguntar a ele. Foda-se, o pior que pode acontecer é ele dizer que não quer, então a fila anda e você, pelo menos, não transou com um completo desconhecido.

– Sim – concordei. – Quer dizer, eu prefiro morrer a perguntar de forma tão direta, mas entendi o seu ponto. Eu preciso saber. Droga, eu consigo. Amanhã.

Ela concordou com a cabeça e me abraçou.

– Pode me contar tudo. Todos os detalhes que perdi nas últimas semanas. Senti saudade de você.

– Nossa, você é terrível. Mas também senti sua falta.

Lara sorriu e, com os olhos ainda vermelhos, deitada ali na cama, ela me contou tudo. Sobre seu pai, sobre Angus nunca ter mandado uma mensagem e como Jez ainda era um cafajeste. A distância entre nós começou a diminuir, até que esquecemos que ela sequer existiu um dia. Eu havia atravessado o Rubicão.

CAPÍTULO VINTE E OITO

Na manhã seguinte, tomando café com croissants, tive a brilhante ideia de convidar Lara para a festa do Luke. No minuto seguinte, estávamos voltando para o meu apartamento em Camden, carregando vários vestidos e sapatos do enorme armário de Lara.

– Você tem certeza que quer ir hoje à noite? – perguntei a ela preocupada.

– Nossa, quantas vezes você vai me fazer essa pergunta antes de acreditar que eu quero sair e me divertir?

– Mas você sabe que está passando por muita coisa, não quero forçá-la a ir a uma festa qualquer, onde não conhece ninguém – insisti.

– Acho que é você quem está evitando a festa, não eu – disse ela, acertando em cheio, como sempre fazia.

– Certo – resmunguei. – Eu me sinto esquisita. Eu não gosto de misturar os grupos sociais. E se você não gostar da Emma? E se ela não gostar de você? Jack ainda está desaparecido e eu odeio a minha vida.

– Primeiro, você pode acreditar mais em mim e na Emma? Somos suas amigas e tenho certeza de que podemos nos dar bem por uma noite, especialmente com a ajuda de álcool. Segundo, falamos sobre o Jack. Você vai descobrir o que está acontecendo, e depois dar um tempo e seguir em frente com a sua vida.

Ela estava certa. Lara e Emma eram incríveis e eu tinha sorte de ser amiga das duas. Se Jack me desse um fora, eu sobreviveria.

Mas ele provavelmente não faria isso – tinha sido tão atencioso antes, e eu não o imaginava perdendo o interesse. Ele mandara um beijo no final de sua última mensagem, então estava claro que ainda gostava de mim. Eu apenas me sentia estranha... bem, porque não era mais virgem. As coisas agora eram diferentes.

– É o meu celular ou o seu? – perguntou Lara enquanto estávamos deitadas na minha cama, exaustas, quando meu celular bipou.

Olhei no meu bolso.

– Ai, meu Deus. É uma mensagem do Jack! – gritei enquanto abria a mensagem.

– Eu disse que você estava fazendo drama demais. O que ele diz?

– Ele diz: "Oi, como foi o trabalho final? Você vai na festa de comemoração hoje à noite? O Eric vai com a sua amiga favorita e me convidou. Eu vou, se você for." E tem um beijo no final – falei triunfante.

Lara me cutucou.

– Você é ridícula. Ele sempre gostou de você. Ele quer ir a essa festa com você.

Fechei os olhos e soltei um suspiro alto.

– Graças a Deus eu não sou uma daquelas garotas. Ele ainda gosta de mim depois do sexo. E você vai conhecê-lo hoje à noite!

Ela revirou os olhos.

– Ótimo, agora eu que vou segurar vela.

– Ou você aproveita a oportunidade para esquecer Angus e Jez e aquelas porcarias de homens e encontrar alguém novo – falei com os olhos brilhantes. E continuei com exagero: – Além disso, agora *você* vai descobrir como é segurar a vela para alguém.

– Ah, meu Deus, eu não aguento isso – ela resmungou. – Eu vou mandar uma mensagem para o Jez e chamá-lo para me encontrar depois. Assim eu tenho um estepe no caso de ficar deprimida quando você sair com o Jack.

— Ou você pode conhecer alguém novo na festa – insinuei outra vez.

— Não. Eu não tenho como começar nada novo agora. Eu vou para a casa do Jez hoje à noite porque imagino que você vá trazer o Jack para cá.

— Você e o Jez sempre podem ficar no banheiro – falei ao fazer minha cara mais inocente.

...

Quando batemos na porta do flat duas horas depois, minha cabeça estava tão cheia de Prosecco barato que mal me importei em ver Hannah abri-la.

— Ellie – disse ela, com um sorriso falso. – Que bom que você veio. Oi, eu sou a Hannah. – Ela se virou para Lara e soprou um beijo no ar enquanto se apresentava. Eu me forcei a ficar calada. Por que ela estava bancando a anfitriã se ela nem morava ali?

— Olá – respondi entre dentes –, como vai?

— Você sabe, destroçada após a entrega do traba... Ai, meu Deus! – ela gritou, falando as palavras bem devagarinho. – Você está saindo com o Jack? Eric me contou. Na verdade, ele me contou *tudo*.

Olhei para ela horrorizada. Por favor, Deus, não permita que ela saiba de *toda a verdade*. Por favor, permita que Jack tenha mantido sua boca fechada. Fiz uma cara de quem pede licença, e peguei Lara pelo braço. Invadi a sala, arrastando-a atrás de mim.

Lara me olhou.

— Ai, pode soltar meu braço, por favor?

Soltei o braço dela sentindo-me menos bêbada.

— Você ouviu o que ela disse? Que Jack contou *tudo* para Eric? E se ela souber que eu era virgem até alguns dias atrás? – falei baixo e rápido.

— Não faça drama – disse Lara.

— Não estou fazendo! Mas isso pode ser um desastre.

Ela deu de ombros e foi para a cozinha, quase sem notar um grupo de pessoas que pareciam bacanas acomodado nos cantos e braços das cadeiras. Ela parecia não se importar com o fato de que não conhecia ninguém na festa. Com um suspiro decidido, prendi o cabelo atrás da orelha e a segui até a cozinha.

Nos dois segundos em que demorei para alcançá-la, Lara tinha fisgado Luke. Ele vestia um suéter de tricô trabalhado que parecia vintage, apesar de eu ter visto algo igual na vitrine da Urban Outfitters. Os olhos dela observaram o corpo perfeito dele, cabelos, roupas, rosto, inteli... a lista ditada pela inveja começou a se desdobrar na minha cabeça, mas, dessa vez, não me incomodou. Na verdade, fiquei até orgulhosa que a minha melhor amiga fizesse tanto sucesso. Em geral, amigos de infância estavam sempre com as roupas erradas e acabavam entediados em um canto. Mas não a Lara.

Bocejei e peguei o celular para verificar se Jack havia enviado alguma mensagem, quando Emma apareceu. Ela usava um vestido prateado com ombreiras que reluzia, de arrasar. Ela estava de braço dado com Sergio. Ele parecia diferente sem uniforme de garçom.

— Ellie! — gritou ela, sem se importar com quem se virava para olhar, apesar de Luke estar tão entretido que nem sequer a ouviu gritar. Ela me deu um abraço apertado e puxou a manga de Sergio, para que ele prestasse atenção. Como se ele fosse olhar para outra pessoa. — Serge, você se lembra da Ellie, não é?

— Oi — disse ele e me abraçou calorosamente. Eu retribuí um pouco sem jeito.

— Então, onde está Lara? — Emma perguntou impaciente. — Mal posso esperar para conhecê-la. E estou tão feliz que vocês tenham feito as pazes que prometo que vou amá-la.

Suspirei e apontei para o outro lado da cozinha, onde ela e Luke estavam.

— Ela já está em ação.

— Lara! – disse Emma toda feliz, tocando no ombro dela, irradiando alegria. – Eu provavelmente não preciso ser apresentada, já que sou a única outra amiga de Ellie, mas me chamo Emma.

Lara se virou e sorriu.

— Emma, claro! – exclamou Lara. Enquanto as duas se abraçavam, notei que minhas duas melhores amigas eram loiras e mais magras do que eu. Também comecei a entender por que o Prosecco estava pela metade do preço. Corri para a pia, empurrando Luke, e me servi com um copo de água.

Bebi de uma vez só e enchi o copo outra vez. Virei para as meninas.

— Que bom finalmente conhecê-la – disse Lara com um sorriso fofo, ignorando totalmente Luke, que babava por ela logo atrás.

— Digo o mesmo – falou Emma com simpatia. – Já temos tanto em comum, e estou impressionada que você tenha conhecido alguém três minutos depois de chegar. Você sabe, Luke está de olho na sua bunda esse tempo todo – continuou ela.

Lara deu uma gargalhada sonora e virou-se para Luke, que estava ficando roxo.

— Vai à merda, Emma – resmungou ele e saiu da cozinha balançando a cabeça.

Virei-me para eles, enjoada.

— Não estou me sentindo bem – avisei.

— É, você não está com uma cara boa – Lara confirmou.

— Bem, é melhor você melhorar a aparência – disse Emma –, porque o Sr. Apaixonado acaba de chegar.

Eu me virei e vi Jack na porta da cozinha, conversando com Eric, que abraçava Hannah. Ele ainda não tinha me visto. Voltei-me para as meninas, meus olhos brilhantes.

— Ai, meu Deus, é ele – sussurrei meio em pânico. – Estou horrível? Lara, você acha que ele serve? Ai, meu Deus, ele já me viu?

Socorro! – falei, desesperada, enquanto segurava nos braços das duas.

– Sério, por que você está sempre machucando o meu braço? – reclamou Lara, puxando o braço e o massageando. Olhei para ela com raiva.

– Ah, está bem – disse ela com calma, afofando o cabelo com a mão. – Você está ótima. E ele também. Vocês vão ficar bem. Vire-se e vá atrás dele.

Emma concordou e se encostou contra o corpo alto e silencioso de Sergio, enquanto eu me aproximava nervosa da porta da cozinha. Ainda bem que ele tinha vindo. Minha ansiedade começou a diminuir e me esqueci das bolhas do Prosecco que desafiavam a gravidade e subiam pelo meu esôfago.

– Oi, Jack – falei, tentando soar sexy, misteriosa e controlada enquanto tocava em seu ombro.

Ele virou-se e seu rosto se iluminou. Fiz biquinho para evitar dar um sorriso ridiculamente grande.

– Ellie – disse ele, me abraçando. Fechei os olhos e sorri ao pensar na última vez em que estivemos tão próximos. Sem nenhuma roupa entre nós. E seu pênis dentro de mim... – Como você está?

Ele afastou-se e interrompeu o abraçou abruptamente.

– Bem – respondi e dei um sorriso, rezando para não parecer carente. Que coisas as garotas dizem para que os caras as convidem para sair? Vasculhei meu cérebro. – Acabei meu trabalho final.

– Sim, essa é a razão para a festa. – Ele sorriu. – Ei, deixe-me apresentá-la ao Eric.

– Claro – falei contente. Ele estava querendo me apresentar ao seu melhor amigo. *Alô!* Que progresso.

– Eric, esta é a Ellie – disse ele, e Eric virou-se para me ver. Só que ele não me viu apenas. Ele me olhou de cima a baixo, analisando cada centímetro da minha roupa. Ele estava me avaliando.

— Oi — disse ele friamente. O tom de sua voz deixava implícito que eu havia falhado na primeira etapa. Eu *sabia* que devia ter usado algo vintage.

— Jack me falou de você. Você conhece a Hannah, minha namorada?

Certo, era uma pergunta. Isso era certamente uma segunda chance. Eu lhe dei o sorriso mais vitorioso.

— Sim, estudamos literatura inglesa juntas. Ela está na minha turma de Chaucer.

Ele me olhou como se eu fosse a pessoa mais entediante que ele conhecia. Ele sorriu educadamente e virou-se de costas. Parece que falhei na segunda etapa também. O que aconteceu com a história de todos terem uma terceira chance?

— Então, gostou dele? — Jack perguntou ansioso. Eu arqueei as sobrancelhas recém-feitas. Ele esperou pela resposta e percebi que falava sério.

— Ele parece um cara legal — falei com cautela.

Jack sorriu.

— Achei que vocês se dariam bem. Sinto que vocês têm muito em comum.

Isso era novidade para mim, mas dei de ombros.

— Vou apresentá-lo aos meus amigos agora — falei com entusiasmo. Ele me seguiu até Lara e Emma. Luke flertava com Lara, enquanto Sergio e Emma estavam abraçados em um beijo apaixonado. Eu as cutuquei no ombro.

— Jack! — exclamou Emma ao cumprimentá-lo com entusiasmo. Ela apresentou Sergio, que, seguindo sua carga genética europeia, abraçou Jack, que retribuiu sem jeito. Lara se virou e, gesticulando com o olhar, me pediu para apresentá-la.

— Jack, essa é a Lara, minha melhor amiga de infância. Lara, esse é Jack, meu... — Cacete. Congelei. Lara veio em meu socorro e abraçou Jack sem esperar que eu acabasse a frase falando algo embaraçoso, como de costume.

— Prazer em conhecê-lo. Ellie disse que você escreve bastante. Que legal. Eu sempre quis escrever, mas nunca consigo terminar nada. Como você consegue?

Ele respondeu e os dois começaram uma conversa animada sobre literatura enquanto Emma e Sergio fingiam interesse. Eu observava Lara orgulhosa. Ela era ótima ao conhecer alguém, interessada, e fez com que Jack se sentisse bem-vindo. Bem diferente do meu papo com Eric.

Senti alguma coisa vibrar na minha coxa. Desapontada, vi que era o celular. Paul estava me ligando.

— Desculpe, gente, mas preciso atender — anunciei. Ninguém pareceu reparar quando saí da cozinha.

— Ei, Paul, como estão as coisas?

— Ellie, preciso da sua ajuda — sussurrou. — Estou com o Vladi e estamos prestes a fazer sexo. Mas ele não sabe que é a minha primeira vez. Eu nem sei por que estou ligando para você. Mas estou meio apavorado.

— Certo, uau. Não entre em pânico — falei com firmeza, tentando rapidamente ficar sóbria. — Olha, você não precisa se sentir esquisito porque é virgem. Eu também era, até transar semana passada, e, agora que já fiz, descobri que não é um drama. Acho que você deve contar a ele.

— Porque é melhor ser honesto?

— Hum, porque vai doer menos se ele souber — exclamei. — Mas, sim, por esse motivo também.

— Eu sei e quero contar — ele suspirou. — E se ele me rejeitar?

Encostei-me no portal para pensar. Se eu estivesse no lugar dele, estaria apavorada de contar para o Vladi pelas mesmas razões, mas, lá no fundo, eu sabia que ser corajosa era a melhor opção. Se

Paul quisesse que as coisas dessem certo com Vladi, ele teria que tomar a dianteira desde o início.

— Se ele rejeitá-lo, é um cafajeste e você pode perder sua virgindade com outro — falei confiante.

— É o que você faria no meu lugar?

— Com certeza — menti. — Agora saia do banheiro e vá contar para ele.

— Do closet, para falar a verdade. Mas obrigado por tudo.

— Vocês gays... Conte-me depois como foi, Paul. Boa sorte!

— Obrigado, Ellie — disse ele apressado e desligou.

Soltei um longo suspiro. Graças a Deus Jack havia descoberto que eu era virgem sem que eu precisasse contar. Eu não teria conseguido. Meus beijos virginais obviamente tinham seu valor.

CAPÍTULO VINTE E NOVE

Ficamos bebendo e conversando na festa até que a minha visão começou a embaçar, e as vozes à minha volta soaram como zunidos distantes. Estava na hora de ir para casa. Com Jack.

– Lara – falei da forma mais discreta que consegui. – Você precisa ir ao banheiro?

– Hã? – respondeu ela, fazendo-me perceber tarde demais que a havia interrompido. – Não. Estou bem, obrigada.

Eu a fuzilei com o olhar.

– Na verdade, talvez eu queira – respondeu ela, enquanto nós duas íamos da cozinha para o banheiro. Assim que entramos, tranquei a porta.

– Certo, reunião de emergência – anunciei. – Estou totalmente bêbada e não vou aguentar mais muito tempo. Preciso ir embora. Então, você vai sair com Luke ou vai encontrar Jez? Porque eu vou precisar da cama.

Ela revirou os olhos.

– Jesus, é assim que vai ser durante todo o verão?

Senti uma pontada de culpa.

– Não, eu juro. Normalmente eu não me importaria de ir para a casa dele. Mas acho que vou vomitar hoje à noite e prefiro fazer isso no meu banheiro a levar um esporro da Gata do Coletor Menstrual.

– O que é um coletor menstrual? Ah, deixa pra lá. Vou mandar uma mensagem para o Jez pedindo para vir me buscar. Ou pelo menos pagar meu táxi até lá – ela disse e fez uma pausa. – Porra, sou uma garota oferecida. – Ela deu de ombros e começou a digitar a mensagem no seu celular.

– Tudo bem. Eu vou deixá-la aqui porque preciso falar com Jack a sós e explicar que precisamos ir embora agora.

Ela grunhiu em resposta e eu voltei para procurá-lo. Ele estava conversando com Emma enquanto Luke e Sergio riam muito sobre alguma coisa no celular de Luke. Emma e eu trocamos olhares de forma tão sutil que a CIA teria nos contratado ali mesmo se tivesse visto. Ela acenou discretamente e se afastou.

Sorri para Jack, percebendo que era a primeira vez que estávamos sozinhos naquela noite.

– Oi – falei.

Ele sorriu.

– E aí? – ele perguntou.

– Caramba, estou me sentindo um pouco cansada agora. Podemos ir?

Ele me olhou surpreso.

– Ir? Como assim?

– Você sabe. Vamos. Podemos ir para minha casa. Fica a umas poucas estações de metrô daqui. Ah, espera. O metrô está fechado. Mas certamente temos ônibus.

Ele fez uma cara confusa. Será que não queria ir para casa comigo?

– Tudo bem – disse ele. Respirei aliviada.

Emma piscou para mim enquanto saíamos e eu consegui dar um tchau para Lara antes de irmos para o frio.

– Caramba, está congelante – falei, enfiando o braço por dentro do dele para andarmos mais juntos. Ele não respondeu e andamos em silêncio.

Andamos mais um pouco e tentei de novo.

– Então, curtiu a noite?

— É, foi legal, obrigado — respondeu ele e voltou a ficar mudo.

Isso estava muito estranho. Alguma coisa estava errada. Tirei o braço e enfiei as mãos nos bolsos. Comecei a sentir frio e fiquei arrepiada, mas isso não tinha nada a ver com o tempo. Eu queria perguntar se alguma coisa não estava bem, mas fiquei muito nervosa. E se ele realmente não quisesse ir para casa comigo? Afastei o pensamento quando chegamos ao ponto de ônibus. O silêncio estava me torturando.

— Jack, algum problema? — tomei coragem e perguntei.

— Não, está tudo bem — disse ele baixinho, e voltei a me sentir sóbria. Nada estava bem. Estava o contrário de bem.

Ai, meu Deus. Ele não queria ir para casa comigo. Pensei nisso e percebi que era verdade. Eu não lhe dera opção. Assumi que ele queria ficar comigo, sem perguntar a ele. Ai, meu Deus. Agora ele estava indo para a minha casa *contra a sua vontade*.

Eu ainda estava tentando entender o que acontecia quando o ônibus chegou.

— Não é esse? — perguntou ele.

Fiquei calada quando a gravidade da situação ficou clara para mim.

— Vamos no próximo — falei finalmente e me virei de frente para ele.

Respirei fundo. Precisava me comportar como uma adulta. Precisava ser direta na pergunta.

— Jack... você não está a fim de ir para casa comigo? Porque não é uma obrigação — desengasguei.

Ele deu uma risada curta e inesperada, apesar de não existir nada de engraçado, e passou a mão pelos cabelos.

— É claro que eu quero.

— Sério, Jack. De verdade. Eu posso pegar esse ônibus sozinha agora mesmo, e você volta para a festa. Já foi legal você ter me trazido ao ponto de ônibus. Está tudo bem, de verdade. Por favor

– falei desesperada. E eu nem sequer sabia o motivo do desespero. Eu só queria acabar com aquilo.

Ele parou. O alívio cruzou seu rosto.

– Sério? Tem certeza, Ellie? Eu não... não estou muito a fim de ir hoje à noite.

Fiquei enjoada. O gosto de bile subiu pela minha garganta. Engoli e me enchi de coragem.

– Jack, tranquilo, sério. – A voz saiu falhando. – Estou cansada. Quero ir para casa. Você pode voltar para a festa.

Ele suspirou aliviado. Ai, Deus. Ele realmente estava se sentindo obrigado a ir comigo. Eu quis chorar. Em vez disso, eu o abracei, e dei o meu sorriso mais radiante. Virei-me de costas e fingi que lia os sinais do ponto de ônibus enquanto as lágrimas se avolumavam nos olhos.

– Ei – ele me chamou com a voz carregada de culpa. – Ellie, não. Não faz assim.

Engoli em seco, passei os dedos sob os olhos e, forçando outro sorriso radiante, virei para encará-lo.

– Não faz o quê? – perguntei inocente.

– Tipo... ficar chateada ou irritada. Não é... eu não... É complicado. Eu apenas... estou enrolado. Sério, não é nada com você... sou eu.

Meu queixo caiu diante de tal clichê.

– Desculpe – ele continuou. – Eu apenas... estou passando por muita coisa.

Será que os pais dele estavam morrendo? Minha expressão se suavizou.

– O que está acontecendo, Jack? Você pode me dizer.

Ele se inquietou e passou as mãos pelos cabelos.

– É tão complicado. Não consigo falar sobre isso. De verdade, você é ótima, Ellie. Só não posso ir com você hoje à noite. Eu não esperava por isso. Eu vim aqui hoje na esperança de vê-la porque você é uma das poucas pessoas que conheço dessa turma, e é claro que eu gosto de ficar com você, mas não achei que você fosse me chamar para a sua casa.

As lágrimas se acumulavam. Como pude entender tudo tão errado?

— É o seguinte, Ellie — disse ele, o discurso se inflamando. — Sinto que não posso ir com você esta noite. Não posso transar com você hoje à noite. Estou todo enrolado.

Seus pais tinham que estar doentes.

— Mas não precisamos transar. Podemos apenas... — *não consegui dizer ficar agarradinhos; sem chance* — ... ficar juntos? — Deixei a frase morrer.

Ele suspirou.

— Eu não... me sinto psicologicamente preparado para isso hoje à noite.

Meu queixo caiu de novo. Agora eu estava tão atônita que nem sequer queria chorar. Eu não soube o que dizer em resposta.

— De qualquer maneira, vou esperar o ônibus com você.

— Não! — exclamei, rouca. — Sério — continuei a falar, tentando fazer com que a minha voz soasse mais serena. — Estou bem. O ônibus vai chegar logo e eu apenas... por favor. De verdade, pode ir.

— Tem certeza? — perguntou ele, com a expressão preocupada.

— Estou ótima — retruquei. — Sou uma mulher de vinte e um anos. Acho que posso cuidar de mim mesma. Estou bem.

Ele recuou.

— Está bem. — Deu de ombros. — Eu te ligo amanhã. Se você estiver livre, talvez a gente possa sair para jantar.

— Claro, está bem, tanto faz — falei e não correspondi quando ele me abraçou. Ele virou-se de costas e voltou para a festa. Segurei a respiração até ele desaparecer das minhas vistas. E deixei que as lágrimas presas rolassem. Solucei e funguei. Peguei o telefone e liguei para Lara.

— Lara — choraminguei assim que ela atendeu.
— Onde você está? — perguntou ela sem pensar.
— No ponto de ônibus. Na Old Street. O que fica perto da... Starbucks. — Solucei entre as lágrimas.
— Fique aí — disse ela e desligou.

Chorei mais ainda. *Não me sinto psicologicamente preparado para passar a noite com você.* Ele disse psicologicamente preparado. As palavras chicoteavam na minha mente. Sentei no banco. Os outros bêbados que estavam ali se levantaram e saíram de mansinho, deixando-me em paz com meus soluços. Nem os pedintes queriam ficar por perto.

CAPÍTULO TRINTA

Meu corpo voltou à vida. O relógio digital na minha cabeceira marcava 7 da manhã. Lara dormia profundamente ao meu lado. Uma enxurrada de lembranças. Jack me dando um fora nas ruas de Shoreditch. Eu soluçando na esquina, sentada sozinha no ponto de ônibus. Lara me levando para casa em um táxi. Eu chorando o caminho todo até em casa. Chegando em casa. Passando mal. Bebendo muita Ribena. Ai, Deus, Ribena. A lembrança do líquido rosado me embrulhou o estômago.

Minha cabeça latejava. Encolhendo-me de dor, saí da cama devagarinho, para não incomodar Lara.

Andei até o banheiro na ponta dos pés. Sentia-me horrível. Tirei as roupas e engatinhei para dentro da banheira sem sequer olhar para mim mesma. Tudo doía. E eu me lembrava de tudo. Preferia não lembrar, mas lembrava. Passei mal. Liguei o chuveiro, mas não fiquei de pé. Fiquei sentada na banheira abraçando os joelhos contra o peito enquanto a água caía em mim. Não tinha forças para levantar. Coloquei a tampa no ralo para a banheira encher enquanto eu me encharcava.

Quando a banheira ficou cheia, recostei-me e fechei os olhos. O fora tinha sido horrível. Eu nunca tinha tomado a iniciativa com um cara antes, a não ser quando pedi a James Martell que tirasse minha virgindade e ele se recusou. Era como um golpe duplo. Quase irônico. Eu tinha levado um fora do cara que se recusou a tirar minha virgindade e, agora, levei um fora do cara que *tirou* a minha virgindade.

Então, me dei conta: eu tinha virado aquele tipo de garota. A que joga fora a virgindade com o primeiro que demonstra interesse, apaixona-se por ele, enquanto ele a olha com pena, e se manda na direção que seu pau libidinoso o leva.

Sorri secamente ao imaginá-lo por aí com seu pênis pálido apontado para várias garotas. O sorriso ajudou. Fez-me lembrar de que estava tudo bem. Eu era apenas outra garota que tinha transado com um merda qualquer, e eu superaria isso. Eu não tornaria a vê-lo. Eu tinha Lara e Emma, e ficaria bem com o fato de ter perdido a virgindade com alguém que não estava *psicologicamente preparado* para dormir comigo de novo. Será que tinha sido tão ruim? Eu me afundei na banheira e tentei ignorar o pensamento e o enjoo no estômago.

Peguei o celular para me distrair. Ai, Deus, havia tantas mensagens de Jack. Eu não queria vê-las agora. Fui descendo até achar uma do Paul.

Ele disse que era incrível eu ainda ser virgem e fomos à luta! Não doeu quase nada. Obrigado pelo conselho, P.

Sorri para mim mesma. Pelo menos nem todos os homens eram filhos da mãe sem preparo psicológico.

...

Lara sentou-se na tampa da privada e me olhou com preocupação.

— Ellie, você tem certeza de que não quer que eu as leia para você?

— Pela milionésima vez, Lara, eu não quero que você leia as mensagens do Jack para mim. Ele me deixou sozinha. Infiltrou-se no meu lótus interior e recusou-se a voltar, mesmo quando eu o convidei. E, para falar a verdade, eu não quero *saber* o que ele tem a dizer – falei com calma. Todo esse papo de lótus estava me fazendo sentir muito zen.

Ela suspirou desapontada.

– Tudo bem – disse ela depois de algum tempo. – Se eu ler e for um pedido de desculpas incrível, que explique tudo, eu te conto. Se for mais baboseira, apagamos tudo e juro não tocar no nome dele de novo.

– Argh, não – respondi, franzindo o nariz. – Você não leu *Harry Potter*? Ao chamá-lo daquele que não pode ser nomeado, você dá mais poder a ele. Você tem que chamá-lo de Voldemort.

– Ótimo – disse ela, revirando os olhos. – Então, tenho permissão para ler as mensagens de Voldemort?

Ela não estava entendendo a minha metáfora.

– Tudo bem – resmunguei. – Você pode ler as mensagens de *Jack*. Mas não em voz alta.

– Ah, graças a Deus. Porque eu já tinha lido mais cedo. São ótimas e você precisa ouvi-las.

– O quê? – exclamei e sentei-me, projetando bolhas de sabão para a frente e para o alto. – Você leu sem minha permissão?

– Você teria feito o mesmo – respondeu ela, sem tirar os olhos do visor. – Então... ele espera que você esteja melhor, e quer levá-la para jantar hoje à noite e realmente espera que você aceite o convite. Ele paga.

Encostei na banheira e fiquei ruminando a mensagem.

– Devo responder que sim? – perguntou Lara.

Não respondi, ainda tentando escutar o que meus instintos me diziam. Fechei os olhos e tentei meditar.

– Ellie? – ela me chamou com cuidado. – Você está nessa banheira há quatro horas. Eu sugiro que você não passe o dia todo aí. Você está toda enrugada.

Suspirei e abri o olho esquerdo.

– Não – falei com firmeza.

– Não responda. Isso não é um pedido de desculpas ou uma explicação. Além do mais, como ele ousa achar que vou largar tudo e jantar com ele? Você, Emma e eu já temos planos para o jantar.

– Eu não me importo se você cancelar, e duvido que Emma se importe também.

– Isso não importa! – falei, indignada. – Ele não quis vir comigo quando eu o convidei ontem, então por que eu deveria estar à disposição dele?

– Acho que você tem razão – ela suspirou. – É só que... *é* tudo muito estranho. Eu sinto que deve haver uma explicação e você sabe que vai precisar encontrá-lo para descobrir. Certo?

O pensamento de que seus pais podiam estar morrendo voltou à minha mente. Talvez Lara tivesse razão.

– Bem, eu acho que seria bom investigar essa história.

A expressão de Lara se iluminou e eu a vi desbloquear o meu celular, pronta para digitar uma resposta para Jack.

– Espera! – Levantei a mão direita e a mandei parar. Ela não se mexeu e ficou calada. – Se eu vou vê-lo, será nas *minhas* condições. Eu tenho um compromisso de jantar com vocês e vou mantê-lo. Então, diga a ele que pode me encontrar para um café, se quiser. Às... às 3 da tarde. Em um lugar onde eu me sinta bem. O Planet Organic. Assim eu posso comprar o suco para a ressaca.

Lara concordou com animação e digitou a mensagem.

– Pronto! – exclamou ela triunfante. Em segundos, o celular bipou outra vez.

– Meu Deus, ele já respondeu. – Os olhos dela verificaram o visor rapidamente. – Certo. Você vai encontrá-lo às 3 horas na porta do PO. Ele diz que aguarda ansioso.

...

Sentei em uma pequena mesa de metal enquanto esperava que ele pagasse pelo meu Ginger Zinger. Eu me sentia calmamente determinada e anestesiada. Minha cabeça ainda latejava e eu havia passado corretivo para esconder as olheiras, usado rímel sobre a maquiagem de ontem, e me obrigado a sair da banheira e entrar no meu jeans favorito. Eu até parecia um ser humano.

— Estão na mão, dois Ginger Zingers — Jack exclamou ao se sentar ao meu lado.

Peguei o copo de plástico da mão dele e dei um gole sedento. Era como remédio. Os pedaços de cenoura, laranja, mel e gengibre acalmavam a minha garganta e eu realmente podia sentir as oxi--qualquer-coisa fazendo maravilhas no meu sistema imunológico arrebentado.

— Isso é do cacete! — disse ele, sorvendo ruidosamente.

Dei um sorriso contido para ele.

— É muito bom.

— Eu nunca estive aqui antes. Na verdade, precisei pesquisar sobre o lugar para saber do que você estava falando.

— Essa sou eu — falei com tranquilidade. — Sempre antenada nos lugares que vendem os melhores sucos para ressaca.

— Bem, você acabou de ganhar minha confiança. Eu irei aonde você sugerir — disse ele, rindo.

Houve um minuto de silêncio enquanto eu me lembrava da noite anterior e como ele tinha feito tudo, *menos* seguir minha sugestão. Ele também se calou, e sei que pensou a mesma coisa. Eu o encarei e esperei que ele quebrasse o silêncio. Não estava disposta a ficar de papo. Eu precisava ouvir a verdade.

Ele aproveitou a deixa.

— Hum, Ellie, eu acho... eu acho que precisamos conversar.

— Por favor, pode começar. — E fiz o gesto de quem abre espaço.

— Ontem... as coisas ficaram esquisitas. Eu não queria ter dito as coisas daquela maneira.

— Certo, então me diga como você queria tê-las dito.

— Quer dizer, eu só... Olha, está tudo certo entre nós dois, não é? — perguntou ele, depressa.

— Estamos bem. Estamos saindo. Não precisamos discutir isso, certo?

Eu me recostei e olhei para ele com frieza.

— Jack, precisamos *mesmo* discutir isso. E é por isso que eu estou sentada aqui. Para ouvir o que você tem a me dizer. Eu quero ouvir tudo.

Ele me olhou desconfortável e brincou com o canudo do seu Ginger Zinger.

— Você me *deve* isso — continuei.

Ele se remexeu na cadeira e respirou fundo.

— É. Você está certa. Eu... eu vou explicar tudo agora mesmo.

Cruzei os braços.

— Tudo bem. Deixe-me começar pelo começo.

— Um ótimo lugar para começar. — Droga! A letra de *A noviça rebelde* surgiu do nada na minha cabeça, como de costume, quando eu menos esperava.

— Então... eu saí com algumas garotas na minha época...

Eu arqueei as sobrancelhas e cruzei os braços com mais força ainda, imaginando ser um abraço de alguém que me protegia. Ele continuou.

— Enfim, é, eu saí com umas garotas, mas eu nunca realmente gostei de verdade de nenhuma delas. Claro que eram todas ótimas, mas, de alguma maneira, eu nunca... eu nunca realmente me conectei a elas. Eu apenas nunca acreditei em amor verdadeiro. Você... acredita nisso? — perguntou ele. Parecia preocupado.

— Acho... Acho que sim. Não sei.

— Certo. — Seus olhos pareciam quase me perfurar. — Bom, eu não acreditava. Então, tudo mudou.

Meu coração começou a ficar mais leve.

— Com todas elas, eu sempre me senti um pouco... igual. Um pouco nada. Não era de surpreender que eu não acreditasse no verdadeiro amor, porque essas garotas eram todas parecidas de certa forma.

Ele parou por um instante, enquanto eu o olhava vidrada. Meu coração estava tão cheio de esperanças que eu era incapaz de pensar. Estava totalmente absorta. Todas as minhas células e partículas estavam penduradas no suspense de suas palavras.

Ele prosseguiu.

— Certo dia, de uma maneira totalmente inesperada, eu fui a uma festa e conheci uma garota que era totalmente diferente. Ela me deixou sem fôlego, e me fez ver o mundo de outra forma. Uma pessoa que mudou minha vida com a primeira palavra que me disse.

Senti os joelhos bambearem. Eu nem sequer lembrava qual tinha sido a primeira palavra que eu disse a ele. Deve ter sido muito profunda.

Sua voz estava cheia de paixão enquanto ele falava.

— Pela primeira vez na vida, eu senti uma afinidade total e profunda com alguém. Não era apenas a beleza dela. Era a maneira como me fez sentir. Ela me desafiou, mas gostava das mesmas coisas que eu. Ela me fez rir, mas também me fez chorar. Eu senti essa afinidade no instante em que a vi. Sabe o que quero dizer? — Ele olhava dentro dos meus olhos.

— Sim — sussurrei com candura.

— Fico feliz — disse ele carinhosamente. — Porque eu nunca esperei encontrar isso. E isso me tirou do sério. Sou uma pessoa diferente do que eu era antes, e isso está complicando as coisas para mim. É por isso que ando meio estranho e um pouco... acho que você deve estar achando que tenho mudado de comportamento com você ultimamente, e enviando sinais confusos – disse ele e balancei a cabeça, concordando.

Agora eu estava entendendo. Ele estava com medo. Ele não esperava se apaixonar por mim. Ele era um garoto. Garotos odeiam compromisso. Todo mundo sabia disso. E agora ele havia me encontrado. Ele realmente gostava de mim e isso o estava amedrontando.

– É que essa... essa afinidade é tão forte, Ellie. Que me mudou por inteiro – acrescentou ele.

Senti ondas de êxtase percorrerem meu corpo. Ele estava me dizendo, sem querer, que me amava. Que eu o *havia mudado*. Eu, Ellie Kolstakis, era capaz de mudar a vida de alguém. Como eu poderia não acreditar nele? Ele estava apavorado que *eu o* rejeitasse. Senti vontade de rir da ironia de tudo isso. Ele realmente gostava de mim. Eu queria dar um soco triunfante no ar. Precisei de todo o meu autocontrole para não pular e beijar seu rosto preocupado.

Ele prosseguiu.

– Então, é por isso que estou explicando tudo. Ela me transformou no instante em que a encontrei e eu me apaixonei por ela.

O uso da terceira pessoa estava começando a me dar nos nervos. Por que ele não usava o pronome "você"? O Ginger Zinger também não estava caindo bem no meu estômago delicado.

– Eu a conheci no ano passado, então não aconteceu enquanto eu e você estávamos juntos, não se preocupe. Ela terminou comigo pouco antes de eu conhecer você – ele parou por um instante e continuou. – Ela é brasileira.

Senti meu coração se estraçalhar. Ele estava falando de outra pessoa. O tempo todo. Ele falava de outra pessoa. Não de mim. Ele não me amava. Nós não tínhamos uma afinidade profunda. Ele tinha uma afinidade com *ela*. A outra. Fiquei enjoada. Lágrimas brotaram.

Ele continuou.

— É só que... eu gostei realmente dela e ela havia contado que só ficaria alguns meses e voltaria para o Brasil. E por isso não queria nada sério. O que partiu meu coração. Então, eu encontrei você e saímos um tempo, mas ficou claro que nós dois não teríamos nada sério. Somos mais amigos do que amantes, certo? — ele me cutucou.

Meu coração estava em queda livre, afundando para dentro das minhas meias de borda rendada. Amigos, não amantes. A frase girou na minha cabeça e ficou em um verde brilhante em letras maiores do que as de VIRGEM no computador da Dra. E. Bowers. Eu estava pronta para chorar. Ele me olhava em expectativa. Juntei as poucas forças que restavam dentro de mim. E dei um grande sorriso forçado.

— Claro.

— Eu sabia que você entenderia — disse ele com um sorriso de gratidão. — O jeito que você é comigo... brincalhona e bobinha. Adoro você como amiga. Você é muito engraçada. Seu jeito de brincar com tudo, até com sua virgindade. Foi bacana você querer perdê-la comigo, como seu amigo. É muito melhor do que as garotas bêbadas que transam em uma noite ou com um cara que machuca o coração delas, sabe? Pelo menos, desse jeito, sempre seremos amigos. Eu acho você demais.

Concordei em silêncio. Amigos, não amantes. Coração. Despedaçado. Ai.

— Por isso eu queria conversar com você sobre a Luisa. Preciso de uma opinião feminina. Você acredita em amor? Você acha que ela é a garota certa para mim e que eu deveria lutar por ela? Ou devo deixá-la partir? — perguntou ele, ansioso.

Eu não aguentava mais. Não dava para continuar sentada, dando conselhos sobre uma outra garota. Doía mais do que qualquer outra dor que eu havia sentido antes. Eu queria deixar minhas lágrimas quentes e salgadas de vergonha correrem livres. Queria voltar atrás em tudo. Queria não o ter conhecido. Queria Lara.

— Ah, eu não sei — falei com pressa, engolindo os soluços antes que eles surgissem. — Eu acredito que... se ela *é* a pessoa, vai acontecer. De algum jeito. Se for para ser, será.

— Você acha? — perguntou ele, aproximando-se. Ele estava tão apaixonado e se preocupava tanto... com outra. Por que eu ainda estava aqui dando conselhos? Eu precisava ir embora.

— Ai, meu Deus — falei alto. — Já é isso tudo? Eu esqueci. Tenho outro compromisso com um amigo. Preciso ir. Droga. Pode me ligar, conversamos sobre a Luisa e tudo mais.

— Ah, certo — falou ele, parecendo confuso. Que horas são?

Babaca, que horas *eram*?

— Mais tarde do que imaginei! — disse eu e peguei a minha bolsa. Dei um aceno rápido e saí correndo, deixando-o olhar em volta à procura de um relógio no café.

Cheguei em um beco escondido depois da esquina e deixei-me desabar no chão. Eu me sentia tão idiota. Como pude achar que ele falava de mim? Com pude acreditar que Jack queria ser meu namorado, quando ele só me via como amiga? Ele nem sequer havia me amado durante esse tempo. Deus, eu me senti tão usada. Enquanto compartilhávamos nossos escritos, gargalhando juntos, dormindo juntos... ele provavelmente estava pensando nessa *Luisa* o tempo todo. Afundei a cabeça entre as mãos e chorei.

CAPÍTULO TRINTA E UM

Deitei na cama segurando uma taça de vinho rosé. As meninas estavam jogadas na minha coberta, deitadas do lado de uma caixa aberta de pizza. Eu havia chorado a noite toda, mas agora estava bem adiantada no caminho para o próximo estágio do luto. Tinha passado pela negação, pelo arrependimento e, agora, energizada pelo vinho e pela pizza, eu havia chegado na RAIVA.

— Ele é um babaca idiota — falei pela décima vez na última hora. — Como OUSOU me enganar assim e vir muito tranquilo dizendo "Ah, eu achei que éramos mais amigos do que amantes, certo?". Quer dizer, quem diabos *usa* essa palavra "amantes"?

— Ele é cafajeste, um merda que tomou seu tempo — concordou Emma. — Você está melhor sem ele. Deixe-o com a vadia brasileira.

— É isso mesmo, Ellie — disse Lara, concordando vigorosamente. — É um filho da mãe. Você precisa esquecê-lo e seguir em frente. Você merece coisa melhor.

Fechei os olhos e dei um longo gole no vinho. Era vinho de caixinha e dava para sentir isso pelo gosto.

— Meninas — arrisquei com os olhos semicerrados —, vocês acham que o Jack chegou a gostar de mim?

Emma se alongou e apertou meu braço.

— Sim, é claro que gostou. Só que vocês querem coisas diferentes e entenderam errado as intenções um do outro. Acontece.

— Acho que sim — falei. — Mas ainda assim é uma droga.

— É claro que é — respondeu ela. Mas pensa que mesmo se você estivesse num relacionamento do tipo "Te amo" com tudo em cima, eu duvido que você se casasse com ele. Teria terminado em algum momento, de qualquer maneira. É só que... desse jeito terminou antes do que você esperava.

Lara concordou.

— Ela está certa. Todas criamos expectativas sobre os caras. Você apenas caiu na real mais cedo.

— Então, isso... foi bom? — perguntei sem acreditar.

— Quem sabe? — disse Emma. — Vamos beber um pouco mais. — E ela virou generosamente o vinho rosé de caixinha em nossas taças.

— Além disso — disse Lara —, você não devia dar tanta importância a ele, Ellie. Você é especial demais para desperdiçar um minuto de sua vida se preocupando com o que ele pensa.

— Eu concordo — falou Emma. — E quer saber? Tudo tem um motivo para acontecer. Se Jack não fosse tão babaca, você não estaria aqui ouvindo conselhos de suas amigas favoritas.

Revirei meus olhos para ela, mas Lara continuou com cautela.

— Não me odeie por dizer isso, El, porque eu te amo, mas... eu acho que você precisa se amar um pouco mais. Você precisa parar de deixar que os caras decidam a sua vida. Não desperdice sua vida tentando atender às expectativas deles. Se não gosta de se depilar, não se depile. Vá ao natural. Se quiser ser virgem, seja. Se quiser dormir com qualquer um que sorria para você, *vá à luta*!

Minhas amigas eram muito melhores do que qualquer Ginger Zinger. Comecei a me sentir revigorada.

— É isso aí. Vou deixar meu bigodinho de Hitler crescer.

Enquanto elas me apoiavam com risadas, eu me dei conta de que queria manter meus pelos desde os dezessete anos, quando me raspei pela primeira vez. A pressão pubiana de me depilar e ter uma vagina perfeita vinha me torturando há exaustivos anos, mas eu finalmente estava pronta para deixar de lado.

– Eu nunca mais me depilo – anunciei. – Acho que vou continuar aparando, mas apenas *porque eu quero*... e também porque é horrível quando sai pela lateral da calcinha, sabe? – Parei por um instante enquanto elas concordavam comigo. – Mas é isso aí, meninas. Eu não vou mais me preocupar com meus pelos pubianos. Se isso significa que eu não vou poder comprar calcinhas de renda, para não ficarem aqueles tufos de pelos amassados por trás delas, que seja. Calcinhas de algodão, aí vou eu.

As meninas gritaram vivas e eu percebi que estava me divertindo com elas, muito mais do que me divertira com Jack. Quando estava com ele, eu tinha constantemente uma conversa paralela comigo mesma, narrando ou analisando demais cada detalhe. E, acima de tudo, tinha sido muito *exaustivo* fingir que entendia seus pontos de vista políticos. Era um alívio estar entre amigas que gostavam de mim como eu era.

– Ai, Ellie, estou tão orgulhosa de você – disse Lara. – E não estou sendo condescendente, juro. Eu sei o quanto você tentou de verdade ser igual aos outros, mas nós te amamos *porque* você é diferente dos outros.

– Eu amo vocês também! – exclamei. – Tenho sido uma idiota, não é?

Ela suspirou em um desespero fingido.

– Pare de ser tão rígida consigo mesma. Você não tem sido uma idiota. Você tem sido *você* mesma. O que quer que tenha feito, preocupada demais com a sua virgindade, tentando ser aceita, transando com um cara que você gostava, mas que acabou sendo um babaca... Isso é viver. Você fez o que achou que era certo na época, e está seguindo adiante. Quando estiver pronta, vai transformar isso tudo em uma história engraçada para nos matar de rir, como sempre faz.

Ela estava certa. Eu provavelmente tinha dado mais importância a algo meramente biológico, mas isso foi devido a todas as influências externas da minha vida. Hannah Fielding, Eu Nunca, *Sex and the City*... não era de surpreender que eu me importasse tanto com a minha virgindade. Mas era apenas um buraco em um hímen.

De repente, eu me senti leve e livre, de uma maneira que não me sentira logo depois de perder a virgindade. Isso agora era diferente. Aos vinte e um anos, eu finalmente estava tranquila sobre ser virgem. Pena que não era mais o caso.

– Querida, você está bem? Seu olhar se perdeu e ficou estranho – disse Emma.

– Meninas... Eu acho que estou tranquila sobre ser virgem – expliquei devagar.

Lara e Emma se entreolharam, cheias de preocupação.

– O que foi? – perguntei.

– Hum. Você sabe que não é mais virgem, certo? – Emma falou cuidadosamente.

– Tanto faz – respondi, gesticulando com a mão. – Eu acabo de ter uma epifania. Eu acho que... finalmente aceitei minha virgindade. E o fato de que não sou mais. Ai, meu Deus, isso é tão... incrivelmente revolucionário.

Lara me olhou confusa.

– Você tem certeza de que está bem, Ellie?

– Sim. Estou bem. Estou *ótima*! – exclamei. – Eu acabo de aceitar que não havia nada de errado em ser virgem. Então ninguém havia me penetrado, e daí? *Eu* posso enfiar um pênis plástico em mim. Quem se importa?! Por que o status do meu hímen importa tanto? Ele não me define. Eu não sou definida pela cor da minha pele ou pelo meu peso, porque isso é racista e fascista, então não devia ser diferente com a minha virgindade.

– Eu acho que você não quis dizer fascista – corrigiu Lara.

— Só porque você estuda Direito — respondi, e ela levantou a mão como se fosse se entregar.

— Então, vocês concordam ou não, garotas? — instiguei.

— É claro que sim — disse Emma. — O que acha que estamos tentando dizer esse tempo todo? E quer saber? Isso funciona ao contrário também. Por que eu devo ser julgada se meu hímen *está* rasgado? Então eu sou uma vadia porque minha vagina conheceu mais de trinta e cinco paus diferentes? Hum, NÃO!

Os olhos de Lara se arregalaram um pouco, mas ela também falou.

— É verdade. Quem se importa se eu curto fazer sexo com um cara emocionalmente instável que não quer ter compromisso comigo? Eu também não quero compromisso com ele. Eu só curto o sexo, e não há nada de errado com isso. Eu não quero um namorado. Eu quero poder transar com Jez sem compromisso, quando der vontade ou oportunidade. Foda-se, se você pode aceitar sua virgindade, eu vou parar de fingir que quero mais do que isso dele. Vou admitir que adoro o nosso relacionamento. É perfeito.

— Quer saber? — acrescentei, com um esboço de sorriso. — Eu não me importo mais se eu fui virgem até os vinte e um anos. Eu não era drogada ou fui expulsa da universidade, nem nada desastroso. Eu era apenas virgem. E se a Hannah sabe ou não disso, não me importa. Fui virgem até os vinte e um anos, e daí? Se essa é a melhor fofoca que a turma de literatura tem, então a vida deles é um *tédio*.

— De fato — concordou Emma. — E nem é uma notícia interessante. Sem ofensas, Ellie. É o tipo de coisa que se esquece cinco minutos depois. Além disso, depois da colação, não precisamos mais ver nenhum deles.

— Você está totalmente certa — concordei. — Vai ser chato se as pessoas souberem e falarem a respeito, mas vai passar. E enquanto estamos falando disso, vou aceitar que sou atraente apesar das minhas falhas. Eu não preciso ser uma Angelina Jolie para ir para cama.

Emma arqueou as sobrancelhas.

– Ah, tá – disse ela, revirando os olhos. – Eu não sou apenas atraente, eu sou *demais*, assim como vocês.

As meninas riram e propuseram um brinde.

– À Ellie e seu hímen peludo – gritou Emma, e nós brindamos.

Mantive minha taça levantada.

– Agora, ao meu futuro. Como uma garota que não está nem aí para o status de seus pelos pubianos, hímen, ou sua vergonha. À minha vagina!

CAPÍTULO TRINTA E DOIS

Pelos pubianos e Preconceito

Aqui está o artigo que prometemos sobre pelos pubianos. Em vez de compartilharmos nossos conhecimentos com vocês, EM delicadamente rejeitou participar desse post porque os dela são loiros e ela não tem pelos encravados. Em vez disso, EK vai falar sobre sua considerável moita e sua jornada até a aceitação do que se esconde sob suas calcinhas. Espero que ajude.

EK:

A primeira vez que mostrei minha vagina a um cara, ele caiu na gargalhada. Nós dois tínhamos dezessete anos e eu fiquei aterrorizada pelos quatro anos seguintes. Foi apenas aos vinte e um anos que enfrentei meu medo e deixei outro homem chegar lá de novo. Ele também riu.

Eu não tenho uma vagina especialmente engraçada. Contudo, os dois homens acharam meus pelos pubianos – ou a falta deles – hilários.

O primeiro cara viu meus pelos pubianos do jeito que eles são. Encaracolados ao extremo e saindo de todos os poros. Eu não fiz nada para cultivá-los, e ele achou isso engraçado. MAS não importa o quanto ele tenha rido, ele ainda estava disposto a me deixar chupá-lo. O que quero dizer é: eu era mais uma naturalista do que uma hippie, mas ele ainda quis que lhe fizesse um boquete.

O segundo cara me viu com uma depilação cavada que havia sido transformada em um bigodinho de Hitler [aviso: a depilação chamada Playboy é anunciada como sendo um tipo de cavada, mas tem uma aparência bem diferente. A comum tem uma faixa larga de cada lado. A Playboy é do tamanho de um selo de correio e parece com o bigode do Hitler impresso no seu púbis]. Ele me disse que não esperava que eu tivesse a vagina depilada, porque eu parecia o tipo de "garota que gosta ao natural". A região genital dele era raspada e cuidada como um gramado.

Eu permiti que as reações deles me incomodassem. Estive tão preocupada com a expectativa masculina a respeito do visual da minha vagina que gastei horas (e cem libras) em lâminas, cremes depilatórios, depilações, aparadas e pinças. Eu até cortei meu clítoris com uma lâmina ao tentar me raspar. Minha vagina tem pontos pretos de pelos encravados que são tão profundos, que não consigo tirar. Vivo permanentemente em pânico.

E é por isso que eu finalmente decidi deixar para lá. Eu não vou mais tentar aparar minha moita e transformá-la na parte superior de um ponto de exclamação, ou arrancar os pelos que estão fazendo seu trabalho de evitar que a sujeira e o suor entrem (sim, essa é sua função anatômica).

De agora em diante, vou fazer o que quiser com meus pelos pubianos. Vou mantê-los aparados, mas não tenho intenção de manter a virilha depilada. Por quê? Porque estou aceitando os meus pelos. Eu não quero me cortar ao me raspar; usar cremes que não funcionam para pelos grossos; deitar seminua nos salões; ou agonizar tirando à pinça os que escaparam. Eu não me importo com o que o próximo cara vai dizer sobre os meus pentelhos, e eu me recuso a ser parte de uma cultura que assume que as mulheres não têm pelos. NÓS TEMOS.

Apertei o botão "Publicar'" e aguardei contente enquanto a tela me levava para a página inicial do vlog. Já tínhamos 750 seguidores. O último mês tinha sido infernal enquanto Emma e eu nos forçamos a rever Shakespeare e Chaucer quando o que queríamos mesmo era contar ao mundo cibernético sobre nossas vaginas.

A maioria dos comentários nas nossas postagens era negativa. Aparentemente nossas postagens eram indulgentes e desnecessárias. Mas, para cada dez comentários desses, havia sempre uma garota que dizia algo positivo. Isso fazia o esforço valer a pena.

Desde aquela noite, Jack havia mandado algumas mensagens desculpando-se, mas eu não respondi. Ele entendeu a dica e me deixou em paz. Ainda dói, mas só porque ele feriu meu orgulho. Demorou quatro semanas, mas finalmente aceitei tudo o que aconteceu. Com uma caneta indelével, eu escrevi *Acabou* na minha mão esquerda, de maneira a não me esquecer, e reforço as letras todas as semanas para não perder a cor. Renomeei o contato dele e agora diz: NÃO ATENDA – LEMBRE-SE DA LUISA. A lembrança da brasileira que trabalhava como modelo (sim, eu a bisbilhotei no Facebook) me irritava todas as vezes. Não dava para competir com ela.

Por isso, eu havia dedicado toda minha energia estudando para passar e fazendo o blog com a Emma. Engraçado como era fácil me concentrar no trabalho quando não estava em crise existencial sobre a minha virgindade.

Nenhuma das empresas em que me inscrevi para estagiar havia respondido ainda, e enviei um e-mail pedindo notícias e delicadamente exigindo uma resposta. Como uma decisão de último minuto, anexei um link para o vlog. Eu não fazia a menor ideia do que achariam disso – especialmente no caso dos jornais mais conservadores –, mas, pelo menos, estava sendo proativa.

Enquanto isso, Paul continuava saindo com Vladi, e usava o pacote de camisinhas com que eu o presenteara. Lara ainda estava na faculdade, indo aos bailes de maio e às outras coisas cheias de glamour que eu não entendia, e estava no caminho certo para ficar em primeiro lugar. Ela viria morar comigo em breve. Eu tinha um verão com as garotas diante de mim e estava deixando Jack para trás. Seu nome raramente aparecia no meu diário. Só em algumas páginas.

Só havia uma coisa que eu ainda não tinha feito. Voltar à Dra. E. Bowers.

Assim que acabei de postar no vlog, fechei o laptop, peguei minha jaqueta e os óculos de sol. Era hora de encarar meus medos. Eu tinha que deixar o status de virgem intocada e aceitar o novo de mulher desonrada. Eu tinha um futuro de vadiagem diante de mim, e mal podia esperar para contar isso à Dra. E. Bowers.

...

Eu estava de volta na sala de espera, aguardando que meu nome surgisse no monitor. Estava agitada e queria que o ar-condicionado estivesse menos gelado. Minhas pernas nuas, que pareciam até bronzeadas lá fora, pareciam de uma palidez mortal à luz fluorescente. Os poucos pelos que me escaparam quando raspei as pernas estavam arrepiados com o frio.

Cruzei as pernas e tentei puxar o vestido branco de verão para cobrir os joelhos. A sala de espera estava relativamente vazia, porque a maioria dos estudantes tinha ido para casa depois das provas finais, ou estava ocupada demais acabando com seus fígados para se preocupar com visitas médicas de rotina.

O monitor piscou. Srta. ELLIE KOLSTAKIS. POR FAVOR, DIRIJA-SE AO CONSULTÓRIO DA DRA. E. BOWERS.

Obedientemente levantei-me.

– Entre – disse a voz seca lá dentro.

Abri a porta e lá estava ela. Seu cabelo loiro de princesa Diana havia sido repicado ainda mais curto, em algo que seria um estilo David Bowie, e ela usava um terninho cor de chocolate.

— Srta. Kolstakis, como você está? – perguntou ela, enquanto me olhava de cima a baixo. Seus olhos pararam na barra do meu vestido e voltaram ao meu rosto.

— Bem, obrigada. E a senhora? – respondi automaticamente, me sentando em uma das cadeiras plásticas. Eu conhecia a rotina agora.

— Muito bem, obrigada. Então, em que posso ser útil? – perguntou ela na expectativa. Ela empurrou os óculos sem armação e olhou por cima das lentes.

— Bem, eu gostaria de fazer um teste para clamídia, por favor – falei confiante, e cruzei os braços. – E todos os demais.

— Todos os demais para quê?

— Quero fazer exames. Para todas as DSTs – expliquei.

— Diz aqui no meu sistema que você fez o teste de clamídia da última vez, mas eu não tenho informações sobre o resultado. Quando o enviou? – perguntou ela, enquanto procurava algo na sua tela.

— Eu não enviei – admiti. – Não parecia importante já que eu não tinha feito sexo. Mas isso mudou, então eu preciso fazer os testes. – Eu me acomodei na cadeira e a olhei presunçosa.

Ela se virou para me encarar.

— Certo, você fez sexo sem proteção recentemente? Você tem motivos para achar que seu parceiro tinha alguma DST?

Eu me remexi na cadeira. Minhas pernas nuas grudavam no plástico.

— Não foi sem proteção. Achei que devo fazer o teste por precaução.

— E o seu parceiro... ele fez exames recentemente?

— Ele não é exatamente meu *parceiro*, e eu não sei se ele fez exames... eu não perguntei. – Jesus! A que século ela pertencia, esperando que ele fosse meu namorado? Aposto que ela era o tipo de pessoa que diz "fazendo amor" em vez de "trepando".

— Você pode perguntar a ele agora? – perguntou ela.

— Hum, não! – respondi, mordendo o lábio.

— Certo – disse ela séria. – Deixe-me dar a você outro teste de clamídia. Você pode fazer esse aqui. E vai precisar fazer um exame de sangue para HIV.

— HIV?! Ai, meu Deus, você acha que eu tenho HIV? – perguntei.

— É pouco provável, mas se você quer ser testada para tudo, seria natural testar isso também – disse ela enquanto digitava em seu computador.

— Certo – falei em dúvida. – Mas só fiz sexo uma vez, então acho que eu provavelmente não tenho.

Ela balançou a cabeça devagar. Mas dava para ver que não acreditava em mim.

— Está bem. Você tem algum sintoma que a preocupe? Sua vagina tem algum cheiro? Tem algum caroço ou uma quantidade diferente de corrimento?

— Hum... – Mas todas as vaginas não têm cheiro? Acho que não tem nenhum caroço porque eu teria notado. Quem diria que os exames de DST eram tão complicados?

— Acho que tenho muito corrimento – murmurei olhando para o chão.

— O corrimento é branco ou amarelo? É espesso?

Eu não tinha a menor ideia. Nunca havia parado para analisar. Parece que devia ter feito isso.

— Err, eu acho... que é um pouco dos dois? Tipo, normal... acho?

Ela suspirou.

— Certo. Bem, você pode ter candidíase. Deixe-me receitar um creme só por precaução.

Eu a olhei assustada.

— Candidíase? Jura? Eu achava que só se pegava isso com calcinhas de renda. Eu prefiro as de algodão. Não acho que tenha isso.

— Alguns tipos de lingerie podem proliferar candidíase, mas também pode acontecer por uma série de outros fatores. É uma infecção bem comum, e seu corpo pode curá-la sozinho, mas eu vou receitar o creme de qualquer maneira. Se você reparar que o corrimento ficou espesso, use o creme.

– Tudo bem – respondi tentando absorver todas as novidades.

– Nesse meio-tempo, tome esse potinho e colete uma amostra de urina. Enquanto estiver no banheiro, aproveite e faça o teste de clamídia e volte aqui para fazer o exame de sangue com a enfermeira. Eu vou passar seus dados para ela. Mais alguma coisa sobre a qual queira conversar enquanto está aqui?

– Bem, tem uma coisa sim – falei com cautela. – É meio embaraçoso de pedir, mas agora que eu *não* sou mais virgem, você se importa de atualizar a minha ficha? Para que não diga mais VIRGEM em letras garrafais do lado do meu nome? Talvez você possa escrever... SEXUALMENTE ATIVA ou FEZ SEXO. Ou, melhor, FAZ SEXO... porque eu provavelmente farei de novo... – falei de uma vez.

Ela me olhou e tirou os óculos.

– Como é?

– Bem é que... da última vez em que estive aqui, dizia no seu computador que eu era virgem. Eu fiz sexo. Então, queria saber se você pode atualizar a minha ficha. – pedi. – Por favor?

Ela franziu a testa.

– Vou atualizar seus registros, sim. Costumo fazer isso depois que eu atendo o paciente. Se você for fazer sua coleta, eu atualizo a papelada.

Ela não ia fazer isso na minha frente. Típico. Talvez ela fosse escrever PUTA ou SEXUALMENTE INCONSTANTE.

– Certo – falei e suspirei de leve, resignada ao meu destino de desonrada. As pessoas iam automaticamente achar que eu tinha HIV e escrever coisas a meu respeito pelas minhas costas. Peguei o envelope pardo e o coletor de urina e me dirigi sem esperança para o banheiro.

...

Certo. Eu só precisava segurar o pote embaixo da vagina e pegar a urina na saída. Só que saiu e espirrou em tudo, menos no pote. Droga. Segurei o fluxo, respirando fundo. Merda. Mexi os dedos molhados, ajustando a captação. Certo, ótimo, dessa vez estava caindo no potinho, mas... ah, não, estava transbordando. Na minha mão. Na minha pulseira.

Respirei rapidamente ao retirar a mão e acabar de fazer xixi. Eu me sequei e puxei a calcinha com a mão seca e dei a descarga. O potinho estava encharcado e a etiqueta de papel estava se soltando. Meu nome estava borrado e havia tinta azul nas minhas mãos.

Rosqueei a tampa e lavei as mãos na pia. Dando de ombros, decidi também lavar o coletor. Eu não queria que as pobres enfermeiras tivessem que tocar no meu xixi e a etiqueta tinha praticamente se dissolvido.

Agora, o exame de clamídia. Abri o envelope e o tubo do exame caiu no meu colo. Tinha um cotonete gigante dentro. Senti uma pontada de pânico. Isso parecia complicado. Havia também um folheto pequeno com instruções. Abri e olhei o desenho. Eu devia pegar o cotonete e não deixar tocar em nada a não ser o interior da minha vagina. Simples.

Desatarraxei o tubo e tirei o palito longo. Abaixei a calcinha novamente e me agachei ao lado da pia. Enfiei o palito longo e branco devagar na minha vagina. Formigou ao entrar, e senti os músculos da minha coxa começarem a ceder sob o peso do meu corpo.

Olhei as instruções novamente, tentando não perder o equilíbrio. Certo, dizia para passar pelas paredes internas. Eu obedeci, girando em círculos. De repente minhas coxas cederam e eu caí no chão. Caí de costas, minhas pernas e minha calça no ar, com um palito longo e branco saindo da minha vagina, como uma bandeira branca informando a rendição.

Curvando-me de dor, levantei-me devagar, tentando não mexer com o palito. Quando fiquei de pé, comecei a puxá-lo para fora. Quebrou no meio. Droga. Eu tinha metade do palito na mão. A parte com a cabeça de algodão ainda estava ali dentro. Joguei o palito fora, e enfiei dois dedos na vagina para tatear. Dei um suspiro de alívio. Eu podia sentir a outra metade do palito. Com cuidado, eu o tirei e enfiei no tubo.

Coloquei a tampa e atarraxei. Olhei as instruções. Dizia: "Coloque o palito de volta no tubo e quebre a ponta." Era o que eu tinha feito, na ordem inversa. Soltei um suspiro de alívio, puxei a calça e lavei as mãos. Com sabão. Duas vezes.

Entreguei à enfermeira a amostra de urina e o palito para clamídia. Ela os pegou sem hesitação, claramente percebendo que a etiqueta do coletor de urina havia se desintegrado.

– Já vou coletar seu sangue. Seu braço direito, por favor?

– Claro – falei, tirando o casaco e esticando o braço para ela. Eu o virei para baixo para que ela não visse como meu antebraço era peludo.

Ela segurou o braço com a mão e o virou.

– Muito bem, você vai sentir uma picadinha – disse ela, enquanto enfiava uma enorme agulha na parte mais sensível do meu corpo, a parte de dentro do cotovelo.

– Ai! – gritei quando a dor subiu pelo braço. Ela revirou os olhos e estalou a língua em recriminação. Que vaca! Até parece que ninguém nunca reclamou disso antes.

Olhei para o outro lado enquanto a seringa se enchia com o meu sangue e ela colocava uma bola de algodão no meu braço. Massageei onde estava dolorido. É melhor eu não ter HIV depois disso.

– Pronto. Acabou. Enviaremos seus resultados para você na semana que vem. Obrigada por ter vindo. – Ela começou a abrir a porta para mim.

– Desculpe, eu tenho uma perguntinha – falei nervosa. – Sabe aquelas, hum, camisinhas lá fora? Na caixa ao lado do bebedouro? Elas são... grátis?

Ela suspirou fundo.

– Leve quantas quiser.

Agradeci. Sexo com Jack não tinha sido especialmente bom, mas agora eu já tinha tido a minha primeira vez, e eu mal podia esperar para sair transando e seguindo o meu caminho rumo aos orgasmos múltiplos. Sexo seguro, aí vou eu.

CAPÍTULO TRINTA E TRÊS

Hoje foi meu último dia como estudante. Eu ia checar minhas notas e finalmente saber se estava condenada a ser uma porcaria entre os alunos ruins, uma aluna mediana aceitavelmente graduada com perspectivas ou uma garota entre os melhores que iria a lugares mesmo sem ter algum estágio em vista, ou, ainda, Deus queira que não – uma ninguém com as piores notas. Meu estômago se retorceu. Eu tinha feito uma quantidade aceitável de trabalhos para merecer uma boa nota, mas eu sonhava secretamente em estar entre os primeiros. Havia me dedicado diariamente das 8 da manhã até as 11 da noite com apenas quatro intervalos por dia. Certamente é o que fizeram as pessoas que recebiam louvores. Não havia horas suficientes no dia para fazer mais do que isso.

Esperei ansiosa do lado de fora do departamento de literatura inglesa. Emma deveria me encontrar aqui, mas ela estava atrasada. Nosso departamento era o único na UCL que fazia os alunos terem que entrar para pegar as suas notas.

Logo em seguida, Emma me encontrou, equilibrando-se em saltos altos e com um longo vestido preto. Parecia pronta para tomar piña colada em um iate. Eu estava usando legging, uma camiseta enorme e chinelos. Ficar arrumada não estava entre os itens da minha agenda de hoje.

– Mal-estar na escala de um a dez? – perguntou ela, abraçando-me.

– Doze. E você? – respondi em transe.

– Pior. Vamos entrar e acabar com isso – continuou ela, puxando-me pelo braço para ir em direção ao prédio. Fiz sinal de concordância enquanto nos aproximávamos do quadro de avisos.

Já havia muitas pessoas na sala, espalhadas pelos corredores, a maioria batendo papo animadamente. Aposto que tinham ficado entre os melhores, os filhos da mãe. Nós os ignoramos e fomos até o quadro de avisos. Meu coração batia forte enquanto meus olhos corriam pelo quadro, procurando o meu número de inscrição. Eu escrevera o número por cima do *Acabou* já desbotado. Minha mão estava certa – havia mesmo acabado.

C2359. Achei. Graduados com louvor no segundo grupo. O que significava isso? Era um... 8. Ah, graças a Deus. Respirei aliviada, mas senti a decepção correr pelas minhas veias. Eu não havia tirado a nota máxima como em um passe de mágica. Eu não era um gênio. Eu não estava predestinada à vida acadêmica. Lá se foram as minhas chances de entrar na CIA ou de ser Ph.D. em Shakespeare.

Olhei para Emma.

– E aí? – erguntou ela com os olhos brilhantes.

– Tirei 8. Padrão. E você?

– Dez! – gritou ela. – Não tenho a menor ideia de como isso aconteceu. Ai, meu Deus. Talvez eu não devesse mais fazer Relações Públicas. Eu poderia ser uma catedrática em Shakespeare.

Meu rosto ficou sombrio. Ela estava roubando o sonho que eu jamais teria oportunidade de viver.

– Isso é tão empolgante! – exclamou ela.

Suspirei.

– Eu odeio você, mas estou tão ridiculamente orgulhosa! – anunciei e a abracei.

Ela riu.

– Obrigada, gata. Se tivesse sido o contrário, eu provavelmente a odiaria. E tirar 8 ainda é ótimo, você sabe disso.

Ainda é ótimo? Argh. Odiei o "ainda". Ela estava certa. Mas também estava errada. Se tivesse sido o contrário, ela estaria muito feliz por mim com certeza. Além disso, eu estava aprovada. Eu tinha ido bastante bem. Eu não havia me dedicado tanto quanto poderia, mas que diabos! Minha amiga era um gênio.

– Vamos tomar drinques para comemorar. Por minha conta! – anunciei.

– Oba! – Charlie gritou do outro lado da sala. – Vamos para o The Fitzroy Arms, gente. A Ellie está pagando.

Revirei os olhos para ele.

– Desculpe, Charlie, mas eu estava falando só com a Emma, porque ela tirou a nota máxima – falei orgulhosa.

Ele a olhou com admiração.

– Cacete! Parabéns, Emma.

Ela sorriu e deu de ombros.

– Achou que era difícil? – perguntou ela, passando o braço por mim. – Para o pub, já.

Todos saímos da sala e caminhamos até o pub em uma fila disforme e torta, rindo e batendo papo, ocupando toda a calçada leste da Tottenham Court Road. Todos estavam me tratando com naturalidade e Hannah sequer estava junto. Era como se ninguém soubesse do meu segredo virginal. Resolvi deixar tudo isso de lado e relaxar. Não éramos mais estudantes, eu não era mais virgem e o sol estava brilhando.

Eu estava no meu terceiro gim-tônica quando meu celular bipou. Era um e-mail e a linha do assunto dizia *Re: Estágio*. Apoiei o copo na mesa com força e imediatamente abri o e-mail. Era da *London Magazine*, uma revista on-line descolada para a qual eu tinha enviado o meu vlog há uns quinze dias.

Cara Ellie,
Muito obrigada pelo seu e-mail se candidatando ao nosso estágio de três meses. Como você sabe, a relação candidato-vaga é alta,

mas gostaríamos de lhe oferecer uma vaga, para começar em setembro.

Nós adoramos o seu "vlog" e o achamos hilário. Seria fantástico se pudesse escrever algo similar para nós, por isso ficamos na expectativa de ouvir mais sobre suas ideias. Por favor, nos responda se gostaria de aceitar nosso estágio.

Tudo de bom,
Maxine
Editora da *London Magazine*

– Ai, meu Deus! – exclamei – Olha, Emma.
Ela olhou por cima do meu ombro para ler o e-mail.
– Ai, meu Deus, Ellie! – gritou ela, alegre, alguns segundos depois. – Isso é incrível! Estou tão orgulhosa de você. Eles disseram que *adoraram* o vlog. Mal posso acreditar! Que máximo!
– É. Que louco! – falei, abrindo um enorme sorriso.
– O que foi? – perguntou Kara, que tinha estado na festa do Eu Nunca e implicado comigo. Agora que estávamos todos prontos para seguir nossos caminhos e nos formar, as pessoas estavam sendo exageradamente amigáveis. Era o fim de uma fase e estávamos todos com medo de começar de verdade a vida no mundo real, e, por isso, parecíamos querer prolongar um pouco mais a vida de estudante.
– Acabei de receber uma proposta de estágio na *London Magazine* – expliquei.
– Está brincando? Eles só abrem uma vaga por ano. Muito bom, isso é incrível.
– Viu?! – disse Emma. – Você está passando à frente de todos aqueles aspirantes a jornalistas! Estou tão impressionada!
– Mas não é um aspirante a jornalista qualquer – disse Kara. – Eu sei que Hannah se candidatou a essa vaga também. Tinha mui-

ta certeza de que conseguiria. Mais cedo, ela recebeu um feedback negativo por e-mail e foi para casa bem agitada.

Nós nos entreolhamos e caímos na gargalhada. Eu não podia acreditar que tinha me vingado de Hannah Fielding. Ao diabo com ela e suas tiaras hippies – eu era uma escritora melhor do que ela.

– Qual é a graça? – perguntou Charlie ao se aproximar, passando o braço pela Kara. Ele a beijou profundamente. Olhei assustada para Kara, esperando que ela o afastasse. Ela o beijou de volta. Uau. Eu realmente perdi quando tudo começou.

Olhei para Emma de canto de olho e ela estava boquiaberta.

– Meu Deus, como perdemos essa fofoca? – sussurrou ela enquanto o casal se afastava, deixando-nos sozinhas.

– Nem me fala. Vou sentir saudade do pessoal – falei melancólica, olhando para o sol que brilhava sobre o grupo com seus vestidos vintage e calças skinny. – Eu me sinto como no final de um filme. Ou no final de um especial de Natal, sabe?

Emma riu.

– Acho que você tem muitos copos de vinho rosé, tinto e gim-tônica na cabeça.

Meu celular bipou de novo.

– Espera aí. – Sorri enquanto desbloqueava a tela. – Provavelmente é outra proposta de estágio. Ai, como é difícil ser bem-sucedida.

Emma revirou os olhos para mim.

– Uma proposta de estágio e ela acha que é o próximo Jeremy Paxman. – Eu não respondi e ela me olhou preocupada. – Ellie, está tudo bem? Eu estava só brincando.

Sem dizer nada, eu lhe entreguei o celular para que ela pudesse ler o e-mail.

– O que foi? – perguntou ela confusa, sua expressão se transformando em uma careta. – "Cara Srta. Kolstakis. Obrigada por frequentar o Consultório Gower Street. O seu teste para clamídia deu positivo. Por favor, ligue para 0207..." AI, MEU DEUS – exclamou ela, olhando para mim. – Ellie, você está bem?

Eu a encarei sem ação. Bem? Se eu estava bem? Eu peguei clamídia na única vez na vida em que fiz sexo. E tínhamos usado camisinha. COMO EU PODIA ESTAR BEM?

– Querida, está tudo bem – disse ela carinhosamente. – Todo mundo tem clamídia. É muito fácil de tratar, é assintomática, então ninguém fica sabendo. Você identificou no início e eles podem dar um jeito. De verdade, está tudo bem. Mas vocês não usaram camisinha?

– SIM – berrei.

– Talvez você tenha pegado pelo sexo oral – sugeriu ela.

– É possível pegar clamídia pelo sexo oral? – gritei, mas diminuí o tom de voz quando as pessoas se viraram para olhar. – Por que ninguém me contou essas coisas?

– Ah, querida. Desculpe. É tão injusto. Quase ninguém usa camisinha para fazer sexo oral, e você só fez uma vez e se contaminou. Que azar danado. – Ela me deu um abraço afetuoso.

– Eu não acredito que peguei clamídia – gemi arrasada. – Sou como a Virgem Maria, mas que, em vez de ganhar um Menino Jesus, ganhei clamídia. E não sou nem mais virgem.

Ela deu um tapinha de conforto.

– Vou buscar outro gim-tônica para você.

Fiquei ali sentada sozinha, contemplando a mensagem e esperando Emma voltar. Eu não era mais virgem. Alcancei meu objetivo. Eu tive contato com camisinha de verdade em um pênis de verdade, e fiz o teste para clamídia. Na verdade, cumpri a minha promessa, e fui além, contraindo clamídia.

Ri para mim mesma, enquanto chupava o cubinho de gelo derretido no copo pelo canudo. Depois de sobreviver vinte e um anos como virgem, clamídia não parecia um grande problema.

Eu, Eu Mesma e Minha Virgindade

EK:

Quando começamos esse vlog, nós nos apresentamos como EM, vadia com orgulho, e EK, virgem relutante. As coisas mudaram. Eu perdi a virgindade, queridos e leais leitores. Fiz sexo e sexo oral na mesma noite, e não parei de sorrir por vários dias. Na idade madura de vinte e um anos, eu finalmente perdi a virgindade para um cara atraente e mais velho.

Achei que, depois de todos esses anos, eu finalmente tinha achado o cara certo. Estava convencida de que ele estava se apaixonando por mim, assim como eu por ele. Mas descobri que ele tirou minha virgindade como um favor entre amigos. Citação: Somos mais amigos do que amantes, certo?" Hum. Eu achava que não.

O fato é que a Derrocada do Jack, como eu a chamo (porque não acho que ele mereça o anonimato), ensinou-me muito sobre a virgindade. Descobri que nunca parei para pensar no que a virgindade significa para mim, porque estava muito preocupada com o que os outros acham disso. Por exemplo: os filmes americanos para adolescentes apresentam as virgens sempre como fracassadas. Ou aqueles em que os atletas populares tentam e tiram a virgindade da garota linda. Séries de televisão como *Sex and the City*, em que todos discutem sobre sexo o tempo todo. Revistas que fazem chamadas como "As 50 melhores dicas sobre sexo" na capa. Você já entendeu.

Eu só aceitei minha virgindade depois que a perdi. Eu gostaria de ter conseguido isso antes, mas, de qualquer maneira, estou feliz de que finalmente a tenha aceitado. Então, quem quer que você seja, se você perdeu a v!rgindade há 20 anos ou se ainda é virgem, apenas aceite. Aceite qualquer DST que você tenha ou não tenha, junto com os arrependimentos, as histórias desastrosas, o coração partido, a dor e o pesar. Porque, se não fosse por tudo isso, a vida seria muito monótona. E eu, pelo menos, não teria do que falar no meu vlog.

Impressão e Acabamento:
GRÁFICA STAMPPA LTDA.